RONSO KAIGAI MYSTERY

PHILO VANCE ON MODERN CRIMINOLOGY

論創海外ミステリ67

ファイロ・ヴァンスの犯罪事件簿

S.S.Van Dine
S・S・ヴァン・ダイン

小森健太朗 訳

論創社

Philo Vance on Modern Criminology

(2007)

by S. S. Van Dine

目次

ファイロ・ヴァンスの犯罪事件簿

緋色のネメシス――ジェルメーヌ・ベルトン事件

一九二三年十二月十八日、ジェルメーヌ・ベルトンの裁判がパリで開かれた。二十一歳の若くスリムな女性であるジェルメーヌ・ベルトンは、冷血な計画的殺人を犯したかどで告発されていた。歪んだ理想と奇怪な情念に駆り立てられ殺人の罪を犯した彼女は、一方で一躍悲劇のヒロインに祭り上げられていた。この事件は、第一次大戦後のフランスで、名だたる多くの著名人たちが関与していただけでなく、国の政権基盤をもゆるがすものがあったために、大きなセンセーションを引き起こし、人々の耳目を集めた。

ジェルメーヌ・ベルトンは一九〇二年六月七日に、パリ郊外の古い町プトーで生まれた。そこで靴の修繕業を営んでいた彼女の父親は、体制的な規範におさまろうとしない人物だった。彼は、ときの政府組織に対してしょっちゅう不満をぶつけ続けていたが、それは当時のフランスの、真のブルジョワにとっては作法かしきたりのようなものだった。彼は政府組織を、個人の自由に不当な干渉と制限を加えるものとみなしていた。しかし多くのフランスのブルジョワ階級の不平家たちと同様、彼は勤勉で蓄財家だった。もっと稼ぎのよい工場で働くよりも、小さくても独立して、他人の下で働かなくてすむ仕事を彼は選んだ。機械的な作業に長け、ビジネスの無駄を極力削減する方法論を実践したジェルメーヌの父は、事業を成功させた。やがて彼はツールに小さな工場を開き、そこで十人の労働者を雇って稼働させるようになった。

ジェルメーヌは、発電機やモーターなど色々な機械のうなる音の中で育った。その環境は、彼女の感じやすい性質に深い影響を及ぼした。子ども時代の彼女は、愛らしく潑剌《はつらつ》として活発で、好奇心旺盛で、鋭い知性に恵まれ、詩的な神秘主義への志向があり、人々を虐げる苦痛には敏感な感受性をもっていた。彼女の精神は驚くほど早熟で、早くから多方面にわたって才あるところを覗かせていた。彼女は貪欲な読書家で、十二歳のときに既に、ヴォルテール、ラマルティーヌ、ルソー、ゾラ、カント、ヴィクトル・ユゴー、アナトール・フランスに通じていた。学徒時代から類稀《たぐいまれ》なる才気を発揮し、地方の美術デザイン学校で、二つの賞を獲得した。

年少の時期に彼女は既に、生来の資質に目覚めていた。彼女は父親と同様、革命家であり、権威権力に反抗し、あらゆる束縛に反対していた。彼女の母親の書いた手紙からも、彼女がいかに頑固で懐柔されにくく、強情で反逆的だったかがわかる。彼女の母親との関係はおよそ情愛の念からはほど遠いものだったらしく、裁判のさなかに彼女が告白したことによれば、十歳以降一度も母親に接吻してもらったことはないという。

彼女は独自の道を行き、因習を侮蔑し、内なる衝動《イグニス・ファトウス》（ラテン語で運命の火）に従った。家の桎梏《しっこく》は、冒険心に富んだ彼女の本性に反する退屈なルーティンワークをもたらすものでしかなかった。この数年後には、かの国の血塗られた犯罪史に新たな一ページを加えることになる強情で狂信的な女性の軌跡を観察すれば、その子ども時代に、既に不吉な予兆を見いだすことができる。

彼女が、野蛮で異常な本性をあらわし、最初に暴力をふるったのは第一次世界大戦のさなかだった。十四歳になったとき彼女は、ツール在住の若者に首ったけになった。その男が、ヨーロッパ戦線へと召集されたとき、彼女は初めて人生に大いなる絶望をいだいた——ドイツ人なら〝世界苦痛《ヴェルト・シュメルツ》〟と呼ぶだろう。自殺しようと決意した彼女は、ロワールで身投げした。しかしかろうじて、一命をとりとめた。その後間もなく彼女は、失意から立ち直った。

ヨーロッパで停戦協定が結ばれた直後、彼女の父親が亡くなった。生計のために働かなければならなくなった彼女は、母のいる家を出て、イラストレイターになった。絵心のあった彼女は、この仕事でそこそこ成功した。しかしひと所に落ちつかない性質の彼女は、じきにその仕事をやめ、ツールの革命的労働組合主義《サンディカリズム》者委員会の書記として勤めだした。そのポストは、反逆的な彼女の資質にぴったり合っているように思われた。

また、この組織の経験が、後の驚くべき血塗られた惨劇へとつながる、硬い種子のようなものを彼女に植えつけた。戦地の病院や収容所から帰還した多くの傷病兵を目の当たりにして、戦争とその煽動者への激しい憎しみを覚えたと後に彼女は告白している。また、その経験が彼女を、人類の友愛と連帯を説く伝道者へと変えた。

一九二一年、彼女は、さまざまな欲望と感情が渦巻く大都市パリに行くべきであるという神秘的な天の声を聞いたという。燃えさかる理想を胸に秘め、ちょっとした美貌を武器に彼女は、下劣で腐敗した既成権力に立ち向かおうとした。パリに来てはじめのうち彼女は、化学薬品会社のオフィスで働いた。しかし会社での単調な事務の仕事は、活発な彼女の資質に合わなかった。

彼女は怠慢ではなかったが、社内でも権力にはとことん反抗的だった。生来強情で我の強い彼女は、社内の上司から指図されたり命令されたりするのが我慢ならなかった。この時期、彼女は簿記やらファイル棚に背を向け、血塗られた理想へと身を捧げ、現代の英雄的な殉教者になろうと決意していた。彼女は、自分が犯罪者でなく、燃え盛る理想の神壇にその身を献げた聖者として、後世の歴史に記されるようになることはまったく疑いがないと信じていた。

＊

一九二一年の年末、ジェルメーヌは、過激派の若者が構成するグループと接触を持った。そのグループは、新聞地区の中心にあるモンマルトル街一二三番地で、過激な無政府主義のプロパガンダを行なっていた。じきに彼女は、そのグループの指導的地位を占めるようになった。

その後の二年間、彼女がどのように暮らしてきたかを正確に知る者はいないようだ。しかし、パリでの潜伏生活の実態と、ジェルメーヌの反逆的な性質を知っていれば、その実態はおおよそのところは推測できる。あるときは彼女は、ゴハールあるいはシャルル・ダロレーという男と共同でアパートで暮らしていた。別の時期は彼女は、ルコワあるいはロンデルの愛人になっていた。またその後は、過激派グループの別の一員と親しい間柄になっていた。

彼女は常に、何か幻想的な理想を追い求めていた。しかし彼女は常に落ちつきがなく、不満をいだいていた。長続きしない性的な快楽を越えたところにある永続的な価値を求めているさなか、彼女は、波瀾に満ちた自分の運命を導く星のイメージを決して失わなかった。

やがて彼女は、共産主義的な理想に彩られた、激しい調子の檄文を発表した。彼女が記事を寄せたのは、革命派が発行する『アンドルとルワールの覚醒』誌だった。クロワッサン街の小さな喫茶店《カフェ》で、彼女は夜ごとそのグループの仲間たちと会合していた。一九一四年七月三十一日、その店で社会党のリーダーであり英雄視されていたジャン・ジョレスが暗殺された。その混乱のさなか彼女は警官に対する公務執行妨害の罪によって逮捕され、三ヵ月の懲役刑に服した。後に彼女は、違法な武器を携行していた罪で、再び二ヵ月間の懲役刑に服した。

この時期よるべなく心を荒れ狂わせていたジェルメーヌ・ベルトンは、きりっと引き締まった美貌の持ち主でありながら、一方で冷たい鋼《はがね》のような目をして、冷徹で強靭な意志を備えていた。この激しく矛盾する性質が彼女にあっては好対照をなし、際立った特徴を形成していた。彼女の精神は直截《ちょくさい》で怜悧《れいり》、計算高く論理的だった。彼女の女性的な心情は、憎悪と激情にすっかり覆い隠されていた。彼女は堅物ぶった純粋なところもあり、官能的欲求もまた盛んだった。彼女は精神的に、女王であると同時に娼婦だった。彼女は、古代の国を統《す》べた巫女にして女王のようであり、昼間は自らの国をほしいままにし、夜は男の腕に身をゆだねるのだった。

狂信に裏打ちされた雄弁さを持ち、幻想的な理想のヴィジョンに盲目的に駆りたてられる彼女の奇妙で箍《たが》の外れた心は、だんだんと否応なくある種の激情に満たされることになった——彼女は、正当な理由も抑制もなしに、ある一人の男性に対して、身を焦がさんばかりの激烈さをもって憎悪を募らせた。その憎悪はまた、その男性の周囲やその基盤にまで向けられた。彼女にとってその男性こそが、腐敗し卑劣で汚れきった人間存在のあらゆる負の面を象徴する存在だった。その男性は、彼女がこの上なく忌み嫌う不正と圧政を代表する存在だった。その男性とは、レオン・ドーデー。〈フランスの行動者（L'Action Francaise）〉誌の編集者であり、フランスの下院議員であり、いわゆる〈ブロック・ナショナル〉派のリーダーと目されていて、政界で最も強い影響力をもつ政治家の一人だった。

レオン・ドーデーは、一八六七年に生まれた。彼が、『タルタラン』などの不朽の名作で知られる作家のアルフォンス・ドーデーの息子であることはほとんど疑いがなかった。しかし、ドーデーの政敵たちは、レオンは作家ドーデーが養子にした義理の息子にすぎず、実際はレバントのユダヤ人のもうけた私生児であると主張していた。だが、レオンの出自がどうであれ、それは大した問題ではなかった。レオン・ドーデーは若いうちから頭角を現し、フランスの文学界や言論の分野で指導的な地位を占めるようになった。

暗く猛禽類のような顔つきをしたレオンは、少年期にすでに注目すべき文学の才をあらわしていた。ドレフュス事件のときには、有名なマダム・ド・ロワイネのサロンに集う、現政府に批判的で反抗的なグループの一員だった。そのサロンには、ルメートル、マルシャン（ファショダで有名）、デルレド（後に外務大臣になる）、ロシュフォール、モーリス・バレ、エルネ・ジュデらがいた。ドーデーはやがて、政治的・宗教的問題に対する狂信的な見解を披露して耳目を集めた。彼は過激な王制復古論者だった。ブルボン王朝の復活以外に彼を満足させるものはなかった。

ドーデーはいくつも小説を著して称賛を得、ゴンクール・アカデミーの一員に選ばれた。それは、フランスの文学者に与えられる最高の名誉である。彼の著書は、猥褻《わいせつ》なために禁圧され、ローマ法皇庁の禁書リストに加えられた。彼が主宰する〈フランスの行動者〉誌は、王制復古派の牙城で、王制復古党の公的な機関誌であり、共和国政府に反対する党員や団員の集結するところだった。敵対者に対して彼らは、虚言、誹謗中傷、恫喝、はては殺害するという脅迫まで用いた。社会党のジョレスを殺害したのは、おそらくドーデーが率いる〈愛国者〉の一団のしわざだろうと目されている。

ドーデーの活動は、機関誌上での煽動的な言論にとどまらなかった。ドーデーは、イタリアの〈ファシスト〉やドイツの〈ユーゲントヴェーレン〉をモデルにして、高貴な家柄の若者たちを集め、王政党を組織した。彼らは武装し、武器使用の訓練を受け、数々の暴動や暴力行為を実践していた。

大戦が勃発したとき、ドーデーは、国内のドイツ人やスイス人が経営する店を襲撃し略奪した暴徒の頭目と目された。また、その時期に、ドーデーと政治的立場や意見が異なる要人が幾人か暗殺されたが、ドーデーがその黒幕と目されていた。ドーデーの野望は、顎をしゃくるだけで時の要人たちを跪《ひざまず》かせたり立たせたりできたウォリック（十五世紀のイギリスの政治家・軍人。薔薇戦争時代に政局を背後からあやつる権勢を誇った）のフランス版になることだった。そして実際、何年もの間、フランスの政治を裏であやつり権力をふるっていたのは、このドーデーであった。

マルヴィが流刑に処され、カローが投獄されたのは、ドーデーの差し金によるものだった。クレマンソーが独裁的な権力をふるえたのは、ドーデーの後ろ楯があったからである。大戦後、まずクレマンソーが引退に追い込まれ、続いてブリアンも引退した。ドーデーは、それに代えてポワンカレを権力の座につけた。ドーデーの意向によってポワンカレは、ルール地方の占領を強要された。その背後には、英仏の同盟を破棄しようとするドーデーの野心があった。

第一次世界大戦のさなかにも、ドーデーは戦時の混乱に乗じて、多くの敵対者に容赦なく報復を加えた。数多くの著名人が、ドーデーから手厳しい一撃を食らって、没落していった。有名な、社会党の指導者、マルセル・カシンは投獄された。保守派の指導者であったマルキ・ド・ルベルサックでさえも、ドイツ系であるとして冷酷な非難を浴びせられた。学校で用いられる歴史教科書上の、ブルボン王朝に関する記述が、ことごとく一掃され書き換えられた。アメリカではよく知られている、グリフィス監督の『嵐の孤児』や、エルンスト・ルビッチ監督の『パッション』などの映像作品が、ドイツのプロパガンダ映画であるとして上映禁止にされた。

ドーデーが権力をふるった政治機構は、〈ブロック・ナショナル〉と呼ばれた。それは、従来対立していた諸政党が結集したイレギュラーな連合だった。一九一四年にフランスで成立した、外敵に対して国民が団結することを呼びかけた、有名な〈神聖連合〉がさらに発展したものだった。

粗野で強大、悪辣《あくらつ》非道なレオン・ドーデーは、ジェルメーヌ・ベルトンの目には、共和国に対する脅威であり、理想を掲げる若者たちのあらゆる夢を打ち砕く存在だった。ドーデーは死ななければならない――ジェルメーヌはそう決断した。

ジェルメーヌは、大衆へのプロパガンダよりは、個々人の行動を重視するロシアの虚無主義《ニヒリズム》の考えかたを永らく奉じていた。何ヵ月もの間ジェルメーヌは、ドーデーを殺害するという考えを育み続けた。とうとうその考えが熟し決心がかたまったとき、彼女は狂信的なまでにその考えに没頭し我を忘れた。それ以降何週間もの間、彼女は宗教的な法悦に浸っているかのような境地で、あれこれと方策を算段し、好機が到来するのを窺っていた。

その時期ドーデーが公衆の面前に現れるのは珍しくなかった。だが、ジェルメーヌはドーデーの殺害に、他人を巻き込みたくなかった。彼女は、ただドーデーのみに裁きを下したいのだ。一九二三年一月二十日の朝、彼女は単身でドーデーの家を訪ね、無政府主義者に関する重大な情報が書かれた手紙を持っていると告げた。ドーデーが食いつきそうな餌を用いて彼女は、余人を交えず彼との会見を実現しようともくろんだ。その会見から彼は、生きて戻れないはずだ。

しかしたやすく人を信用しない性格で、しかも慎重さが求められる立場にいるドーデーは、この申し出にも懐疑的だった。ドーデーは身の危険を感知したのだろうか？　彼の敵対者のリストを持っていると告げた訪問者の若い女性が危険であると、彼の内なる声が告げたのだろうか？そうかもしれない。いずれにしてもドーデーは彼女と会おうとせず、使いの者に、ドーデーは事務所にいるので、そこに電話するように告げさせた。

そのメッセージを信じたジェルメーヌは、ローマ通りにあるドーデーの事務所に赴いた。そこでドーデーの助手を勤めるロジェ・アラールと、マリウス・プラトーに迎えられた。しかし、ここでも彼女は目的を果たせなかった。偉大な司令塔であるドーデーに仕える二人は、まとまりがなく首尾一貫しないジェルメーヌの申し出にまともに耳を貸そうとせず、さっさと彼女を追い払ってしまった。

救世主的な使命感に駆られたジェルメーヌは目的が果たせず、通りに戻って自分の計画を再考した。次の案には、彼女の中のロマンチックな側面があらわれた。古いサン・ジェルマン・ロセロワール教会では毎年一月二十一日――ルイ十六世が処刑された日――にミサが催される。ドーデーの率いる王党派のメンバーは、みな正装でそのミサに参加するのがならわしとなっていた。ジェルメーヌは子どもの頃から教会に魅了されていた。殉教者としての崇高な使命を果たすのに、サン・ジェルマン・ロセロワール教会ほどふさわしい場所はないと彼女は感じた。フランス革命のおり、群衆がカルマニョール（フランス革命のときに流行した革命歌）にあわせてデモ行進したときに、マリー・アントワネットがこの教会に来て祈りを捧げたゆかりの教会である。この古い教会の鐘の音は、一五七二年には聖バーソロミューの虐殺を告げ知らせた。

ここでまた、悲劇と栄光に彩られたフランス史の新たな一ページが刻まれるとジェルメーヌは確信していた。はからずも彼女は、ドーデーへの裁きを実行するときとしてまさにそのミサが行なわれる日を選んだ。決行を決めた翌日ジェルメーヌは、熱意をもってルーブル広場の有名なサンクチュアリに行った。

しかし何らかの理由でドーデーは、その年のミサに参加しなかった。またしても使命を果たせなかったジェルメーヌは、しばし絶望に暮れた。何か邪悪な力が働いて彼女の崇高な聖戦を妨害しているとしか思えなかった。落胆し混迷状態になった彼女は、翌日〈フランスの行動者〉誌の編集部を訪ね、ドーデーに会いたいと求めた。このとき彼女に応対したのが、またしてもプラトーだった。彼は秘密裡に、ドーデー党派の護衛長をつとめていた。

ジェルメーヌはしばらくためらった。目指す大敵に届かないのなら、まず前段階の警告として、彼の腹心を倒すことは理にかなっている――狂熱に駆られた彼女の心はそう理由づけた。コートの下に隠した拳銃をとりだし、ジェルメーヌはプラトーに発砲した。撃たれたプラトーは倒れて死んだ。正義の祭壇に生贄《いけにえ》を捧げんとする彼女の行為はこうして敢行された。

そしてすぐ彼女は、自ら死すべきであると決意し、もっている拳銃を自分へと向けた。しかし運命はまだ、彼女をこの世から去らせようとしなかった。とりおさえられた彼女はなおも自分に向けて発砲したものの、軽傷を負っただけだった。

彼女は自らの逮捕と拘束を従容《しょうよう》として受け入れ、抵抗しようとしなかった。彼女は最初は、ボージュの病院に連れて行かれた。彼女の傷はすぐに完治し、数日後には、サン・ラザレ監獄に収監された。彼女が収監された房には、一九一四年の裁判を待つマダム・カローがいた。監獄で自らの信念を誇ったり高ぶったりしないジェルメーヌは、その控えめさがかえって際立っていた。エネルギッシュな彼女の魅力は、監獄内でも遺憾なく発揮された。じきに彼女の周囲には、彼女を慕い尊敬する看護婦、尼僧、女性看守らのサークルが形成された。

シスター・クローディアという修道女が、ジェルメーヌが離れて久しいキリスト教信仰の道へ立ち帰らせようという役目を負って、ジェルメーヌのもとに遣わされた。この説得の試みは実らず、結果として、政治的理想にすべてを捧げたジェルメーヌのもつ、特異なまでに人の心をとらえる魅惑的な力の存在が実証されることになった。ある朝クローディアは監獄を脱走し、キリスト教を棄て、ジェルメーヌに共鳴する過激派グループに身を投じた。クローディアが崇拝してやまない預言者は、キリストでなく、殺人の罪によって獄中で裁判を待つ女性となった……。

やがて不可思議な変事が生じて、このベルトン - ドーデー事件は、シェイクスピア悲劇の世界へと近づいてくる。この後に起こった事件については、今日にいたるまで満足のいく解明がなされていない。しかしこの事件は、天命を引き受けて苦難の殉教者の道を選んだと信じるこの女性の人生において、現実的にも心理的にも重要でロマンチックな意義をもつことになる。ジェルメーヌが投獄されて十ヵ月がたった十一月二十四日の午後、レオン・ドーデーの息子のフィリプ・ドーデーが、タクシーの座席で、頭を撃たれて死んでいるのが発見された。当初は、射殺された人物の身元が確認できなかった。死体発見の翌日までは、身元のわからない若者が拳銃で自殺したのだろうとみなされ、注目されていなかった。しかし十一月二十七日の火曜日、パリの新聞は、以下のような記事を載せた。

〈フランスの行動者〉の編者、パリの下院議員レオン・ドーデー氏のご子息、われわれの党員であり同志であるフィリプ・ドーデー氏の突然の逝去をわれわれは深く悲しみ悼むものである……。

その五日後、急進派の新聞である〈ル・リベルテール〉誌は、著名な共産主義者であるジョルジュ・ヴィダルの署名記事を掲載した。その記事は単刀直入に、フィリプ・ドーデー氏の死は、国家的なスキャンダルであり、ベルトンによる殺人と密接な連関があるにちがいないと述べている。ヴィダルの記事によれば、フィリプ・ドーデーの死ぬ二日前、十八歳から二十歳くらいに見える若者がヴィダルを訪れた。その若者は、自分が熱烈な無政府主義者であると宣言した。彼は、ジェルメーヌ・ベルトンを崇拝していると告げ、彼女の志を継ぎ、彼女が果たせなかった大望を遂げたいと語った。

ヴィダルは一晩を費やしてその若者を説得し、彼を思い止まらせようとしたが、成功しなかった。その翌日、単にフィリプと名乗ったこの若者が、またヴィダルのところを訪ねた。

そのとき彼は、いくつかの手稿と手紙をヴィダルに託した。それから二百フランもヴィダルに預けたが、まだ千六百フランを手元に残しているようだった。これがヴィダルが、その若者を見た最後だった。

フィリプ・ドーデーの変死の報を聞いてすぐヴィダルは、その若者が残した手紙の中にあったドーデー夫人宛ての手紙を、レオン・ドーデーに送った。その手紙でフィリプは、母親に、苦しみを与える不孝に許しを乞い、果たさなければならない使命のために生命を落とすことになると述べている。

フィリプの死亡状況を調べた警察は、以下のことを確認した。

フィリプがパリを離れたのは二十日、死の四日前である。偽名で借りている部屋があるアブルに彼は行った。その旅行の目的が何かは確かめられなかった。その二日後に彼はパリに戻って来て、真っ先にヴィダルを訪ねた。その晩彼は、若い無政府主義者のジャン・グルフィと宿をともにした。ジャンにフィリプは、自分がレオン・ドーデーを暗殺するためにアブルから戻って来たと打ち明けていた。

十一月二十四日土曜日の午後四時、彼はガレ・デュ・ノルド近くのブルヴァール・マジェンダでタクシーを拾った。数分後バジョーという名の運転手は、バンという音を聞き、若者が後部座席で倒れているのを発見した。

警察が呼ばれ、そのタクシーは、ラリボワシエル病院に運ばれた。しかし銃弾に倒れた若者は、意識を取り戻すことはなく、間もなく死亡が確認された。銃弾は頭蓋骨の前側を、右から左に貫通していた。死亡状況を検分した医師の見解では、自殺の可能性が高いとのことだった。銃声が響いたときに、そのタクシーのそばにいた証人が数人いた。その証人の誰一人として、タクシーから誰かが出てきたのを見た者はいなかった。

遺体の持ち物には、紙や書類はなかった。ポケットの中には、八十三フランの紙幣と、二つの挿弾子《そうだんし》が見つかっただけだった。運転手の証言によれば、その若者は、みすぼらしい服装をして、上着を着ていなかった。しかし不可解なことに、病院に残された死者の遺品リストには、フィリップ・ドーデーの所有物と確認された上着が含まれていた。

奇妙なまでに矛盾しあう他の事実も判明した。警察は、フィリップが死の前日、ナイトクラブに行っていたことを突き止めた。そこで彼はポーターから十フランを借りている。その翌日フィリップはそこに戻って来て、金をつくるために自分の上着を売るか質入れできるところはないか訊ねた。

ポーターはさらに二十五フランをフィリップに貸し与えた。フィリップがヴィダルに渡した手紙には、預けた二百フランの金の中から三十五フランをそのポーターに返してほしいと頼んでいた。

二度目にヴィダルを訪問した際にフィリプは、千六百フラン持っていたはずなのに、その晩ポーターから十フラン借りるまでの数時間の間に、その金がどうなったのかが気にかかるところだ。そしてまた、彼が死んだときに身につけていた八十三フランがどこから来たのかも不可解だ。

もう一つ不可思議なのは、フィリプを殺した弾丸に関する事柄だ。タクシーの運転手は、車内で、その弾丸の薬莢《やっきょう》を発見した。しかしフィリプの頭を貫通した弾丸そのものは、車内に残されているはずなのに、いくら調べても見つからなかった。

警察の報告は、レオン・ドーデーを満足させなかった。当初レオン・ドーデーは、息子の遺体の検死解剖は不要だと述べた。最初のうちは息子の死に関して疑わしい状況はないとしていた。しかしその悲劇から十日たった十二月四日、レオン・ドーデーは、息子の死は明白に他殺であると言いだし、法務長官に即座にこの件を精査せよと公式に要請した。バルノー予審判事が、事件捜査の任にあたり、徹底した検死解剖が実施された。若者の遺体は綿密に調べられたが、殺人を示す手掛かりは得られなかった。

ここで新たに興味深い事実が浮上した。〈フランスの行動者〉誌は、さらにフィリプの残した衣服を調査したところ、ポケットから小さな紙片が発見されたことを伝えた。その紙片には、誰のものかわからない手書きの文字でいくつかの氏名と住所が記されていた。その名前の一つが、ジェルメーヌ・ベルトンの弁護士をつとめるアンリ・トレだった。

ここにいたって、獄中のジェルメーヌがまた、レオン・ドーデーの息子の謎めいた死と結びついた。トレ弁護士は当然のことながら、ジェルメーヌ・ベルトンやその関係者がフィリプの死に関与していることなどありえないとして強硬に抗議した。

もう一つのエピソードもここで記しておくに値する。警察が事件の再調査を行なっていたとき、タクシー運転手のバジョーが、フィリップの死の二日前に、〈ル・リベルテール〉誌のオフィスの前にいたのを見たという証人がいるのを見つけだした。〈フランスの行動者〉誌は、この証言に飛びつき、バジョーがレオン・ドーデーの敵対グループに属していた明白な証拠であると述べた。

しかしこの証人を警察が厳しく問い詰めたところ、その証言はまったくのでっちあげで、その偽証をするためにレオン・ドーデー自身から雇われたことを告白した。その点に関して〈フランスの行動者〉誌は、警察が反政府の急進派を援助し幇助していると、決まり文句でもって非難した。

バルノー予審判事と警察の捜査は、フィリップが父親を殺害しようともくろんだ後、自殺したということを実際に疑問の余地なく証明したように思われた。

ヴィダルの証言も、その結論を裏付けているように思われた。身元を疑うことなくヴィダルは、やって来た若者と面会した。そのときフィリップは憑《つ》かれたように興奮していて、父親を殺す決意をかためていたが、内面的な葛藤の末、自殺を選んだのだろう。

公式・非公式両面からフィリップが自殺したことが証明されたように思われる状況にもかかわらず、レオン・ドーデーはこの件の追及をあきらめなかった。レオン・ドーデーは、自分に敵対する無政府主義者がフィリップをなきものにしようとして、催眠術か何かを用いて、息子が自殺するように仕向けたと主張するいくつかの記事を発表した。フィリップが残した母への手紙は、自分にも宛てられたものだとレオンは主張した。

フィリプの性格とその精神的葛藤をみれば、この悲劇に関して幾分見通しがつけやすくなる。病院に残された記録によれば、年齢はほぼ十九歳で、青い目をして、均整のとれた鼻と口をしていた。彼は精神的に病んでいて、ひどく子どもじみていた。彼が遺した詩といくつかの文章が、死後〈ル・リベルテール〉誌に掲載された。その内容は、その年齢にしては類を見ないほど早熟であることを示しながら、同時に驚くほど病み歪んだ気質を表すものだった。

〈フランスの行動者〉誌に載った記事によれば、フィリプ・ドーデーは、十一歳の頃から奇怪な逃避行動を行なう精神の病を患っていた。逃避衝動の発作が一旦生じると、十二時間から四十八時間続いた。その病気のせいでフィリプはこれまで何回か家から逃げだしていた。その衝動が起こると抗えないので、フィリプは父親に自分を厳格な監視下に置くように何度も頼んだ。

死の直前フィリプがアブルに行ったのは、この発作のせいだという。フィリプが父親を嫌っていた事実は知られている。レオン・ドーデーを殺そうともくろみながら果たせなかったジェルメーヌ・ベルトンが殺人の罪によって収監されたとき、フィリプ・ドーデーの異常心理がこの事件に飛びついた。そこから生じた、自らを父親殺しへと駆り立てる圧倒的な心理的衝動から自らを救おうとして、フィリプは自殺せざるをえなくなった――そう説明がつけられていた。

しかしいかにフィリプの病み歪んだ精神がその所業をもたらしたと説明がつけられても、自らを犠牲にした彼の行為は、彼が愛と尊敬を捧げると述べた獄中の女性の名声を高めることにつながった。フィリプはおそらく、死の直前の数時間に暗い不吉な予感にとらわれたのだろう。

いずれにしても、フィリプの死によって、レオン・ドーデーには憎悪が向けられ、ジェルメーヌの犯した殺人へ同情が集まり、さらに一部からは賞賛の声が広がった。その死によってフィリプは、ジェルメーヌの心の中では、尊い理想に殉じた聖人となった。ジェルメーヌは精神的にフィリプの花嫁になったと信じた。獄中のジェルメーヌは、フィリプの写真を肌身離さず持つようになった。

それから局面は最終段階へとさしかかる。悲しみに暮れる彼女は法廷に引き立てられ、告発者たちと対決することになる。現代の有名な刑事事件の裁判のうちでも、このジェルメーヌ・ベルトンの裁判はユニークな位置を占める。長い裁判の歴史の中でも、この事件に匹敵するメロドラマ性、感情的アピール、そして大スペクタクルと言ってよいドラマ性を併せもつものはごく少ない。この事件を担当した裁判官は、法学者として広く名声を誇るジョルジュ・プレサール判事である。検察官は、ジョゼフ・サンオリヴ法務官。セザール・カンピチが、殺されたプラトーの母親の要請を受けて、検事の補佐をつとめた。フランスでもっとも著名な刑事弁護士の一人であるアンリ・トレが、ジェルメーヌの弁護人をつとめた。

裁判が始まってすぐ、この裁判の行方には、一被告の運命以上のものが懸かっていることが明らかになった。フランスの政界への評価もこの裁判と密接に関わっていて、ジェルメーヌは、現体制への反逆のシンボルとなった。トレ弁護士は、被告を弁護するだけでなく、ジェルメーヌが政治的に闘ったドーデー派に対する攻撃に熱弁をふるった。トレ弁護士の熱弁は、法廷を越えて、この裁判の行方を見守る民衆に共感の声を広げていった。この裁判は、全パリ中の注目するところとなった。まるでそこは、フランス共和国の中で切り離された別世界のように感じられた。

検察側は、トレ弁護士に抗弁したが、思うような効果をあげられなかった。奔流となって繰り出されるトレ弁護士の毒舌と非難の告発を食い止めることはできなかった。その雄弁はどんどん広がり、機械工の娘の犯した殺人罪を審理する裁判は、政治的、さらには国際的な重要さをもつ国家の一大事への審判にまで高められた。

国家的議論が主題となって、監獄にいる女性のことはやがて忘れられた。にもかかわらず、彼女がどのようであったかは注目に値する。

法廷に坐る彼女は、背筋をぴんとのばし、肩幅はとても狭く、子どもっぽく見える平たい顔は、挑むように裁判官を見つめていた。白いイートンカラーのついた灰色の服を着て、彼女の赤い頬はいつも鐘の形をした帽子にほぼ隠されていた。闘争的な虚無主義者というより彼女は、学校の生徒のように見えた。

彼女が証言台に立ったときには、その証言は穏やかで落ちついたものだった。彼女の声は、澄んだ鐘の響きのようで、その証言内容は簡にして要を得たものだった。彼女はいかなる感情も示さなかった。同情的になっている法廷の聴衆に対しても、彼女は無関心だった。彼女は、裁判官に情状酌量を求めたりしなかった。彼女は率直に自分の行為を悔いていないと述べ、自らの信念が真理と正義にかなっていると宣した。雄々しく決然と彼女は、自らの理想を貫いていた。

彼女は以前、警官に対する公務執行妨害と、武器携行の罪で数カ月の懲役を受けた前科があることを認めた。彼女は幾分誇らしげに、通りで生じた暴動のさなかにサーベルで切りつけられたことがあると告げた。彼女は革命的な活動を誇らしげに語り、急進派の出版物に挑発的で煽情的な記事をいくつも寄稿したことを語った。しかし何よりも彼女が強調したのは、戦争と、戦争に賛同する者たちへの憎悪だった。

　彼女が最終弁論を行なうときがやってきた。それは凛々しく、悲劇的とも空虚とも崇高とも見えた。犯行の動機に対する勇気ある陳述――「われら死せんとする者きみに礼す（ローマ皇帝に対する剣闘士の挨拶のことば）」の現代版だった。たしかに彼女は、体制派の人間を殺害した――彼は軍国主義の擁護者で、一般民衆を憎み侮蔑している人間だった。反戦活動のために投獄されている多くの反ドーデー派の勇士のために、彼女は復讐の刃をふるった。彼女の掲げる旗は敵の血で浸された。

　彼女の行為は自らの良心に命じられたものだ。彼女が心から真実であり尊いと信じるあらゆるものがその行為を支持する。それゆえ彼女はまったく後悔していないし、信念を変えることもなかった。唯一悔やむべき点があるとしたら、レオン・ドーデーを逃したことだ……。

　レオン・ドーデーが法廷に招かれたとき、いつもと違って彼はひどく緊張した様子をみせていた。これまでドーデーがずっと支えてきた党のメンバーたちは皆、普段は辛辣で声が大きいのに、誰一人として法廷には出てこなかった。法廷で喋るときにレオン・ドーデーは、少しでも熱のこもった喋りをしていると思われることさえ避けようとしている様子だった。世論が明らかにひどい逆風であることが疑いなく彼を圧迫していた。おそらく彼は、息子の死が理不尽な天罰の類だと信じていたことだろう。

レオン・ドーデーは、もしこの〈復讐の女神《ネメシス》〉のごとき情熱的な痩せた女性が、放免されることになったら、自分を殺害しようとする計画を実行するのではないかと恐れていたようだ。あるいはもしかすると、彼の寡黙で控えめな態度は、裁判官の心証をよくして、被告に不利な判決につなげようとする目算が背後にあったのだろうか？

しかし法廷での駆け引きとか個人的な態度がどうあろうとも、彼と彼の党派に向けられた非難の嵐は収まったり矛先を変えたりはしなかった。レオン・ドーデーが証人席を去ったとき、ジェルメーヌは彼に向かって、猛々しい憎しみの感情を露わにして叫んだ。

「レオン・ドーデー氏よ、おまえを抹殺したいと考えたのは、おまえがジャン・ジョレスを殺害した責任があるからだ。彼を殺したのはおまえだ！　われわれはジョレスを愛していた――無政府主義者でさえも。ジョレスはわれわれにとってシンボルだった――尊いフランスの魂を象徴していた。レオン・ドーデー氏よ、わが弾丸が、おまえでなくマリウス・プラトーを貫いたことをつくづく遺憾に思う」

ジャン・ジョレス！　その名前は即座に魔術的な効果を引き起こした。その名が今やジェルメーヌ・ベルトンの強力な弁護人となった。彼の魂が蘇り、その緊張した法廷に降臨したかのようだった。その名前がまるで呪文のように効果をあらわした。その瞬間レオン・ドーデーは、自分を殺そうとして裁判にかけられている殺人者の少女から有罪の宣告を下されたのである。

パリ中で奇妙な驚くべきことが生じた。急進派と社会党の代表者たちは、ジェルメーヌ・ベルトンが派手に口火を切った体制批判を受け継ぎ、それをさらに拡大していった。

有名な男女が法廷に証人としてやってきて、ヴィクトル・ユゴーやエミール・ゾラの古き良き時代を思わせる熱弁をふるった。この裁判は、まるで第二のドレフュス事件であるかのような様相を呈してきた。大勢が証人席に立ち雄弁をふるった——だがその内容は、ジェルメーヌの事件と関係のないものばかりだった。

　その事態を引き起こしたのは、ただ一つの名前だった——ジャン・ジョレス。人々は、彼の殺害に報復するためにやってきた。やってきた人たちの名を一部あげるならまず、ジョージ・バーナード・ショーの有名な翻訳家のアウグスティン・アモン。カロー夫人の弁護人のマリウス・ムーテ。著名な批評家にして代議士のレオン・ブルーム。〈ユマニテ〉誌の編集者にしてセーヌ県の前議員のマルセル・カシン。歴史ドラマ作者で「アネールズ」のディレクターで、レジョン・ドヌール勲章三等をもらっているフェルディナール・ブリソン。ジャン・ロンゲと、ジョルジュ・ピーシュ。さまざまな信条、政治的立場の人々が、たった一つの名のもとに魔法のように連帯した——ジャン・ジョレスの名のもとに。

　国防大臣のアンドレ・ルフェーブルと、サロニキの防衛司令官のサレイル将軍は、被告の少女の側に立って、軍国主義の圧政に対して一人で聖戦を闘った戦士であるとまで述べた。詩人のピエール・ハンプは、シャルロット・コルデー（フランス革命時に、ジャコバン党の指導者マラーを暗殺した少女）の再来であると、熱意をこめた歌をつくって法廷で披露した。著作家で博愛主義者として知られるマダム・セヴリンも、被告の弁護のために出廷した。フランスの、ひいては世界的に著名な多くの人々がこの裁判に集結し、まるで法廷が第二のフランス学院《アカデミー》に変わったかのようだった。

ジェルメーヌは、思索的な態度で無関心に被告席に坐っていて、ベージュ色の大きなケープが痩せた肩から無造作に垂れ下がっていた。彼女は小さな手鏡を頼りに自分の髪を整えていた。

裁判が開かれて六日目の十二月二十四日、トレ弁護士が芝居がかった仕種で黒いローブをさっとひいて立ち上がり、被告のための最終弁論に熱弁をふるった。このときのトレの弁論は、感動的なまでに雄弁で、一個の文学作品であると称された。こんな弁論ができるのは、世界中を見渡しても、霊感をさずかったフランスの弁護士だけだろう。長い裁判の歴史においても、比類のない高みに達する弁論であった。その弁論は、情に訴えることにも長け、宗教、芸術、科学、哲学、歴史への言及を山のように挿みこんでいた――まるで、取るに足らないこの法廷での争い事を除いて、世の中のあらゆる大事なことを詰め込んだかのようであった。

トレ弁護士の素晴らしい雄弁は、時節柄、深い敬虔《けいけん》な宗教心をも掘り起こした。その日はクリスマス・イヴであり、およそ二千年前のこの日に、世界のもっとも偉大な、平和の福音をもたらし、戦争を忌み嫌う救い主が、ベツレヘムの小さな廏舎《きゅうしゃ》で生まれたのである……。

陪審員たちはほとんど席を離れることなく、被告に無罪の判決を下した。ジェルメーヌ・ベルトンの罪は許され、彼女は釈放された。

その晩パリで催された大祝祭は、一九一八年に停戦協定が結ばれたときの祝祭に次ぐ盛大さだった。その祝祭では、ジェルメーヌが主賓の聖女だった。

現代のもっとも劇的な犯罪の経緯は、これで一応幕を閉じることになる。

しかしこれですべてが終わったわけではなかった。さらにもう一幕の付け加えられるべき情景がある。深く静かな悲しみに彩られたエピローグの情景である。そこには、癒されることのない深い悲しみと、あまりに優しすぎて理想的すぎる女性が苛酷な現実世界で成就できなかった恋愛の姿を垣間見ることができる。裁判の一年後の一九二四年十一月一日——諸聖人の祝日——ペル・ラシェーズ墓地のフィリップ・ドーデーの墓のそばで、ジェルメーヌ・ベルトンが冷たくなっているのが発見された。

魔女の大鍋の殺人——フランツィスカ・プルシャ事件

一九二四年から一九二五年にかけてウィーンは、国際的にも有名なセンセーショナルな二つの、殺人事件のことで話題がもちきりだった。それは今でも知識人によく取り上げられるし、新聞や、町の日常会話でもいまだにホットな話題となっている。近年の犯罪心理学に関する著書で、この事件を重視しなかったものはないくらいだ。

この事件の舞台となるウィーンは、ヨハン・シュトラウスのロマンチックな「皇帝の都《カイザーシュタット》」や、シュニッツラーの「愛らしい少女」や「シャラークオベール」で描かれているのとは異なってい る。大戦後の、薄汚れて、ほとんどグロテスクと言えるまでの醜悪さをまとった、真実に〈魔女の大鍋〉と言えるところで、ゴヤの絵筆や『どん底』の文豪ゴーリキーの筆致で描写されるのがふさわしいところだった。

このメロドラマの三人の主要人物は、二人の老いた日雇い雑役婦と、十九歳の役立たずの若者から成る。このドラマの背景には、ホームヘルパー、野犬捕獲員、清掃員、助産婦、行商人、占い師、皿洗い下男、女中、無為徒食者ら、ほとんど限りなくあげられる一連の人々がいる。にもかかわらず、これほど多様で驚くべき要素を含んだ殺人事件は、長い犯罪の歴史でもめったにないと言える。

この事件の被害者となったマリー・エーベルは一八五七年、旧オーストリア領のボヘミア地方に生まれた。郵便配達夫の夫が死んだ後、ときどき雑役婦として働いていた彼女は、積み立てられたささやかな年金をもらうようになった。一九二二年、彼女は、州の中央病院であるルドルフスシュピッタルで雑役婦として雇われた。そこで彼女は、一八七〇年にボヘミアのラッセンニッツで生まれたフランツィスカ・プルシャという同国人と出会った。

二人はすぐに、生まれながらの親友のように親しくなった。その年の暮れ、二人はともに病院から解雇された。プルシャは、突然の解雇に対する補償金を要求し、百五十万クローネン（現在の物価に換算しておよそ二十二ドル）を手に入れた。プルシャは、友人のエーベルのために尽力して、彼女もその補償を得られるよう助けた。プルシャは、夫を大戦で失った戦争未亡人で、小額の軍人恩給の年金をもらっていて、エーベルと同じく、不定期な仕事を請け負い、ときには怪しげな仕事にも手を伸ばしていた。

このドラマが始まったときのエーベルは、ケルブルガッセ二十六番の小さなアパートに住んでいた。そこにはベッドとキッチンがあるだけだった。そのアパートの部屋には、二つの余分なベッドがあったが、つつましい生活習慣のエーベルは、そこに下宿人を住まわせていた。

一九二三年初頭、チューリンゲンから二人のごろつきの若者がやってきた。そのうちの一人はバッハマンという名だった。二人は、エーベルのつつましい部屋に下宿した。色情狂《ニンフォマニア》だったといわれるエーベルは、この二人の男を情夫にしていた。たびたび小遣いをせびられたエーベルは、やがてこの二人のごろつきに身ぐるみ剝がれてしまった。数カ月後二人は、エーベルが持っていた宝石と現金などの全財産を持てるだけ持って姿を消してしまった。

一九二三年十二月三十一日、エルンスト・マイヒェという若者がエーベルを訪ねた。彼は自分がバッハマンの友人であると自己紹介した。彼は、バッハマンからこのエーベルの部屋の鍵を預かったとして鍵を示し、部屋を探しているならそこに行くとよいと助言されたと告げた。エーベルはそれに対して当初喜ばなかった。バッハマンに関してエーベルがバラ色の思い出をもっていたわけではないからだ。しかし最後にエーベルは、その見知らぬ男に、週に三万クローネン（約四十五セント）で部屋を貸すことに同意した。

十九歳のマイヒェは、バイエルン州ルドルシュタットの小さな屠殺業者の息子だった。長じて後、家を飛びだしていた。マイヒェは、自分を紹介するときはいつも大学生と語っていたが、何を専門とし、どんな学業をしているのかについては口を噤んでいた。彼の学業の実態がどうあれ、下宿人として彼は、いなくなったバッハマンの後を継ぐにふさわしい人物であることがやがて判明する。

マイヒェは部屋代を決して払わなかった。彼は、老女の施しによって暮らすことを不満に思わなかった。宿と食事が提供されるのみならず、マイヒェはエーベルから小遣いまでせしめていた。彼がそこに住むようになって一ヵ月後、エーベルは、それまで支払いが滞っていた年金四百八十万クローネン（約七十ドル）を受け取った。マイヒェはそこから百十万クローネンを借り受け、借用証書には百五十万クローネンを借りたと記して署名した。その金額の差については、ため込んだ宿代その他の経費であるとマイヒェは鷹揚《おうよう》に認めた。

その頃エーベルの住居から数ブロック離れた、クリムシュガッセ22ａに住んでいたプルシャは、毎日のようにエーベルの質素な住居を訪ねた。プルシャはエーベルのところにしょっちゅう泊まり込んでいった。このような社交生活は、プルシャのこれまでの人生になかったことだ。毎晩プルシャがやって来て長居をするのは、エーベルの人柄に魅かれたためだけではないと皮肉家は結論づけるだろう。プルシャが、マイヒェに思いを寄せられていると想像し始めていたことはほとんど疑いがない。

その結果としてプルシャは、マイヒェに対し、自分に誠意を示さない態度を居丈高《いたけだか》に拒むようになった。実際、プルシャは、この若い役立たずの穀潰《ごくつぶ》しが親友のエーベルに対してひどいふるまいをしていると非難したことが一度ならずあるとつつましく主張していた。しかし問い詰められて彼女は、純粋な博愛心から、親友エーベルに対してこの若者が忠実かどうかを試すために、ある種の誘惑めいた働きかけをしたことを認めた。

この博愛行為をプルシャがどの程度までしたのかは定かには知られていない。しかしプルシャが、中期ヴィクトリア朝時代の一般的なモラルの境界を相当踏み越えていたのは、言い逃れできない事実だった。

エーベルは、このプルシャの博愛行為を快く思わなかったようだ。近所の人は、エーベルとプルシャが激しく口論しているのを何度も聞いている。残念ながら、この口論は、彼女たちの母国語であるチェコ語でなされていたため、そのとげとげしい内容は聞き手には伝わらなかった。

一九二四年三月三日、マイヒェ——放蕩者《ゲイ・ドッグ》と形容するのがふさわしいが——は、今晩は出かけると女主人にことづけて、午後六時四十五分に外出して行った。結婚したばかりの若いヒルデガルト・トラウンフェルナーの催す仮面舞踏会にマイヒェは出かけたのだった。最近マイヒェはこの手の集まりに夢中になっていた。

エーベルとプルシャの二人はアパートに残された。おそらく二人は、気まぐれな男心について愚痴を言い合ったのだろう。あるいは、二人ともに執着の対象となっている、去っていった男について、互いに角を突き合わせたのかもしれない。近所の者が数人、この二人の老女が、けたたましく大喧嘩をしているのを聞いている――またしてもチェコ語で怒号がとびかったために、その意味内容は聞き手には不明だった。しかしながらプルシャは、マイヒェが部屋を出て数分後にはもうエーベルのもとを去ったと主張している。彼女はまた、自分がチェコ語であれ何語であれ、エーベルと口論したことなどないと否定している。その後の裁判で、プルシャのこの証言を覆すに足る証拠は見つからなかった。

この後たしかなのは、午前三時半に起こったことだ。このとき興奮した様子のマイヒェが、手伝い人のウストヒャルを起こし、アパートの他の借り主たちも起こして回った。マイヒェが告げたのは、エーベルが死んでいるのが見つかったということだ。

マイヒェが言うには、舞踏会から戻ってきてすぐ、女主人のエーベルがベッドで仰向きに横たわって死んでいるのを見つけた。彼女の顔は血にまみれていた。手伝い人のウストヒャルは、遺体の状況をざっと検分した後、マイヒェを警察に通報に行かせた。警察は、ありがちなことであるが、これが病死や自殺でなく、変死事件であるということを半日後まで認識しなかった。

警察に行った後マイヒェは急いで、以前にエーベルを診察したことのあるエドゥアルト・ドゥプスキー医師のところに行き、エーベルが死んだことを伝えた。しかしドゥプスキー医師は、午前七時まで現場に到着しなかった。

医者に変事発生を告げた後マイヒェは、隣人のエミリー・ベツニヤックのところの長椅子で、二時間ほど仮眠をとった。それからマイヒェは、午前六時頃にエーベルのアパートに戻った。何人かの野次馬か近所の住人がエーベルの死んだ部屋にたむろしていた。そこにいた二人が後で、次のように証言している。「マイヒェが、遺体が寝ているベッドの枕元で何かをしているのを見た」。しかし、それが何であるかまではわからないとのことであった。

午前六時半になってマイヒェが、プルシャのところに行き、その悲しい報せを伝えた。彼は、エーベルの死に無関心ではなく、悲しんでいる様子が窺えたという。マイヒェが伝えたところでは、エーベルは卒中の発作で死んだようで、鼻と口から相当出血していたということだった。プルシャはその報せを聞いたときに、口も聞けないほど驚いた様子はなかったという。マイヒェの証言では、思慮深く落ちついた様子でその報せを聞き、まるでその報せがくるのを予期していたかのようだったという。プルシャの本当の気持ちがどうあれ、彼女の最初の反応はきわめて実践的なものだった。彼女がマイヒェに最初に言ったのは、マイヒェがつくったエーベルへの借用証書を探しだしてそれを破棄することだった。プルシャは、エーベルがその証書をどこにしまっているのかをマイヒェに教えた。

その少し後で二人は連れ立ってエーベルの姪のマリー・ジコラのところに赴き、この痛ましい報せを伝えた。マイヒェはその後、舞踏会で一緒だった美しいヒルデガルトとともに町の公園を散策した。プルシャは、ジコラに叔母の死を告げるという役目を果たした後、旧友のガブリエレ・ドゥンストを訪ねた。そのときプルシャはガブリエレと長々と議論をしたらしいが、その詳細ははっきりとされないままだ。

その間にエドゥアルト・ドゥプスキー医師が悲劇の現場に到着した。彼が着いたとき、扉は開いたままで、アパートの部屋には誰もいなかった。この数カ月間彼は、ちょっとした肥満による心臓の機能低下を起こした患者としてエーベルを診察してきた。ドゥプスキー医師は、ベッドに横たわる彼女の遺体を見て、その体を仔細に検分しても意味がないと判断した。心臓の肥大によって彼女が死んだのは、医師の目には明らかなように見えた。

そのいい加減な判断が、自らの診断能力への過信からくるものか、夜中に叩き起こされたために眠気がぬけきれず、まだぼんやりとしていたことからくるものかという点については、後の裁判では問題にはされなかった。ざっと遺体を眺め——それもあまり近くにまで行かずに見やっただけらしい——ただけで、ドゥプスキー医師は自宅に——おそらく自分のベッドへと——帰っていったのは事実である。医師は自宅で、エーベルの死因が卒中であるとする死亡証明書をこしらえた。

その日は、午前七時頃のごく短い医師の訪問から、午後二時までの間、特に何も起こらなかったようだ。近所の人間が何人か、下世話な関心から死んだ女性のいる部屋を覗き込んだかもしれない。残された公式の記録では、その間の七時間は空白となっている。それからエーベルの姪のマリー・ジコラがやって来た。

ジコラがやってきたのは叔母を悼むためではなく、儀礼的なもので、むしろ遺産の分配が目当てだったらしい。利益と打算なしにはジコラは、親しくない叔母のところをわざわざ訪ねたりしなかった。彼女は叔母が最近四百八十万クローネンの年金を受け取ったことを知っていたので、それがどこにしまわれているのか探しに来たのだ。彼女は、叔母の部屋中をひっかき回して徹底的に捜索したが、期待した金のしまい場所はとうとう見つけられずじまいだった。

ジコラが部屋を探索している最中にマイヒェが戻って来た。彼は、ジコラがやっていることに対して特に無関心で、退屈そうな態度を示していた。そのとき彼の関心にあったのは、自分の借用証書がしまわれているらしい食器棚だけだった。プルシャの助言にしたがって、このとき彼は自分の借用証書を奪いかえした。その数分後、ドゥンストとともに、プルシャ自身がその部屋にやって来た。彼女は、ジコラが、あるかどうかはっきりしない財産を求めて部屋中をひっかき回しているのを、ある種の嫉妬まじりの好奇な眼差しを送りながらたたずんでいた。

ジコラの探索がそろそろ終わろうとしていた午後四時半頃、エーベルの別の親戚が現れた。遺憾ながらその人物もまた、ジコラと同様、死者を悼むのではなく、遺産目当てにやって来た。その人物はカール・タシュナーといい、離れたところに住んでいるエーベルの甥だった。しかしいかに金銭目的のためとはいえ、エーベルの遺体に特別な関心を払ったのは、タシュナーが初めてであることも彼の名誉のために付記しておこう。

遺体を覆う白布をめくってみたところ、彼は、遺体の喉の周りにランプの灯芯がきつく巻かれているのを発見した。ジコラはすぐにその灯芯が叔母のものであり、食器棚の缶にしまわれていたものであるのを認めた。

今やエーベルは何者かに殺害されたことが明白となった。殺害者とエーベルはこの部屋で会っていたのだから、下手人は誰か親しい間柄の者で、この部屋に入るのを許される者だったに違いない。タシュナーの証言によれば、この灯芯が見つかってすぐ、マイヒェは、目に見えて動揺し始めた。ひどく興奮し動揺したのはプルシャも同様で、彼女はその部屋から逃げるように去り、友人のところに行って自分の不安や懸念を滔々《とうとう》と語ったという。

その頃、ようやく警察が重い腰をあげて捜査に乗り出した。通報を受けてからかなり遅れて警察の一行は、まだジコラとマイヒェがいるその部屋にものものしく現れた。エーベルが、卑しむべき非道な行為の被害者であると知って、彼らは驚きと当惑の念を表した。

しかしながらその後警察は、まるで遅れを取り戻そうとするかのように、迅速かつ熱心に捜査活動を始めた。近年ハンス・グロース博士によって定められた細密な捜査法に基づいて、アパート中を隈なく調べた。既に近所の者たちや見物人や貪欲な親戚たちがやって来て踏み荒らした後ではあったが、何か手掛かりになるものがないかと徹底的に調べ上げた。

台所のストーブには、肉団子が三つとローストポークがあり、料理は済んでいたが、手つかずだった。このことから殺害は、夕食前になされたと推定された。女性の髪らしい毛がエーベルの左手に付着していた。が、その毛が誰のものであるかはついに特定されなかった。

ひと通りの捜査を終えて現場を封鎖しようとする直前に警察は、死んだ女性のスリッパの中に、鍵束があるのを発見した。この鍵束は、きわめて重要な証拠であると思われた。その鍵束は、被害者のものではなかったので、犯人が現場に落としていったものだろうと推定されたからだ。しかしその後数カ月にわたって、組織をあげてその鍵束の出所を追求したにもかかわらず、ついにそれは突き止められずじまいだった。

その鍵束は、スリッパの中に隠れて見えなくなっていたが、マイヒェは後の裁判で、舞踏会から帰ったときに、ベッドの下にその鍵束がおちているのを目撃したと語った。他の証人たちはいずれも、そんな鍵束を見たことはないと否定した。

その鍵束の所有者が特定され、どこから誰が持ってきたかがわかれば、さらなる捜査の必要なく、疑いなく殺人者の正体が判明しただろう。しかし今日までその鍵束は、ウィーン警察の保管庫にしまわれ、所有者もわからず、出所も解明されないままだ。

もう一つの驚くべき、そしてほとんど信じがたい捜査側の怠慢は、死亡推定時刻を特定するための検死解剖に関する事柄だ。遺体が検死解剖にまわされ、そのどこかで遺体の腹部の残留物が紛失してしまった。それがどこに消えたのかは皆目わからないままだ。腹部の内容物がなくなったために、正確な死亡時刻を割り出すことができなくなってしまった。

警察が、下手人として疑いを向けたのは、主にマイヒェとプルシャだった。しかし、捜査が始まって大して時間のたたないうちに、主たる容疑は、プルシャに向けられることになった。

プルシャは常に極貧ぶりを嘆いていて、わずかな失業手当てと、さらにごくわずかな年金を除いて収入がなかった。しかしエーベルが死んだ日にプルシャは、マイヒェに五十万クローネンを与え、それとほぼ同額をガブリエレ・ドゥンストに与えている。その上彼女は、殺人行為が発覚した後、説明のつかない神経質な様子を示し、現場から逃げるように去った。彼女は二度も、不快なことに巻き込まれてしまったおそれがあると言っているのが聞かれている。四日の晩に彼女は逮捕された。プルシャの住居を捜索した結果、新たに容疑を裏付けそうな物証が見つかった。三百三十万クローネンもの金が彼女の所持品の中から見つかったのだ。

その半時間後、マイヒェもまた逮捕された。彼の容疑を裏付ける確たる証拠はなかった。しかし彼はアリバイを証明することができた。その晩舞踏会にいたことを彼の友人が証言した。彼は七週間後に拘置を解かれた。プルシャは裁判にかけられることになった。

その年の十一月二十六日に開かれた裁判は、大勢の注目を集めた。このセンセーショナルでスキャンダラスな犯罪をめぐる状況が、あらゆる階層の人々の興味をひきつけた。地方裁判所の傍聴席への門が開かれると、大勢の傍聴希望者が殺到して、席はすし詰めになった。裁判官をつとめるのは、帝国顧問官のホッター博士。検察官にはフランツ・ヴァーグナー博士。弁護人には、ヒュゴー・シュペルバー博士。

被告のプルシャは、ごくありふれた風采だった。標準的な身長で、ややずんぐりして、抜け目なく精力的な風貌で、落ちつきない小さな目をして、手は大きく骨ばっていた。

彼女はしょっちゅう弁論をさえぎり、裁判の進行を妨げた。彼女は裁判官に文句を言い、弁護士を軽んじ、証人を侮辱した。卑しい俗語を使って呼びかけ、ありとあらゆる罵詈雑言や悪口を浴びせかけた。彼女を黙らせるまで、証人が宣誓をして証言するのがたびたび延期された。

オーストリアの刑法にしたがって、ホッター博士は、証人たちの証言を吟味した。慣例にしたがってまず弁護側の証人が吟味された。プルシャは、エーベルが常に下宿人の男と道ならぬ関係をもっていたと証言した。いまの下宿人のマイヒェとも、彼女が人倫に悖《もと》る関係にあったと証言した。その点を除けば、エーベルは無害で人のよい老女で、自分にとっても最良の友人であったとプルシャは証言した。プルシャは、自分がマイヒェに大して恋愛感情を抱いたり恋愛関係になったことはないと居丈高に否定した。証言を述べるときにプルシャは、あからさまな猥褻語を用いたので、裁判官はプルシャに、あまりに直截なもの言いを慎むように求めた。

プルシャは、殺人が起こった日前後の自分の動向を説明した。マイヒェが前日の晩午後六時四十五分くらいに部屋を出た後、数分してから自分もその部屋を去ってすぐ自宅に戻った。その後は就寝し、旧友の突然の死という驚天動地の呆然とさせられる報せをマイヒェがもってくるまでずっと自宅で寝ていた。

そのことをジコラに知らせた後プルシャは、友人のガブリエレ・ドゥンストのところに慰めを求めて行った。ガブリエレは、エーベルの死が自然死でないのではないかという疑念を表明し、前にエーベルのところに下宿していたバッハマンがこっそりと戻って来て、彼女を殺害したのではなかろうかと述べた。法廷にいたガブリエレは即座に、自分はそんな意見を表明したことがないと強く否認した。それに対してプルシャは、ガブリエレのことを嘘つきと罵った。その発言には、露骨で卑猥で野蛮な表現があったらしいが、残された記録では若干婉曲されている。裁判官はプルシャに口汚い言葉を慎むように警告を発し、証人を侮辱するのを止めるよう求めた。それに対してプルシャは、自分の言葉は必要に見合った洗練されたものであり、事実を述べたのだから、ドゥンストが自分の親友であるのと同様に、いかなる意味でも侮辱は含まれていないと述べた。

その次の証人は、安直でいい加減な診断を下したドゥプスキー医師だった。彼は雄弁をふるって、遺体をちゃんと調べずに死亡診断書を作成した失態から言い逃れようとつとめたが、無駄に終わった。医療に携わる者の崇高な義務を怠ったとして、傍聴席からは辛辣な非難の野次が飛ぶのを、ドゥプスキー医師は甘んじて受けるしかなかった。

この三角関係の真ん中にいる放蕩者のエルンスト・マイヒェが、続いて証人席に立った。彼は背が高くブロンドの髪をした若者で、気をつかった小綺麗な衣服を着こなし、険しく邪悪そうな目をしていて、蔑んだような笑みを口もとに浮かべていた。その立ち居振る舞いからして、彼が自分のことを、口説けば女性が抗しきれなくなる〈伊達男ブランメル〉（ジョージ・ブライアン・ブランメル、一七七八～一八四〇。イギリスのファッションの権威と目され、洒落男、伊達男と呼ばれた）とみなしているのは明白だった。

彼は見下した口調で、エーベルが自分に好意をもっていたことを認めた。プルシャもまた、自分の魅力に抗えないものがあったと述べた。プルシャはしばしば、自分のところにマイヒェを招いた。彼女はマイヒェが、エーベルに関心を向けているとして嫉妬心を徐々に膨らませていた。実際のところ、マイヒェをめぐって、二人の老女はしょっちゅう口論していた。

舞踏会から午前三時半に帰宅したとき、すぐにエーベルが死んでいるのを見つけたとマイヒェは証言した。ただちに手伝い人と近所の者たちと医師へ連絡した。そのときベッドの近くに鍵束が落ちているのを見たが、そのことにさして注意を払わなかった。マイヒェは、自分の書いた借用証書を破棄したことを認めた。後で彼は、プルシャが自分に五十万クローネンをくれたと言って自慢した。もしかしてプルシャがエーベルの金を盗んだとみなされるのだろうかとマイヒェは、びくついた様子で述べた。プルシャは、マイヒェに自分のところで一緒に暮らさないかと誘ったという。マイヒェはその申し出を断った。

マイヒェの生活事情が詳しく調べあげられた。彼はウィーンに来てから自分で稼いだことはなく、もっぱら老婦人の寛大な恵みと施しによって暮らしていた。

アルビン・ハベルダ教授は、法医学博士で、法医学の偉大な権威として国際的に著名であり、その著書は法医学の分野での標準的著作とされている。このハベルダ博士と、法務省の法医学者マイヒナー博士の二人が、エーベルの検死を行ない、死因は絞殺であると結論づけた。ハベルダ博士の所見では、遺体が仰向きに横たわった姿勢で発見されたにもかかわらず、体内の鬱血と皮膚の変色具合からみて、遺体は死後数時間にわたって、片側を下にした姿勢で置かれていたとみられる。

続いて、エーベルの隣の部屋に住んでいるアコーディオン奏者の妻エミリー・ベツニヤックが、証人席に立った。殺人のあった晩の午後七時頃、エーベルの部屋で激しい口論が聞こえてきたと彼女は証言した。彼女が認識したところでは、それはチェコ語を使っているエーベルとプルシャで、男性の声は聞かれなかったという。翌朝、優雅な服を着ているが青ざめたマイヒェがベツニヤックのところにやって来て、エミリーにエーベルの死を伝えた。そのときマイヒェは、昨晩も、老いた二人の彼の情婦が彼のことをめぐって言い争っていたと述べた。

ベッニヤックによれば、プルシャがその日の午後自分のところを訪ねてきて、鍵のことに話題が及んだとき、彼女は怯えた様子を示したという。この証言をしていたときに被告のプルシャが金切り声を発し、意味のよくとおらない長広舌の悪口を証人のエミリーに浴びせ始めたので、裁判は一旦中断を余儀なくされた。

さらに、エーベルの真下の部屋に住んでいるマリー・フュルンクランツ、エミリーの夫の音楽奏者、エーベルの隣人のシュテファニー・マテーらが証人席に立ち、口論が聞こえてきたというエミリーの証言を一致して裏付けた。いずれも共通して証言しているのは、その大喧嘩が午後七時十五分頃にぴたりと止んだということだ。

ガブリエレ・ドゥンストは宣誓した上で、その年の二月終わり頃、自分はエーベルから百五十万クローネンを借りたと述べた。エーベルが殺されたことがわかった日の午後、プルシャがガブリエレのところにやって来た。プルシャはガブリエレに、エーベルの遺産の相続人で、未だ目当ての隠し財産を見つけられずにいる貪欲なジコラに対して、借金の総額が五十万クローネンであると主張せよと助言した。

プルシャはさらに、五十万クローネンをガブリエレに貸与し、負債の返済を迫るエーベルにそれで清算を済ませるよう指示したとガブリエレは述べた。同時にプルシャは、多額の現金を持っているのをガブリエレに見せた。その金は、持っている家具を売ってつくったものであるとプルシャは説明した。

わが国の刑事裁判でもなじみのある精神鑑定医たちが法廷に立った。彼らは一致して、被告の精神は正常であり、自らの行為に対して責任能力があると判定した。しかし彼らは、プルシャの道徳的抑制力はきわめて低いと付け加えた。プルシャの弁護人はただちに、被告の責任能力以外の事柄に予断を与える鑑定医の証言に対して異議を申し立てたが、裁判官はこの異議を却下した。

精神鑑定の専門家たちが退席した後、二十八歳になる、プルシャの私生児であるカール・イルクが証人席に立った。マイヒェがまだ拘置されていた期間に、彼の父の代理人としてニッチュと名乗る男が彼のもとに現れ、法的な事柄をライス博士に委ねるならばという条件で、弁護費用をすべて負担しようと申し出たという経緯をイルクは語った――それは不思議な、戸惑いをもたらす内容だった。イルクが混乱気味に語った話は、はっきりした裏付けが提示されなかった。イルクは有無を言わせず、退廷させられた。しかし後に、イルクが語った内容は、卑劣で奇怪な重要な事柄と関わっていたことが判明する。

歯がなく、怪しげな半端仕事をしているらしい老女ジョゼフィーネ・カリンガーという、検察側の重要な証人の一人が、このイルクの証言に続いた。ジョゼフィーネの証言によれば、彼女とプルシャは三月四日の朝、生活支援金の受け取りのためにともに役所に行って待っていた。そのときプルシャは、エーベルが死んだことをジョゼフィーネに告げ、被害者の食器棚からランプの灯芯がなくなっていたので、自分がエーベル殺害の疑いをかけられるかもしれないと恐れていると語った。さらにジョゼフィーネは、プルシャが前の晩にエーベルの部屋を出たのは、午後六時四十五分ではなく、午後七時半であると自分に語ったと証言した。

この証言は、プルシャにとってはあんまりだった。彼女は飛び上がり、またしても法廷は大がかりな人数で彼女を強制的に押し黙らせなければならなかった。顔を真っ赤に紅潮させてプルシャが語った要旨は、三月四日であろうと他の日であろうと、カリンガーなる老女と話をかわしたことは全然ないというものだった――この忌まわしい老婆が実際は、プルシャはまったくの見ず知らずの赤の他人であるというものだった。この激烈なプルシャの否認は、四人の足元がふらつく老女たちの宣誓証言によって否定された。四人とも無職で生活保護を受けている老女で、プルシャとカリンガーが一緒にいて会話しているのを見たことがあると証言した。

裁判はやがて口やかましい隣人たちや、親戚や、友人や、知人や商人の単なるパレードと化してしまった。一人一人が、自分が耳にしたゴシップを開陳する。既に相当に膨れ上がった法廷記録に記されている事柄について、それぞれがさまざまな尾鰭《おひれ》をつけて、どうでもよい要素を付加して自分の知っているスキャンダルを語るのだった。

この裁判の二日目、プルシャは威勢よく証人席に立ち、裁判官にさよならと告げて、法廷を出ていこうとした。これまで懸命に理性を働かせて耐え忍んできたが、この一連の経過にすっかりうんざりしたので、もうここにとどまる意味がないと告げた。

不本意にも彼女は官吏に連れ戻されたが、彼女はその後も二度法廷を脱走しようと試みた。彼女は、この裁判にすっかり嫌気がさしたと述べ、もしどうしてもこの裁判を続行したいのなら、自分抜きでやってくれと語った。尊敬されるべき雑役婦がこれ以上こんな愚劣なことに出席させられるのは我慢がならないと彼女は居丈高に語った。このときの彼女の発言は、近代の裁判制度に対する最も辛辣な批評として記録されることになった。

十一月二十九日この裁判は終結を迎えた。裁判官による総括は、完全に被告プルシャに味方をするものだった。しかし誰もが驚いたことに、陪審員たちは十対二の多数決で、被告を殺人と強盗の罪で有罪であると判決を下した。

検事自らが、判決確定に際して被告に寛大さをもって情状酌量するように法廷に求めた。判事補と相談したのち、ホッター裁判官は、プルシャに十五年の重労働の刑を科した。定められた手続きにしたがって、最高裁がその判決を確定した。

しかしこの「プルシャ事件」はまだ終わらなかった。ウィーンの指導的な新聞である〈デア・ターク〉誌は、この事件で有罪とされた女性の罪状は法律的に確定していないという理由をもって、この裁判を再び開くべきだとする巧みで執拗なキャンペーンを展開した。新しく裁判を開くべきだと主張する主導者は、たしかにプルシャが怪しいと推測させるものは多々あるものの、重要ないくつもの証拠が説明がつけられないままであり、たどっていけば有力な証拠や手掛かりが得られそうなラインがいくつも放置されたままであると主張した。たしかにその主張は根拠がないわけではなかった——要するに、起訴状の事柄が証明されていないということだ。

法律の専門家による特別な委員会が結成され、この事件全体を再度審議することになった。その委員会の長は、中央犯罪法廷の判事長であり、オーストリアでもっとも傑出した法学者の一人であるルートヴィッヒ・アルトマン博士だった。

記録を調査してアルトマン博士は、プルシャが有罪とされたことへの不満を表明した。一九二五年六月五日、彼は、再度この事件の裁判を開くように命じた。

一九二五年十月十二日に開かれた二度目の裁判は、帝国評議会のシャウプ博士が裁判官をつとめ、一度目の裁判よりも大きな注目を集めた。

プルシャの容貌は、前の裁判のときとさして変わっていなかった。しかし彼女はおとなしくなって、いまやヒステリーの徴候は消えていた。彼女は、以前の証言にほとんど何も付け加えなかった。プルシャが強調したのは、エーベルが殺されたとき金を持っていたはずがないということだった。エーベルは百十万クローネンをマイヒェに貸し、百五十万クローネンをガブリエレ・ドゥンストに貸した。残りの四百八十万クローネン（約三十二ドル）は派手な生活に浪費した。

プルシャは、自分がマリー・ジコラに叔母の死を告げたとき、カール・タシュナー夫人がプルシャに、エーベルがランプの灯芯で絞殺されたと語ったと証言した。法廷は、ランプの灯芯が兇器であることが判明したのは、プルシャがジコラと話をした数時間後のことである事実に注意を喚起した。するとプルシャは荒々しく、自分を有罪にするために警察と法廷が卑劣な共謀をしていると罵り、自分の証言についてそれ以上議論するのを拒んだ。

前の裁判と同じく、ゴシップを聞いたり広めたりしていた関係者が証人として現れ、その証言の真偽の信頼性が吟味された。しかし一年もの間をおいて内省して記憶を掘り起こそうとしても、彼らの証言は以前より明確さを欠き、ずっと曖昧なものになっていた。

特に、マイヒェが舞踏会に出かけた後の、エーベルとプルシャの口論という重大問題について、彼らは曖昧だった。この重大な出来事に関して、最初の裁判のときには多くが興奮状態にあった、ゴシップやスキャンダルを貪《むさぼ》り楽しむ連中の記憶は薄らいでいた。

ベッツニヤックと、アコーディオン奏者の夫の証言は、口論を聞いた時刻に関して、前の裁判で証言した内容と食い違っていた。ルートゥミラ・マテーは、その口論には三人の声が聞こえ、その一人はマイヒェだと証言して、以前の自らの証言と矛盾するのを露呈した。

マイヒェ自身は、先の裁判の後、故国ドイツに帰っていて、ウィーンの裁判のためにオーストリアに戻ることを拒んだ。そのため、検察側は、もっとも重要な証人を欠くことになった。しかしながら、その晩のマイヒェのアリバイが、弁護側の調査によってかなり調べ上げられていた。マイヒェが、件《くだん》の舞踏会に参加していたことは疑いがない。しかし、他の舞踏会参加者の証言を聞き集めたところ、何回か、半時間から一時間ほどの間マイヒェの所在がつかめない時間があった。したがってプルシャの弁護人のリヒャルト・プレスブルガー博士は、マイヒェが容易に注意をひかずに舞踏会をぬけだし、エーベルのアパートに行くことが可能だったと強調することができた。

舞踏会のヒロインだったヒルデガルト・トラウンフェルナーは、半時間もの間、証人席で、懸命に騎士役だったマイヒェを擁護し、彼女のマイヒェへの関心は純粋にプラトニックなものだったと説明するという不快な役回りを引き受けたが、説得力は乏しいとうけとめられた。彼女が証言している最中に、職業も素性もわからないピネスという男が立ち上がり、興奮した調子で自分に証言させるよう求めた。しかしその男は即座につまみ出され退廷させられた。彼が何を言おうとしていたのかは結局知られないままだ。

弁護側の方針は明らかに、プルシャの無罪を直接証明しようというのではなく、他の関係者もまた殺人の動機と機会をもっていることを示すことで、プルシャ以外の人物が犯人ではないかという疑念を喚起することだった。検察側の用意するほとんどの証人が確固たる裏打ちのない曖昧な証言しかできなかったことが、プレスブルガー弁護士には追い風となった。まるで検察側の証人が、揃いも揃って健忘症を患っているかのような不確かぶりだった。

その上、エーベルのスリッパから発見された鍵束の所有者は突き止められないままだった。あるいはまた、検死報告では、遺体は死後数時間にわたって、横向きに置かれていたと報告されているにもかかわらず、五人の発見者は口をそろえて、エーベルの遺体が発見されたとき仰向きに横たわっていたと証言している。この矛盾を説明するいかなる整合的な事実も見つかっていなかった。ところで、唯一真相を知るもの言わぬ遺体は、その詳細な記録がいずれの裁判でも提示された。

疑いを分散させようとする戦略をとる弁護側は、新しい視座を提示した。バッハマンとマイヒェの共通の友人である、オスカール・ガイヤーというういかがわしそうな男の存在である。ガイヤーは、自分のなした犯罪を得意そうに語っていたのみならず、彼が寝泊まりしていた救護施設の鍵をなくしたことも知られていて、エーベル殺しの起こった日の朝、不可解な失踪をとげている。

しかしながら弁護側は、この人物への疑いを、法廷に持ち込むことはできなかった。

カール・イルクが再び証人席に立ち、ニッチュというミステリアスな男との不可解な会見に関する証言を再び行なった。前の裁判の直後に死んだ、鈍い女中は、このニッチュの差しがねによる暗殺であるとイルクは付け加えた。ホテルの部屋係の女性であるアグネス・ボハティの宣誓証書が法廷で読み上げられた。それによれば、殺人が起こったのと同じ頃に、ニッチュの部屋の鍵束が消え失せたという。

このニッチュに関する事情と証言はあまりにも込み入っていた。とうとうニッチュ自身が探し出されて、法廷に呼ばれ証人席にのぼらされた。彼が名乗った名前はフーベルトであり、職業は菓子職人だという。彼はしぶしぶ、一九一六年にオーストラリアの沿岸を周航する遊覧船でマイヒェの父に会ったことを認めた。その結果として彼は、マイヒェのことに興味をもったという。

バイエルンのこの貧乏な屠殺業者は、大戦中、気晴らしのためはるかかなたの太平洋の海を船でめぐっていた。この風変わりな短い気晴らし旅行の間に、彼はたまたま世界観光していた菓子職人と会った。この菓子職人が、その八年後に、屠殺業者の息子が関係していた殺人の裁判で、その息子を助けることになる。この異様な裁判に出された数々の証言の中でも、この経緯はもっともグロテスクな部類に属する。マイヒェを救おうとしたのは、ニッチュ自身は純粋な人助けの精神からであると装いたかったようだが、実際はそんなものとはまったく異なっているのではないかと疑わせるに足る充分な理由と根拠もあった。しかし法廷では、ニッチュの証言を充分に吟味することなく、彼をさっさと片づけてしまった。

マイヒェが出廷してこないので、被告が有罪であると立証しようとする検察側の主たる頼みの綱は、ジョゼフィーネ・カリンガーの証言にあった。彼女は、最初の裁判のときに、プルシャがランプの灯芯がなくなっていることに言及し、その灯芯がまだ見つかっておらず、エーベルの死が他殺であることがまだわかっていない段階で、プルシャが逮捕されるおそれを口にしていたと証言していた。法廷に呼ばれたときカリンガーは、プルシャとの会話を恐ろしいくらい正確に再現してみせた。

しかしその証言を詳しく吟味してみると、そのインパクトは大幅に薄らいでいった。弁護側の訊問の罠にかかってカリンガーは、この驚くべき証言をするより前に、新聞で兇器としてランプの灯芯が見つかったことを読んで知っていたことを認めた。また彼女は、最近治安判事に訊問されたときに、証言をがらりと変え、以前の証言を自ら覆していたことをやむなく認めた。

プレスブルガー弁護士は続いて、カリンガーとプルシャが役所で一緒にいて会話しているのをみたと証言した四人の老女を呼び招いた。しかし一年の期間をはさんだせいで、老女たちの記憶はすっかりだめになったらしい。老女たちは、カリンガーとプルシャが互いに他人であるのみならず、自分たちの知るかぎり、問題の日の午前中にいかなる会話をしているところも見たことがないと述べた。

カリンガーの証言の信用性を低めるためにプレスブルガー弁護士は、さらに何人もの証人をかりだした。熱心に宣誓した後彼らは、カリンガーが近所で悪名高く素行が悪いことで知られ、窃盗罪と詐欺罪で前科があり監獄に入れられたことがあると語った。小さな酒屋を営む、険しい顔をした、謹厳実直そうなアンナ・カラセクは、カリンガーの性格を詳細かつ精緻に述べ、いかに身を持ちくずした女性であるかを語った。怒り狂ったカリンガーが席を飛びだして、カラセクの鼻の頭を殴りつけ、カリンガーは不正なふるまいをしたとしてその場で逮捕された。

弁護側は、カリンガーの性格を浮き彫りにするだけでは満足しなかった。プレスブルガー弁護士は、何よりも専門家の意見を尊重した。著名な精神分析医が、カリンガーのわずかに残された信用性と評判を完膚なきまでに打ち砕いた。精神科医は、カリンガーが妄想性虚言症を患っていると宣した。ついでながら、その病名は、この裁判で初めて法廷に持ち込まれたのだが、既に絶望的なまでにいりくんでいる今日の異常心理学に新たな局面をひらくものであったことを付け加えておこう。しかし十二人の陪審員たちは妥当にも、その精神科医のキケロばりの雄弁は、証人が慢性的な嘘つきであることを意味しているにすぎないと解釈した。

弁護側はさらに反攻し、殺されたエーベルの長年の友人だった、手相占い師にして魔術家のマリー・ヴィルフェルトを呼び出した。彼女は、宣誓した後、エーベルが死の三ヵ月前に自分のところに健康面と、霊的な事柄の相談に訪れたと証言した。マリー・ヴィルフェルトはそのとき、〈魔法石《マジック・ストーン》〉をエーベルに売りつけた。その石は特別な種類のものだとマリーは法廷でわざわざ得意げに呈示してみせた。そのときマリーはエーベルに、喉に熱いものを押し当てるのがよいと助言した。遺体を解剖した結果、エーベルは動脈硬化を起こしていて、喉を患っていた。ヴィルフェルトはこのエーベルの症状を、手相から奇蹟的に正しく読みといた。

ヴィルフェルトが言うには、この後毎晩必ずエーベルは寝るときに喉に暖かいものを押し当てていた。プレスブルガー弁護士は、エーベルの死は、首に何かがあやまってもつれた事故によるものではないかと議論した。

しかしこの仮説は、次に登場した証人の観察によって幾分弱められた。助産婦のマリー・チュシェクは、タシュナーがエーベルの首に巻きついたランプの灯芯を見つけたときにその場にいたと証言した——しかし最初の裁判のときには、彼女がその兇器発見時の短い時間死体のそばにいたことが記録から漏れていた。その芯は、首の周りに緩く巻かれているだけだった——その緩さでは、死亡はおろか、気分を悪くすることさえできないだろう。

検死を行なったハベルダ博士が再び証人席に立ち、前の証言を繰り返した。遺体は、発見された仰向きの姿勢になる前の数時間、脇腹を下に横向きに置かれていた。ハベルダ博士は、これは殺人であり、複数の人物が関わっていると断固たる調子で言い切った。

その見立てに疑いを挟む余地はないのかと訊かれたとき、ハベルダ博士は居丈高に、自分はドイツ・オーストリアを通して最も古い法医学の権威であり、したがって間違えることなどありえないと言い切った。しかしハベルダ博士の落ちつきぶりは、プレスブルガー弁護士が、エーベルの死亡推定時刻が正確にいつになるのかと優しい口調で訊ねたときに揺らいだ。通常の人間的な過ちとは無縁のはずのドイツ・オーストリアの最年長の法医学の権威者は、しぶしぶその時刻が推定できないと認めなければならなかった。無謬《むびゅう》のはずのハベルダ博士が指揮する検死解剖の最中に、被害者の胃に残された内容物がどこかに消え失せてしまったからである。

他の何人もの証人が法廷に呼ばれた。その証人の証言自体がたとえ一貫していて矛盾がなくても、事件そのものをより混乱させ、紛糾させるばかりだった。

事件の本筋には対して関係がないが、その証言の中では、活気あふれるガブリエレ・ドゥンストの証言が、少々毛色が変わっていて目立っていた。この犯罪が起こる前のエーベルのアパートの雰囲気がどのようなものかと訊かれてガブリエレは、だらしなく締まりがなかったが、時々俗っぽい卑猥な冗談が飛び交い、明るい笑いもあったと語った。エーベルは、時にシミーダンスを披露するくらいだった。

この裁判はトータルで七十六人もの証人が呼ばれ、それより多くの者たちが、この二人の老女と十九歳の愛人に関する個人的な思い出や意見を語り、裁判という脚光を浴びる場に出たがった。しかし、無限の忍耐を持っていそうに思われた裁判所にとっても、いくらなんでも限度があった。これ以上の証人出廷は不要だと裁判所は決定し、歴史に残る舞台への登場を待望していた人々が地団駄踏んで悔しがった。出廷を拒まれた一人は、裁判所の無慈悲さに怒って、暴動の煽動者となった。

陪審員たちは匿名で、被告の無罪の側に投票した。十二人の陪審員のうち、十一人が無罪の側に票を投じた。法廷は、先の裁判の判決である、殺人罪に対する十五年の重労働刑を破棄し、プルシャがエーベルの金を盗んだ罪のみ有罪と認め、六ヵ月の懲役刑を言い渡した。既にプルシャは二十ヵ月服役していたため、彼女はただちに釈放されることになった。

プルシャを支援していた新聞や雑誌は、この判決が法の正義、真実の偉大な勝利であると喧伝した。それはそのとおりかもしれない――それ以上のものがあるかもしれない。しかしこの事件の主たる興味は、その解かれなかった謎にある。もしプルシャが犯人でないとしたら、一体誰がこの老いた雑役婦を殺したのか？

青いオーバーコートの男——ヤロスジンスキー事件

序文

この「青いオーバーコートの男」の物語は、最近ファイロ・ヴァンスが、ストイベサント・クラブのラウンジルームの一室で、一緒にいた私とマーカムに語ってくれたものである。現実の警察の捜査と探偵小説での探偵の推理の違いについて議論していたときにヴァンスは、このオーストリアの有名な事件をとりあげて、事実は小説より奇なるのみならず、しばしば信じがたいものであることの例証とした。

私が覚えているかぎりのことを書き留めた記録では、この「青いオーバーコート」事件を語り始めたときのヴァンスの正確な言葉は、次のようなものだった。私はそれをここに書き記しておこう。

「マーカム、知ってのとおり、現実に生じた犯罪史の実例には、探偵小説家が最大限に想像力を働かせてつくりあげた事件でさえも、貧弱にみすぼらしく見せてしまうものがある。ヨーロッパの犯罪記録には、すぐれた探偵小説家のつくる精密なプロットをはるかに凌駕するプロットのある事件がある。それればかりか、警察の捜査記録にも、小説中の著名な名探偵たちの推理をはるかに凌ぐ名推理の実例をいくつも見いだすことができる。

たとえばこの、十九世紀初頭にウィーンで起こった、青いオーバーコートの男の事件をとりあげてみよう。警察の犯罪捜査の歴史において、これはもっとも偉大な事件の一つだ。ほんのちょっとした一つの手掛かりから警察は、ヨーロッパで最も冷酷で残忍な殺人者を突き止めたのだ。

この事件を解決したハインリッヒ・ユーネマンは、それだけで偉大な探偵の殿堂に名を刻まれるに値する。ロマンチックなルコック探偵から、科学者探偵ソーンダイク博士まで、どんな探偵小説の探偵でさえも、この著名なオーストリアの探偵に肩を並べられるほど、綿密で分析的な推論を駆使したことはない」

私はここで、ヴァンスが語ったとおりに物語を語ることはしない。ただ、事実を呈示してみせるだけである。事実それ自体が際立っているものだから、それだけで充分この記録を書き伝える意義があると私には思えるからである。

S・S・ヴァン・ダイン

十九世紀初頭、帝国議会議員ヨハン・コンラート・ブランク神父は、ウィーンの帝国美術アカデミーの建築科で数学の教授をつとめていた。そのとき彼は七十歳で、オーストリアの華やかな都で名の知られた名士であり、学生にも教授たちにも慕われ尊敬されていた。

彼は以前、有名なプレバン校で講師をしたことがあった。この事実は、やがてオーストリア警察が、冷酷きわまる殺人者に正義の裁きを下すときに役立つことになる。ハンガリー・オーストリア帝国の犯罪史において、ぬきんでて血腥《ちなまぐさ》い一ページを残した若い貴族がこの神父のクラスにいたからである。

一八二七年二月七日の午前八時、建築科の学生たちは、通常の授業のためにアカデミーの教室に集まった。しかしブランク教授はこれまで時間に厳格で決して遅刻しなかったにもかかわらず、その授業に姿を見せなかった。八時半になっても教授が現れないので、敬愛する老教授のことが心配になった二人の学生が、ヨハン通り九七八番地にある教授宅を訪れることにした。そのフラットは、通称〈鉄頭《アイゼルネン・ビルン》〉と呼ばれていた。

教授の住居がある四階にまで学生たちは階段をのぼっていき、扉をノックした。返事がなかったので、彼らはもう一度ノックしてみた。やはり応答がない。そこで彼らは扉を開けてみた。鍵は掛かっておらず、彼らは中に入った。

部屋のカーテンは引かれていたが、陽光が入り込んで室内は仄《ほの》明るく、居間に倒れているブランク教授の遺体がすぐに見つかった。彼は残忍な仕方で殺害されていた。二重の刃をもつ鋭利な兇器で教授の体は、十四箇所を刺されていた。頭部に七箇所、胸に二箇所、下半身に五箇所の傷痕があった。

この殺人事件は、ウィーン全体にセンセーションを引き起こした。帝国警察の長官であるゼドルニツキー伯爵にこの事件を報告する際、ペルサ警察の警視は、いつになくだんだんと雄弁になった。

「先に述べたような発見がなされた後、犯罪法廷委員会は、決められた手順に従って熱心に調査しました。警察は、このおぞましい所業のいかなる痕跡も見逃すまいと、現場のあらゆる場所をひっくり返し、洗いざらい調べあげました。国中を恐怖のどん底に叩き落としたこの犯罪を放置するわけにはいきません」

しかしその当時の慣習に則って、新聞が伝えたのはただ、ブランク神父の死体が発見された事実と、捜査当局が調査中であるという事柄だけだった。実際、ウィーンの指導的な新聞である〈ヴィーナー・ツァイトゥング〉紙は、死体の発見後九日たつまで、この殺人のことにまったく触れなかった。九日たってようやくブランク教授の死は、「死亡」という見出しのもと、以下のように報じられただけだった。


七十歳になる帝国美術アカデミーの教授であり帝国議会議員である神父のヨハン・コンラート・ブランク氏は、市内十四地区にある自宅のフラットで死亡しているのが発見された。その遺体は、十五地区にある国立病院で専門家によって取り調べられている。


この当時のヨーロッパは、まだタブロイド紙が普及していなかった。今日のマスコミのような華々しい報道はなされず、殺人さえもが、控えめに威厳をもって報じられていた。

しかし、一八二七年のウィーンのジャーナリズムが極度に保守的だったとしても、熱意があり最先端のメソッドをもつ有能な警察がウィーンにはあった。その有能さに比べたら、今日のわれわれのもつ警察組織ののろさや非効率性が恥ずかしくなるくらいだ。このブランク事件の捜査は、犯罪学の歴史において際立って手際のよい典型例とされている。

捜査の指揮は、ハインリッヒ・ユーネマン検察官の手に委ねられた。ユーネマンの称賛すべき有能な捜査ぶりは、歴史上の名探偵――ヴィドック、ギュスターブ・マセ、フレースト、アーサー・ワード、メルヴィル、カッパ、ブライテンフェルトら――と比肩するに値する。

午前九時に現場に到着したユーネマンは、ただちに困難に直面した。ブランク神父が、控えめでいささか気難しい性格だったせいで、いつも一人で暮らし、親しい友人や知人がほとんどいなかったためだ。その性格は、彼の遺体を発見した学生の証言によっても裏付けられた。状況を検分した後、ユーネマンは、とりあえず断定はできないが、強盗殺人の可能性が高いとみなした。そしてその線にのっとって調査を始めた。

その住居を綿密に調べても、神父の収入手段についての情報は得られなかった。ブランクは、自らの経済事情について寡黙だった。ユーネマンは、何か手掛かりが見つかるだろうという期待のもと、アパートを直接微に入り細を穿《うが》つまで調べてまわった。古い封筒の中に、一八二六年十一月十二日付けの遺言状があるのが見つかった。それは、帝国近従カスパー・カルプに宛てられた手紙が添えられていた。カスパー・カルプは、神父の遺言執行人に指名されていた。

遺言で言及された神父の遺産のうち、七十五パーセントは、金属債券だった。債券には数字がつけられていた。その数字が14145、25760、89135、191148、19251 1の五つは、価値がそれぞれが千フローリンである。ナンバーが225と3475の二つの債券は、価値が五百フローリンである。合計すると、六千フローリン（約二千四百ドル）あることになる。

この債券書は、アパートのどこを探しても見つからなかった。

しかしながら、一八二七年四月一日に発行された債券番号が８９１３５のクーポンは、小さな書類鞄から発見された。ユーネマンは、その書類鞄もまた、債券の保管場所の一つだったろうと結論づけた。彼は、ウィーンの銀行および債券を扱う業者すべてに通達を出した。その通達には、神父の遺言にある債券の番号がリストアップされ、その番号の債券をもった者が現れたときにはただちに知らせるように命じるものだった。

その通達を出して数時間もたたないうちに、アウグスト・ヴェドルという民間の銀行家が、前日――二月十三日の午後三時頃、見知らぬ者から、そのリストにある五枚の債券を買い取ったと報告してきた。少し遅れて、その日の午後、ヴェンツェル・ヨハン・スウォボーダという宝石商が、リストにある残り二枚の債券を、ヴェドルのところに売りに来たという。最初の五枚の債券購入時の領収書には、「ヨハ・ホセ」という署名がされていた。そこに書かれた住所は、「ヴァインハウス」というものだった。しかしながらヴェドルは、その男の容貌については、満足のいく供述をすることができなかった。

もたらされたこの情報は、殺人が強盗をともなうものであるというユーネマンの仮説を裏付けるのみならず、犯罪が行なわれた時刻も確定するものだった。明らかにブランク神父は、この前日の午後三時以前に殺害されている。ブランクと同じアパートに住んでいる者にさらに聞き込み調査をした結果、その時刻は午後一時十五分というのが有力となった。

二十三歳のルートヴィヒ・ラビーは、いつも午前十時から十一時半の間に、ブランクの部屋を清掃していた。彼の証言では、二月十三日もブランクは、午前十一時半の少し前にアカデミーから自宅に戻って来た。ブランクは、くつろいだ様子で、書物をもって自宅の居間に行ったという。

この同じ建物の三階の、ブランクの真下の部屋には、リープル教授が住んでいた。リープル教授に雇われている女中をユーネマンが訊問してみると、二月十三日午前十時頃、男がリープルの部屋の扉をノックしてきたことを彼女は証言した。女中が応対に出ると、その男は、ブランクの部屋がどこにあるか訊ねた。彼女は、この真上にあると男に教えた。その後二十分間彼女は、その出来事のことを気にも留めなかった。だが、午前十時二十分頃、上の階から大きな音が聞こえてきた。

ホールに出て彼女は、上の階を見上げた。ついさきほど彼女にブランクのことを訊ねた同じ男が、階段上に落ちている帽子と杖を拾い上げているところを彼女は目撃した。それらは男が落としたもののようだった。その男は、あわただしく早足で、この建物から去って行った。

その男の容貌を詳しく教えるよう求められて彼女はただ、その男が青いオーバーコートを着ていたという事実以外は、細かな特徴を何も伝えることができなかった。

女中に続いてユーネマンが訊問したのは、リープル教授だった。午後一時十五分、妻とともに昼食をとっていたリープル教授は、階上から大きな、ハンマーを打ちおろすような音を聞いた。まるで誰かが、上の部屋で、木槌で床を叩いているかのようだった。そのときリープル教授は妻に、「一体全体ブランクは何をしようとしているんだろうね?」と言ったという。

ブランクと同じ四階の部屋で共同生活をしている、義姉妹関係にある二人の女性、フランツィスカ・レナティとアンナ・ハイダーは、ユーネマンに訊かれて、午後一時に、青いオーバーコートを着た男がブランク神父の部屋の扉の前に来てノックしているのを見たという。それから約二十分後、現れたときよりも着衣が乱れた様子で、その男が部屋を立ち去り急いで階段を下りていくのを見たという。階段の途中でその男は一度転倒し、持っていた帽子と杖を落とした。あわてて帽子と杖を拾って男は、すばやく階段を下り去って行った。

ユーネマンは、いつもブランクが夕食をとっていたレストランに訊問に赴いた。二月十三日は、いつも現れるブランクがやって来なかったことを確認した。

これらの情報を総合して、兇行がなされたのは、二月十三日午後一時十五分であろうとほぼ確定することができた。そしてその青いオーバーコートを着た男が、まず犯人に間違いないだろう。

銀行家のヴェドルが再び訊問された。ユーネマンが細かく問いただした結果、その盗まれた債券を売った男は、青いオーバーコートを着ていたことをヴェドルは思い出した。

宝石商のスウォボーダが、重要な情報が含まれる詳しい証言をした。二月十三日の午後四時頃、男がスウォボーダの店にやって来て、九十フローリンのダイヤの指輪を買った。合計で千五百フローリンになる二つの債券を提示し、その債券で支払わせてほしい、お釣りは現金でほしいと求めた。スウォボーダは一旦その申し出を断ったが、その男は、この債券をヴェドルのところに持っていけばよい、必ず換金してもらえると請け負った。それでスウォボーダは、その男の申し出に応じた。スウォボーダもまた、その男が青いオーバーコートを着ていたと述べた。

この当時のウィーンでは、青いオーバーコートを着るのが流行になっていたことに留意しておく必要がある。丈の長さは膝くらいまでで、中にカラーもしくはより小さいケープが幾重にも重ねられ、肩にケープがかかっている。その当時のダンディの流行服であり、富と優雅さを示す指標ともみなされた。しかしブランク神父の殺害犯の裁判以降は、青いオーバーコートは「絞首台送りの外套」として知られるようになり、たちまち忌避されるようになった。

この些細な手掛かりから犯人を突き止めようとするユーネマンの苦闘は、大変なものだった。というのも、これと同じようなコートの持ち主は、ウィーンに何百人といたからだ。ブランク神父が、隠者めいた生活を送り、ほとんど人づき合いがなかったために、捜査はいっそう難しくなった。しかしユーネマンは、この障害をむしろ積極的に有利なものとして活用した。狷介《けんかい》でたやすく人を信用しない神父のような人なら、見知らぬ人物を自室にあっさり通したりすることはなかろうと想定できる。ブランクの部屋の扉は、こじ開けられたものではない。そこからユーネマンは妥当にも、顔見知りの犯行だろうと結論づけた。その上、二人の義姉妹が、青いオーバーコートの男がブランクの部屋をノックしているのを見ている。その事実は、訪問者が招き入れられると確信していたことを示している。

しかしながら、詳しく調査してみても、最新流行のオーバーコートを持っていそうな、ファッショナブルな社会的階層に属する、神父の知人を見つけることはできなかった。債券を売却したときの「ヨハ・ホセ」という署名は、明らかに偽名だった。

その晩ユーネマンは、ブランクの遺言状で執行人に指名された帝国近従のカルプを訪ねた。カルプへの訊問でユーネマンは、別の小さな手掛かりを得ることになる。カルプはブランクと同じ年齢で、四十年来の友人だった。にもかかわらず、互いに訪ね合うことは稀だった。しかし珍しく、殺人の発生する前日、ブランク神父がカルプのところにやって来た。神父は、カルプに預けていた書類鞄を戻してくれるよう求めた。

カルプは、その鞄の中に何が入っているか知らなかった。そのときブランク神父は、自分の知り合いの一人の伯爵が、いくつかオーストリア債を調べたいと言っていると説明した。その説明と関わりなく、カルプは、どうやらその鞄の中に実際に債券が入っているらしいと推測した。

だとすると、青いオーバーコートの男は、その伯爵と想定することができるかもしれない。伯爵のような地位にある者なら、この手のオーバーコートを着ていても不思議はない。しかしウィーンには、大勢の貴族がいる。ユーネマンは部下に命じて、神父の知り合いを洗いざらい調べ上げるように命じたが、貴族との付き合いはまったく掘り起こされなかった。

次の日の昼、ユーネマンは、貴族ならば、たとえ強盗殺人に赴くときでも、乗合馬車を使うだろうという想定のもと、その地域一帯の馬車の業者を調べ始めた。何時間も聞き込みを重ねた結果、一人の御者《ぎょしゃ》が見つかった。その御者は、二月十三日の午後一時、青いオーバーコートを着た男をブランクが住んでいるところのそばまで馬車で運んだという。その御者の証言では、その青いオーバーコートの男は、外見と話し方からして、ポーランドの貴族のように思われると証言した。

この御者の証言は、いまだ仮説の域を出ない殺人者像に新たな特徴を加味した。その人物は伯爵であるのみならず、たぶんポーランドの伯爵であろう。ユーネマンの捜査対象は、いくぶん絞り込みができたが、そのつかみどころのない犯人像に関して、犯罪を立証できるだけの具体的な証言や手掛かりは一切なかった。

しかしそこを起点としてユーネマンは、ウィーンの御者たちに対して執拗な聞き込み調査を続けた。その内容は、ポーランドの貴族のように思われる青いオーバーコートを着た男を最近馬車に乗せなかったかというものだった。

翌日の朝、前日の二月十五日に、軽いポーランド訛りのある青いオーバーコートを着た男を馬車に乗せたという御者が見つかった。その御者は、その男を、マイエンベルガーという馬具屋のところまで運んだという。

有力な証言を得たと勇んでユーネマンは、そのマイエンベルガーのところに急行した。その馬具屋を問いただしたところ、その青いオーバーコートを着た客の名は、セヴェリン・フォン・ヤロスジンスキー伯爵で、その人物は、トラットナーホーフに住んでいるという。このヤロスジンスキーの名がポーランド名であるばかりでなく、借金にまみれた彼のウィーンでの評判はまったく芳しいものではなかった。ユーネマンは、自分が下手人をつきとめたらしいという手応えをもった。

しかしその人物を即刻逮捕するには、一つの大きな障害があった。ブランク神父のような人物が、華やかな貴族であるヤロスジンスキー伯爵といかにして知り合い、自宅に招き入れるほどの親しい間柄になるというのか？　ブランク神父の生涯を調べていて、ユーネマンは、神父が帝国美術アカデミーの数学教師になる前に、プレバン校で教師をしていたことがあるのを思い出した。プレバン校は、ウィーンでもっとも排他的な私立学校で、生徒はもっぱら身分の高い貴族の子弟に限られている。このプレバン校に関して調査してみると、ブランク神父が教えた生徒の中に、裕福なポーランド貴族の息子である、セヴェリン・フォン・ヤロスジンスキーという若者の名があるのが見つかった。

この事実は、ユーネマンが追求する容疑者が、どうして被害者の神父と接点をもてたのかを説明する新しい手掛かりだった。この事実は、殺されたブランクとその殺害者が、顔見知りの関係にあったことを説明する。殺人が発見された二日後の二月十六日、ユーネマンはヤロスジンスキーのアパートに、逮捕状をもって赴いた。

十九世紀初頭のウィーンの有名人の群像の中でも、ヤロスジンスキー伯爵ほど広く知られ、人目を引いた人物はいない。セヴェリン・フォン・ヤロスジンスキーは、一七八九年十二月二十日にポーランド（当時はロシア領）に生まれた。父親はセヴェリンが官職に就くことを望み、ワルシャワのニコラス帝国学校に送り、それからウィーンにあるプレバン校に送った。ポーランドに戻ってセヴェリンは従軍し、聖アンネ団のナイトの称号を得た。一八一七年に父が亡くなったセヴェリンは、莫大な遺産を相続した。その資産は、毎年五万フローリン（約二万ドル）の年収をもたらすものだった。セヴェリンはただちに軍を退役し、文民職に就いた。彼はモヒレヴ州の代理知事に就任し、マルタ騎士団のナイトの称号を得た。

ポーランドの貴族の間では珍しくない甚だしい浪費癖によってセヴェリンは、借金を背負うことになった。十五万フローリン（約六万ドル）もの年収がある金持ちのテオフィラ・スカラコラと結婚することでセヴェリンは、一時的にこの借金の苦境を免れた。しかし、抑えのきかない浪費癖に加えて、狂気じみたギャンブル好きのせいで、彼はまた借金の泥沼へとはまりこんでいった。

セヴェリンの妻の資産は使い尽くされ、彼自身の財産も借金のかたとして抵当にいれられ、取り戻せる見込みもなくなった。公職にある彼は、公金を使い込むようになった。横領の発覚が時間の問題となり、追い詰められた彼は、ロシアを脱出した方がいいと考えるようになった。彼は集められるだけの金をかき集めた。その金は大部分、政府の税金を横領したものだった。一八二六年六月、彼は、ロシアを脱出し、ウィーンに落ちついた。

ウィーンに来て最初のうちは、彼は大貴族の生活をしていた。ド・モヒレフ元帥、セヴェリン・ド・ヤロシンスキー伯爵として社交界に自らを紹介した。最初のうちは、セヴェリンは、ウィーンで大口の借金をするのはきわめて容易だった。ウィーンでは、たとえまがいものであれ、貴族の称号がとても尊重されている。セヴェリンに金を調達したのは、貿易商、宿屋の主人らで、ウェイターまでもがセヴェリンに金を貸した。借りた金でトランプの博打をして勝っていたセヴェリンは、ウィーンに着いてしばらくは金銭に困らなかった。しかしじきにセヴェリンは、裏で不正取引をしているという悪い噂をたてられ、その評判にダメージが与えられた。そのためそれまで彼に金を貸していた人たちも、金を貸し渋り、返済を迫るようになった。法廷に訴える者も現れ、法廷は彼にただちに借りていた金を返すよう命じた。一八二七年二月の上旬、セヴェリンは再び経済的に絶望的な苦境に陥った。

　セヴェリンが浪費を繰り返す大きな原因に、彼がつきあっている女性があった。特に有名な花形の喜劇女優テレーゼ・クローネスは、セヴェリンが不安定な収入源から多大な金額をつぎこんだ女性だった。実際のところ、後から見れば、ブランク神父の殺害に関して、テレーゼの過大な要求がどの程度関与しているのか知りたくなるくらいだ。容赦なき司直の手がセヴェリンに達したときに、彼がこの女性とつきあっていたことは重要な意味をもつ。

　二月十六日の午後八時、スウォボーダとヴェドルをともなってユーネマンは、馬具屋のマイエンベルガーから聞いたトラットナーホーフの住居に赴いた。ヤロスジンスキーは、ディナーパーティーを催している最中だった。クローネス嬢に加えて、他にもアントニー・イェーガーのような有名女優が招かれていて、ウィーンの名士であるレブルー少佐も出席していた。

　ユーネマンがそこに到着する一時間ほど前、人々の大いなる興味をかきたてたブランク神父殺害事件のことが、そのパーティーで話題にのぼり議論されていた。美しいテレーゼは、犯人が逮捕されるだろうと熱弁をふるった。ヤロスジンスキーは、その場に居合わせたが、ほんの少ししか発言しなかった。

　セヴェリンを喜ばせようとしてテレーゼは立ち上がって、自分でつくった歌を歌い始めた。それは、このウィーンの町にたぎる感情を歌ったものだった。

　　わが兄弟たちよ、兄弟たちよ、

わたしたちの別れは、親愛なる……

その瞬間に証人たちをともなったユーネマンが戸口のところに現れた。スウォボーダとヴェドルは、ヤロスジンスキーを認めた。そして逮捕が執行された。

逮捕後にヤロスジンスキーの住まいを捜索してみると、血のしみがついた肉切りナイフが見つかった。さらにスウォボーダから九十フローリンで買った指輪、有名な青いオーバーコート、さらに杖が見つかった。この杖を顕微鏡で細かく調べてみると、先端の石突きにいくつか血痕が残されているのが見つかった。さらにヤロスジンスキーの従者であるミヒャエル・シニオンが二千八百六十五フローリンも所持していることがわかった。シニオンが言うには、その金は主人が金庫にしまうようにと彼に預けたものだった。

ユーネマンは、見つかった肉切りナイフの出所を調べ始めた。翌日の昼までに、そのナイフがグラーベンにある店で買われたものであることが判明した。その店を営むトビアス・シュテゥベクの証言では、二月五日に、青いオーバーコートを着た男が、店にある一番大きなナイフを買っていったという。

神父の死体が発見されてからまだ二日しかたっていなかったのに、警察が殺人者を探しだして逮捕したのみならず、法廷で有罪を完全に立証できるだけの証拠もとり揃えた。この迅速で有能な捜査ぶりに関しては、ユーネマンはさぞや満足していたことだろう。

しかし警察の仕事は、まだ完了というにはほど遠かった。この当時のオーストリアの法律では、死刑を含む重罪判決を下すには、被告が自白をしているか、もしくは二人以上の直接的な犯罪の目撃証言がなければならなかった。ヤロスジンスキーは、有罪であることを示す強力な状況証拠に囲まれていたにもかかわらず、自分の罪を否認し続けた。彼の主張では、債券を買ったのは数カ月前のことで、それを売った人物のことは名前も知らないという。従者に預けた金は、カード賭博で儲けたものだと彼は言い張った。ヤロスジンスキーが有罪であることはほぼ確定的に見えるのに、追及がここにきて行き詰まってしまった。

ユーネマンは有能で精力あふれた警察官僚だった。実際、犯罪学の歴史の中でも、最も偉大で有能な探偵の一人に数えられる。しかしユーネマンは、犯罪者心理の動向への洞察を欠いていた。捜査当局はこの段階で、人間心理への鋭く深い理解を有するエドムント・カルハンという帝国顧問官の有能な犯罪心理学者を招き寄せた。結果としてカルハンには、ヤロスジンスキーの頑強な否認の壁を突き崩した功績が帰せられることになる。ヤロスジンスキーの空疎で驕慢《きょうまん》な鉄面皮を巧妙に打ち砕いたカルハンの手腕は、実に大したものだった。

カルハンはまず、ヤロスジンスキーの経歴を洗い、その心理を分析した。カルハンは、ヤロスジンスキーの行動や性格性向を研究した。そして最初のヤロスジンスキーとの会見でカルハンは、いくつかの致命的なことがらを彼に認めさせることに成功した。

カルハンとヤロスジンスキーの間の機知の戦いにおける、心理学的にもっとも興味深いポイントは、囚人が殺された被害者の名前を言及しないことにあった。

カルハンは、囚人のその沈黙を看取し、その点を衝いて攻めた。カルハンは、債券を売却したときの領収書に記された署名に注意を促した。署名者は被害者のファーストネームである「ヨハン（Johann）」を書き始めたのに、まるでその名前を書ききることに耐えられないかのように、筆跡を乱して「ヨハ（Joha）」と書いたところで中絶している。

当然のことながら、容疑者の経済事情について詳細な調査がなされた。ヤロスジンスキーは、自分の兄弟から充分な金額をうけとっていると主張した。彼はその仕送り分を、カード賭博で勝ってさらに増やしていると述べた。しかしカルハンは、容疑者が金を借りている多くの者――その金額はさまざまだが――の証言を彼につきつけた。仕立屋のミスグリルは、現金で彼に一万二千フローリンを貸していただけでなく、容疑者の多くのツケをかかえていた。従者、給仕、居酒屋の主人らから証言が集められ、いろいろなツケや貸しを彼がため込んでいることが確認された。

カルハンはそれから、殺人の行なわれた翌日の二月十四日、ヤロスジンスキーが、溜まっていたツケや小額の借金の大部分を清算し、従者に二八六五フローリンもの金を与えていたことをつきつけた。

それだけ証拠が積み上げられても、ヤロスジンスキーは頑強に犯行を否定した。彼は、のぼせあがった高慢なプライドをもって、自分のような貴族が身分の低い者たちに頭を下げて金を借りることなどありえないと嘲るように述べた。カルハンは、この驕慢なヤロスジンスキーに対して手厳しい反撃を加えた。冷たい鉄格子に囲まれた独房に移される命令を出すとカルハンは脅した。ヤロスジンスキーは、その命令を撤回するよう哀願した。彼はしぶしぶカルハンを招き入れ、自分が金に困っていて借金をする必要があったことを認めた。

四月二十一日、ヤロスジンスキーは、もう一歩で自白する寸前まできていた。しかし絞首台で処刑されるおそれがあるためにかろうじて踏みとどまっていた。カルハンは、引き続き、容疑者の防衛ラインの弱いところを攻め続けた。

さらに一週間、両者の心理学的闘争が続いた。カルハンは、ヤロスジンスキーの虚栄心とプライドをできるだけ持ち上げる戦法をとった。そうすることで、カルハンは、自分がもくろむ攻撃の効果がより大きくなるだろうとにらんでいた。その後四月二十六日、容疑者が、これ以上の質問にはこたえられないと居丈高に主張したとき、カルハンは、二十回の笞《むち》打ちと独房入りを命じる書類にサインしてみせた。その命令書に含まれていた辱めがあまりにひどいものだったので、ヤロスジンスキーは、ついに崩れて罪を自白した。

彼が自白したところでは、殺害を決心したのは二月五日のことである。殺害目的でその日に肉切りナイフを購入した。しかし神父は二度まで、より少ない額面価の債券を差し出したため、殺人は延期された。二月十三日に、神父は金属の債券を出した。その後ヤロスジンスキーは、神父の首を刺し、叫び声をあげられるのを恐れて、神父の体を打擲《ちょうちゃく》した。

ヤロスジンスキーの肖像画が一枚だけ残されている。ウィーンの画家、カール・アグリコラが描いたものだ。そこには、身長が五フィート五インチで、茶色の巻き毛をし、知性豊かそうな高い額、両脇を髭に縁取られた幅広の精力的そうな顎、深く窪んだ小さな眼をもった頑健そうな肩幅の広い男が描かれている。この肖像画の販売は、ブランク神父の肖像画（現在はウィーンの歴史美術館に所蔵されている）と同様に、オーストリアの宰相の命令で禁じられた。メッテルニヒ公がその肖像画の販売を禁じたのは、ヤロスジンスキーがその身分の高さゆえに、一般の犯罪者よりも優遇されているという噂が広まって厳しい批判を受けることを恐れたためとされている。一八四八年三月にヨーロッパを席捲《せっけん》する血塗られた革命暴動を、この偉大な政治家は予見していた。

ヤロスジンスキーのかつての教師だったプレバンの未亡人であるアンナ・プレバンは、十八歳から二十一歳までプレバン校の生徒だったヤロスジンスキーの性格について、側面から興味深い光を投げかけている。彼は、数学以外には関心のない学徒だった。その学校の教師の中で、ブランク教授だけが彼に満足していた。ヤロスジンスキーの性格でもっとも顕著なのは、強い虚栄心だった。彼は衝動的で激昂しやすく、カッとなった後すぐに許しを乞うのが常だった。学校の他の生徒には、優しい性向を見せていた。

前もって計画された残忍な殺人によってオーストリア全土を震撼させたこの人物の評価は、ロシアの役所での彼の元・同僚の証言によってももたらされた。それによれば、ヤロスジンスキーは、陽気で礼儀正しく、同情心があり、困っている者や貧しい者たちに気前よく自分のお金を与えていた。

しかしながらヤロスジンスキーは、自惚れが強く、高慢だった。殺人を犯した日の晩、夕食の席で彼は、ポーランドに自分がもっている莫大な資産のことを語り、自分のもっている大量の金を広げて見せた。それは明らかに彼が、殺した神父から強奪して得たものだった。

ウィーンで彼は、身を落とした生活をせず、気前よく金も人も使っていた。彼は、人を魅了する物腰のよさがあり、底知れぬ楽天家で、良心の呵責というものをまったく欠いていた。その裁判でテレーゼ・クローネスは、金に関する彼の鷹揚ぶりを証言した。ついでながら、彼女は、殺人者と交際していたことが発覚したために、女優として引退を余儀なくされた。ウィーン市民は、テレーゼの浪費癖が、ヤロスジンスキーを殺人へと追いやった要因だろうとみなしていた。

裁判で自白を強要された後ヤロスジンスキーは、三日の猶予期間を与えられ、死刑を減刑するに値する正当な理由があるか、もしあれば提示するように求められた。当時の法律では、それ以上の再審は不要とされていた。ヤロスジンスキーは、酌量されるべきいかなる理由も示すことができないとこたえ、ただフランツ皇帝の慈悲心にすがるのみであると述べた。被告は計画された強盗殺人の罪で有罪とされ、死刑判決を受けた。その判決は、法定手続きに従って、最高裁で確定された。八月二十七日、ヤロスジンスキーに、皇帝が減刑嘆願を拒んだことが伝えられた。ヤロスジンスキーの処刑は、八月三十日の朝に執行されることになった。

当時の慣習にしたがい、判決は大勢の聴衆が見守る中で、被告人の前で読み上げられた。

ヤロスジンスキーは、裁判後の監獄生活では、多くの特権を享受できた。公式書類に残された記録には、彼とその客人が注文した高級料理の数々が記されている。そこにはまた、処刑台の組み立て費用や、処刑執行人への給与、立会人への支払い額の明細も記載されている。それらの費用は、形式上、処刑される被告が支払うことになっている——その法的な扱いには、陰鬱なユーモアがこめられているようにも見える。

処刑執行の前日、生きていられる時間が数時間になったヤロスジンスキーは、トランプのホイストをしたいと所望した。揃えられたメンバーは、ミューニッヒ神父、監察医のケルビンガー博士、後にそのエピソードを有名な回想録に書き記した詩人のイグナッツ・フランツだった。ヤロスジンスキーは、外面に感情の起伏や昂りは示さず淡々とゲームを行ない、二ゲームを勝ち抜いて満足そうだった。

翌朝夜明けとともに、死刑囚は、看守と立会人に引き連れられ、午前八時半に処刑場に到着した。そこには死刑を見物にきた群衆が二万人以上いたという。ヤロスジンスキーは最後の瞬間まで、皇帝が身分の高い貴族を死刑囚として処刑するのを阻止するだろうという希望を抱いていた。しかし処刑台にのぼらされた最後の瞬間に、自らの死が避けがたいと悟って落胆し、がっくりと膝を折ったという。

午前八時四十五分絞首刑が執行された。オーストリアの歴史にその名を刻む殺人者は、こうして自らの忌まわしく血塗られた所業の代償を支払ったのであった。

ポイズン——グスタフ・コリンスキー事件

〈僧正殺人事件〉が終結した後、ファイロ・ヴァンスは、日曜ごとにストイベサント・クラブでマーカムと夕食をともにするのを習慣としていた。ヴァンスの法律関係の助言者として彼に付き従っている私は、いつもそこに同席していた。そこで夕食を終えた後、ラウンジルームにいる私たちのところにいつも通りヒース部長刑事がやって来た。

そこでかわされる会話では、たいがい犯罪学が話題になった。その多くは、ヨーロッパを舞台とする有名な犯罪事件で、その事件の法的もしくは心理学的なポイントをヴァンスが私たちに適切に指摘してみせるのが常だった。ヴァンスはそういう犯罪事件に精通していた。ヨーロッパの犯罪記録は、その頃気まぐれなヴァンスが熱心に研究しているものだった。彼の書斎は、膨大なヨーロッパ大陸の警察の公式犯罪記録類がずらりと揃えられていた。

この前の日曜の夜、ヴァンスは有名なパリのジェルメーヌ・ベルトン事件のことを語った。その事件に関しては、私は本誌に「緋色のネメシス」として発表した。また、「魔女の大鍋の殺人」という題で発表した、信じがたく茶番めいてさえ見えるプルシャ事件や、先月「青いオーバーコートの男」として発表した、驚くほど壮麗な犯罪であるヤロスジンスキー事件もヴァンスが語ったものだった。

私がこれから語ろうとしているのは、その特別な日曜の晩のことで、そのときマーカムがある女性犯罪者の心理のことを話題にのせた。私の記憶では、マーカムがその話題を持ち出したのは、あの〈グリーン家殺人事件〉と関わってのことだった。ヴァンスによれば、もっとも才気に富み、魅惑させられる犯罪者は女性である。その例証としてヴァンスは、十九世紀後半の悪名高いコリンスキー殺人事件をあげた。この事件は、ヨーロッパ中に、もっとも大きなセンセーションを巻き起こした犯罪事件の一つである。

(ヴァンスは、感情を抑えたものうげな声で語り始めた)

知ってのとおり、マーカム、計算高く冷酷な殺人においては、多くの女性の殺人者が男性の殺人者を凌いでいる。そういう女性犯罪者たちのもっとも冷酷非道で緻密に計算された犯罪はたいてい、何か強力な感情的衝動のもたらしたものだ——興味深いパラドックスだね。

驚くべきコリンスキー事件を例にとってみよう。なんという激情と、道ならぬ愛と、心理的倒錯と、殺人計画のなんという数学的なまでの精密さぶりだろう。小説家がこんな事件を描くわけにはいかないだろう——現実的にありえないと退けられるだろうから。批評家たちが、こんな事件を小説として読まされたらどう言うだろうか。「こじつけも甚だしい」「不可能だ」「説得力に欠ける」「不条理でばかばかしい心理描写」といった評価が浴びせられるだろうね。しかしこの事件の記録は、ゲルマン的な細心さをもって、オーストリアの犯罪記録保管庫にきっちりと保管されている。

グスタフ・コリンスキー伯爵は、モラヴィアの古い名門貴族の御曹司だった。彼が生まれたのは一八三二年で、たぶん十七歳のときに、オーストリア軍に入隊した。一八五八年、彼は、北部オーストリアの首都リンツに守備隊の一員として駐屯した。そこで彼は——婉曲的に言えば——運命の人と出会った。なんという運命だろうね。

そこで彼は、マティルデ・ルーフという名前の、才能豊かな若い女優に恋した。そのときマティルデは二十五歳で、人を魅惑してやまない類まれな美貌の持ち主だった。グスタフ・コリンスキーは熱烈に彼女に求婚し、やがて二人が婚約したということが報じられた。しかし当時南部オーストリアの代理知事をつとめていた、昔かたぎで誇り高い父のコリンスキーは、息子のこの婚約の報に眉を顰《ひそ》めた。高い家柄のものが、役者ごときと結婚すべきではない！　とね。

しかし父の反対が、二人を押し止めたか？　ほんの少しも止められなかった。マティルデと、若く性急な士官は、聖職者の祝福を得ずに、共同で家庭生活を営み始めた。

だが、グスタフ・コリンスキーはろくでなしの浪費家だった。彼の経済事情はやがてひどく悪化し、一八五九年には彼は軍の将校を辞職しなければならなくなった。

しばらくの間グスタフとマティルデは、ザルツブルクのそばに住んでいた。しかし息子の勝手なふるまいに激怒しているグスタフの父の圧力によって、警察が二人の暮らしに介入してきた。マティルデはバイエルンに逃れ、コリンスキーはウィーンに戻った。グスタフの父は、戻ってきた息子が、軍に再入隊できる手筈を整えた。その年の暮れにはグスタフは、イタリアに駐留する連隊に加わっていた。その地でグスタフは、マティルデとの不法な関係を、秘かに再開していた。

一八六〇年三月、グスタフは、バチカンの連隊に隊長として赴任した。その四ヵ月後、恋人を引き離そうとする努力に倦《う》み疲れ、コリンスキーの父は二人の結婚に同意を与えた。かくしてその年の七月にフォリーニョで結婚式が催された。

（ヴァンスはここでRégie《レジー》に火をつけて微笑んだ）

その披露宴の最中に興味深い出来事が生じた。コリンスキーは結婚指輪を忘れた。病的なまでに迷信深い性格のコリンスキーは、この事実について数日悩み続け、花嫁と父親に、何か不吉なことが起こるに違いないと告げた。

これを馬鹿げていると思うかね？　しかしこの後に起こった恐るべき恐怖――ヨーロッパの犯罪年鑑に新たな恐るべき章を付け加えることになる身の毛もよだつあの事件のことを考えれば、この若い軍人の頼りない精神に、何か未来の影のようなものがよぎっていたのではないかと考えたくなるところがある。言っておくが、ぼくは心霊主義者じゃないよ。それは知っているよね、マーカム。けれどもこの手の符合や一致は、人をまごつかせるものがある。

一八六〇年九月十八日、カステルフィダルドの戦いが起こり、バチカンのオーストリア軍勢は完敗した。一時的に握っていた教皇庁への支配権も失った。翌年の五月に、バチカンの駐留軍隊は完全に解体された。離隊したグスタフは、妻とともにナンシーに身を落ちつけることにした。

その頃になると、グスタフとマティルデの家庭内での愛情関係はかなり緊張と衝突をはらんだものになっていた。二人の性格は不一致なところが多く、互いに譲らないところは共通していた。コリンスキーの妻への愛情はとっくに冷めていた――それどころか実際にはもう極寒の冷え冷えしたものになっていた。一八六一年にグスタフは妻のもとを去ってブリュンに行き、そこでオーストリア軍に再度入隊しようとした。その希望はかなえられず、彼は、ヴェスレーの有名な地所で二年間暮らし、ときどきウィーンとライバッハを訪ねていた――ライバッハは今はリュブリャーナ（変な名前だね）と呼ばれている。

この時期、むらっ気が強く感受性の強いコリンスキーの性格を理解するのに役立つエピソードがある。それはこの頃、彼が、一時的にライバッハのミルティチ連隊長の娘に荒々しい情愛の念をたぎらせたことだ。

娘にすっかり夢中になったコリンスキーは、あるときは何時間も、娘のいる建物のそばを何度も往復し、窓のそばにいる娘に向かって「マリー、ぼくを愛しているかい？」と歌い訊いた。それをへとへとになって倒れ伏すまで続けた。また彼は娘に、剝いだ自分の爪をいれたロケットを送った。伝統的には、そういうロケットには、自分の毛を入れたりするものなのに、彼のやりかたは独創的だった。もっとも愛情の表し方としては常軌を逸しているとみる方が普通だろう。コリンスキーは、恋がかなえられなければいつでも自殺するつもりだと言って脅した。常軌を逸して迷信深く縁起をかつぐようになり、橋を渡るときには、災いを避けるためだと称していつも川に銀貨を落としていた。

ミルティチ連隊長はついに、コリンスキーの訪問を禁じた。コリンスキーは、心痛を忘れるために再び軍への入隊を求めた。ちょうどオーストリアとデンマークとの戦争が勃発したので、彼の再入隊が認められた。

コリンスキーは、マリー・ミルティチにのぼせあがるあまり、妻への気持ちは、完全な嫌悪と反感にまでいたっていた。妻への無関心はやがて激しい憎悪にまで変じていた。コリンスキーは離婚を求めたが、カトリック信者の妻は宗教的理由でそれを拒んだ。コリンスキーは金も送らず妻を貧困のうちに放置し、妻からの求めに対しては、自殺するか売春婦にでもなるがよいとこたえた。およそ褒められた男ではないね、マーカム。

貧窮で困り果てたコリンスキー夫人は、コリンスキーの親に助けを求めた。コリンスキーの父はあまりのことに絶句し、彼女を自分の家に招き寄せた。

一八六六年コリンスキーは、ケーニッヒグレーツの戦いで重傷を負った。しかし彼は、自分の妻が実家にいると聞くと、実家に戻るのを拒んだ。

マティルデは、自分がその家にいては、自分の夫と夫の両親との和解ができなくなることに心を痛め、その家を出て生まれ故郷のミュンヘンへ行った。コリンスキーの父はマティルデに、毎年九六〇フローリンを送ることにし、また、結婚の支度金として用意していた一万二千フローリンを彼女に渡した。

コリンスキーが妻を激しく憎悪することになった主因は、マリー・ミルティチの存在だった。こういう背徳的な情熱をコリンスキーは失っていなかった。プロシャ戦争の後ウィーンに戻ってきた彼が、今度はジュリー・エベルジェニという女性に盲目的な恋をした――彼の情熱はさらに強くなっていた。

その婦人のフルネームは、ジュリー・マルヴィン・ガブリエル・エベルジェニ・フォン・テレケスだった。彼女が生まれたのは一八四二年、ハンガリーのゼクセニーだった。彼女の父はそこに荘園をもつ領主だった。彼女は、魅惑的なブルネットの美女だった。

一八六七年母親が死んだ彼女は、家を出た。それは、父親が平民の女性と再婚しようとしているのに抗議の意を示すためのものであった。意気軒昂《いきけんこう》で、貴族の娘としては進歩的な女性であった。数カ月後、彼女がウィーンで豪奢な生活をしているのが確認されている。彼女は売春婦として荒稼ぎをする一方、家柄の高い結婚相手を探していた。多くの愛人と賛美者に囲まれた彼女は、その一人から多大な経済的支援を得て、ブリュンの貴族のためのマリア・シューレ聖堂参事の一人に加わっていた。

コリンスキーは、ウィーンに到着して間もなく、彼女の愛人の一人になった。独占欲の強い彼は、愛人の一人でいることに満足できず、彼女に結婚を求めた。ジュリーの父親は、名門貴族の御曹司が娘に求婚したことを聞いて大喜びし、その結婚を実現させるための経済的援助を惜しまないと表明した。しかしなんということだろう。カトリック教会でコリンスキーが結婚するには、越えがたい壁——すなわち彼が既にマティルデと結婚しているという障害があった。離婚が許されないカトリック教会のもとでは、コリンスキー夫人が存命の間は、この障害を越えることはできない。とても困った状況だ。

一八六七年の夏、マティルデは、バイエルン地方の有名な温泉地であるライヒェンハルのそばで暮らしていた。ある日彼女のもとにブリュンから、砂糖漬けの果物菓子の箱詰めが郵送されてきた。それには次のような手紙が添えられていた。「あなたの住所を知ったばかりの旧友が、このささやかな贈り物を届けます。旧友は、いまだあなたに変わることのない親愛の情を抱いています。できれば近いうちにお目にかかりたいものです」――正確には再現できないが、大意はそのようなものだった。その手紙には「ヴァマー」と署名があった。

この果物菓子の箱については後でまた取り上げられることになる。というのも、それはきわめて残忍な犯罪に関わっているからだ。ところでマーカム、この箱は犯罪の歴史の中で、一つの路標となるものだ。法的に証明されてはいないものの、この菓子に青酸カリが含まれていたことはほぼ確実だ。殺意をもって毒菓子を郵便で送りつけた、記録にあるかぎり犯罪史上最初の例となっているわけだ。

しかしながらマティルデは、その特異で、当時としては独創的な方法によって殺されることにはならなかった。その手紙がたちの悪い冗談にみえた彼女は、いたく立腹した。数週間後彼女は、その菓子詰めを近くの農家にやった。農家ではそれを食べたようだが、特に悪い結果がもたらされたという記録は残っていない。

おそらく菓子の中の青酸カリは、砂糖があったために分解されて無害化していたのだろう。青酸は飛散し、無害なカリウムと砂糖だけが残されていたのだろう。あるいは頑丈な胃袋をしたバイエルンの農民の胃には、残留していた青酸カリも、食欲を増進させる調味料のようなものだったのかもしれない。

同じ年の十月四日、マティルデはミュンヘンに戻った。マティルデ・フォン・レッケの名――その名は、夫のもつ称号の一つだった――で、アマリエン通りの十二番地に、エリーゼ・ハルトマンという女性とともに家具つきの家を共同で借りた。隠退したエリーゼ・ハルトマン夫人はもとからそこで静かに暮らしていた。

異変が起こったのは一八六七年十一月二十三日だった。エリーゼ・ハルトマンが警察署に出向き、同居人の行方がわからなくなったと訴えた。

彼女が警察に述べたところでは、十一月二十日に女性がマティルデを訪ねてきた。翌二十一日の午後もまた、同じ女性がマティルデを訪ねてきた。その日の午後六時半、マティルデはハルトマン夫人に、望遠鏡を貸してくれるよう頼んだ。マティルデの説明では、訪ねてきた女性が、劇場の観劇に誘ってくれたのだという。マティルデはまた、ハルトマン夫人に、自分のために馬車を呼んできてほしいといった。ハルトマン夫人は馬車を呼ぶために外出し、頼まれたとおり馬車に乗って帰ってきた。しかし戻ってきた夫人がマティルデの部屋をノックしても返事がなく、その部屋には鍵が掛けられていた。マティルデはおそらく、馬車がくるのを待つことなく劇場に出かけたのだろうとハルトマン夫人は考えた。

しかし翌日の十一月二十二日になっても、マティルデの姿が見えないことにハルトマン夫人は気づいた。その日はまだ、どこかに泊まっているのだろうとハルトマン夫人は気にしなかった。だが、二十三日になって、ハルトマン夫人は大いに心配になり、フィア・ヤーレスツァイテン・ホテルに赴いた。マティルデは、自分を訪ねてきた女性がそのホテルに泊まっていると告げていたからだ。ハルトマン夫人はその女性のことをホテルで訊ねた。マティルデを訪ねた女性は、マリー・フォン・ヴァイ男爵夫人という名でそこに宿泊していたが、十一月二十一日の晩にウィーンに戻ったことがわかった。

警察署の警部は、ハルトマン夫人に、マティルデの部屋の扉を勝手に開ける許可を与えた。彼女は言われたとおりにした。開けてみると、床にマティルデ・フォン・レッケの屍体が横たわっていた。ハルトマン夫人は急いで警察署に駆け込み、その発見を伝えた。

ヒュッター警部がただちに現場を訪れた。同行した警察医のヴェンザウア博士は、遺体を調べて、死亡したのは二日前であると告げた。暴力の痕は一切なかった。遺体は遺体安置所《モルグ》に運ばれ、検死解剖に付されることになった。

鑑識の専門家であるガイガー博士が、現場の部屋を最初に取り調べた。テーブルの上には、冷たくなった夕食がのっていた――ハム、ソーセージ、黒いラディッシュ、果物とケーキ。決して豪奢な食事ではない。後のブリヤサヴァラン（一七五五～一八二六、フランスの政治家。美食で知られる）のごとき美食観は、当時のドイツの基準に照らせば、決して美食ではなく豪華な食事ともみなされていなかったしね。

テーブルにはまた、ビールのジョッキ、ラム酒の小壜、三つのグラスがあった。三つのグラスのうち、一つは空で、二つには水が入っていた。また、二つのカップがあった。その一つは、ハルトマン夫人によれば、あのミステリアスな訪問者が坐った席の前に置かれ、半分くらい紅茶が入っていた。もう一つのカップには紅茶とミルクが少々残っていた。

しかし、紅茶を沸かすヤカンが部屋のどこにもなかった。マティルデが持っていたはずのホールの鍵と、洋服をいれたクロゼットの鍵もなくなっていた。灯油ランプはついていなかったが、テーブルには蠟燭が置かれていた。その蠟燭が燃え尽きておらず、途中で消されていることからしても、自殺の可能性は除外されるように思われた。死者でない何者かが蠟燭を消したことになるからだ。

マティルデが持っていた宝石類や現金は、手つかずのまま残されていた。ただ一つ、重い封をされていた指輪がなくなっていた。また、ハルトマン夫人の証言では、手紙をいれた手紙入れがいくつかあったのに、なくなっているとのことだった。

隣室に住んでいるカール・シュトルヴェという学生は、二十一日の晩に、女性同士の激しい調子の会話を聞いたという。その会話は午後六時に、ホールの扉が閉まったときまで続いたという。その後はまったく静かになったそうだ。

検死の結果、マティルデは青酸化合物の服用によって死亡したことがわかった。おそらく、紅茶か何かの飲み物に混ぜられた青酸カリを摂取したのだろう。たぶん即死だったと思われる。

部屋に残された手紙や書類から、死者がコリンスキー伯爵夫人であることがすぐに判明した。重大事件であることがわかった警察では、警察長のカール・フォン・ブルヒトルフ自ら、この犯罪の捜査にあたることになった。

フィア・ヤーレスツァイテン・ホテルで調べたところ、マリー・フォン・ヴァイ男爵夫人と記帳した女性は、十一月二十日の朝、ウィーンからの急行列車で到着し、翌二十一日の午後八時三十分のウィーン行きの列車で去っていることがわかった。

同じウィーンからの列車に乗っていたセールスマンのハインリッヒ・ウムラウフは、コンパートメントでこの男爵夫人と知り合った。その晩彼は、この婦人とともに劇場に行った。その後、コリンスキー伯爵夫人が殺害されたという報道を読んでこのセールスマンは、警察署に出頭した。

彼の説明では、この男爵夫人とは、ウィーンからの急行列車の中で初めて会った。そして十一月二十一日の晩、彼はその男爵夫人を駅まで送り、彼女がウィーンに向かう列車で去って行くのを見送った。

ウムラウフは、その女性のことを、若く魅力的な女性であると証言した。白と黒のシルクのガウンに、ペルシャ羊の毛皮のコート、二つの髑髏《しゃれこうべ》のついたエナメルのブローチを身につけ、華やかに着飾っていた。彼女は、高貴な紋章が描かれたミアシャム（海泡石製のパイプ）のシガーホルダーを使いながら、常時煙草を吸っていた。

オーストリアの貴族の女性が喫煙するのは、当時は普通のことだった。しかし、その慣習がその後広まらなかったのは幸いというべきだね、マーカム。求婚したときに相手の女性が、その求婚は本気なのかと確認する前にまず、くわえている煙草をのけて煙を吐きだすさまを想像してみたまえ。

ホテルの部屋係の女性によると、十一月二十一日、その〈マリー・フォン・ヴァイ男爵夫人〉は神経質そうに身づくろいをして、何か考え事にふけっている様子で、陰鬱そうに窓際に午後二時半頃まで坐っていた。二時半になったとき彼女は、マスカット酒のボトル一本と、赤ワインのハーフボトルを頼んだ。運ばれてきたボトルの栓をぬくようにポーターに頼み、開けられた酒を、小さなボトル二つに注いだ。

その日の午後彼女は、コリンスキー伯爵夫人と連れ立って買い物に出かけた。その前に彼女は、ホテルのポーターに、劇場チケットを二枚買って、それをアマリエン通りにあるハルトマン夫人のところに届けるよう命じた。ポーターはハルトマン夫人の家に、午後六時半に到着した。そのとき彼女がちょうどその家を出ようとしていたところで、ポーターは彼女にチケットを渡した。

午後七時に彼女はホテルに戻った。明らかに興奮し、ひどく憔悴《しょうすい》した様子だったという。ホテルを出るから料金を精算するようにと、彼女は求めた。彼女が言うには、ついさきほど夫から電報をもらい、パリでおちあおうという内容だった。しかしながら、そのホテルには、彼女に宛てた電報は一つも届いていないことが確認されている。ポーターによれば、彼女はウィーンに向かう列車に乗ったという。

死者の部屋に残された書類から、警察長のブルヒトルフは、マティルデの遺言状を見つけ出した。そこには、自分が夫にひどい目にあわされ、捨てられたと書かれていた。マティルデの住所と、前にマティルデが暮らしていた、有名な彼女の義父の名前も記されていた。その日のうちにブルヒトルフは、オーストリア公使の秘書官であるツヴェルシナを呼び、ミュンヘン警察から、グスタフ・コリンスキー伯爵に、マティルデ・フォン・レッケのことで情報を得たいので連絡したいと告げた。

判明した情報からブルヒトルフは、まず殺害された女性と法律上は――疎遠だったとはいえ――夫だった人物から、胸襟《きょうきん》を開いて話を聞きたいと強く願った。それゆえ彼はウィーンに電報を打ち、グスタフ・コリンスキー伯爵に妻の死を告げ、彼女の葬儀に参列することを求めた。

十一月二十五日にコリンスキー伯爵は、父とともにミュンヘンに到着した。コリンスキーの父はただちに警察長を訪ね、自分の義理の娘がどのように死んだのかについて詳しい情報を求めた。

グスタフ・コリンスキーは長旅の疲れを訴え、バイリシャーホーフ・ホテルにとどまった。警察長から話を聞いた後、コリンスキーの父は、マティルデの遺体と対面することを拒み、検死裁判を待たずに、今日中に息子を連れてウィーンに帰ると宣言した。

ブルヒトルフは、この意向表明にいささか驚き当惑した。グスタフ・コリンスキーに会いたいのでホテルに連れて行ってくれとブルヒトルフは食い下がった。

彼らは、バイリシャーホーフ・ホテルのそばに来たところで、グスタフ・コリンスキーに遭遇した。グスタフのことを父が儀礼的にブルヒトルフに紹介した。グスタフもまた、妻の遺体を見ることを拒んだ。ブルヒトルフは、この若い男が神経質になっていて、通りを巡回している制服姿の警官に対してあからさまな拒否反応を示しているのに気づいた。

コリンスキーの父は、オーストリア大使のトラウトマンスドルフ伯爵と面会したいと表明した。ブルヒトルフは彼に対して、この町をお出になるまでの間はご子息とご一緒にいていただきたいと慇懃《いんぎん》に主張した。

少しの間警察長と一緒に歩いたときでさえ、グスタフは、殺された妻に対する憎悪の念を隠すことができなかった。ブルヒトルフは彼のその態度を観察して、殺人の動機を持っているとみてとり、即座に行動を起こすことにした。

ブルヒトルフは、理由をつけて場を離れ、コリンスキーを厳しい監視下に置くように手配し、予審判事のところに急いで赴いた。予審判事は、コリンスキーの結婚生活について詳しい情報を求めてウィーンに電報をうった。

その日の午後ブルヒトルフは、コリンスキーの宿泊するホテルを再度訪ねた。同日午後六時に、警察署においで願いたいとコリンスキー父子に求めた。彼らが警察署に赴いたときには、ウィーンからの返信が届いていた。予審判事は、グスタフ・コリンスキーの逮捕状を発行した。グスタフは、軍人としての名誉にかけて無実であると主張し、法的な手続きが不正であり、所持品を差し押さえるのは不当であると強硬に抗議した。

彼の持ち物にはロザリオと、祈禱句の書かれたいくつかの護符《タリスマン》、女性がうつっている五枚の写真があった。その女性は、婚約者のジュリー・フォン・エベルジェニのものだと彼は語った。目ざといブルヒトルフは、すぐにその写真をフィア・ヤーレスツァイテン・ホテルに持って行った。そこの数人の従業員が、その写真の女性がミステリアスなフォン・ヴァイ男爵夫人であると認めた。

この女性がそのホテルに泊まりに来ていたことが確認されたとコリンスキーに告げたところ、彼は興奮し、ジュリーが十一月十七日と十八日はウィーンにいたと語った。十一月十九日に彼女は、ゼクセニーに向けて発ったという。だからミュンヘンに十一月二十日と二十一日にいられるはずはないとのことだった。コリンスキーの主張では、ジュリーには自分の以前の結婚のことを告げておらず、したがって彼女はマティルデの存在に気づいていないはずだという。

同じ日、遺体安置所《モルグ》に連れて行かれたコリンスキーは、淡々とそれが妻の遺体であることを認めた。

その頃ウィーンでは、ブルヒトルフの要請を受けて、カール・ブライテンフェルト警部が公式に、ジュリー・フォン・エベルジェニを訪問した。彼女は、自分のことが詳しく調査されていることに抗議した。しかし説得を受けて彼女は折れ、警察署に出頭することに同意した。

そこで彼女は、予審判事のマックス・フィッシャー博士の訊問を受けた。数時間の取り調べの後彼女は，マティルデの紅茶カップに青酸カリを混入したと認めた。

予審判事のところにいた書記が、彼女の自白を書き終えようとしていたとき、ジュリーは突然それまでの証言を翻《ひるがえ》し、マティルデは、自分の面前で自殺したという別のストーリーを語った。説得してもジュリーは、その証言を変えなかったために、監獄に入れられ、さらに取り調べられることになった。

ジュリーのアパートを調べてみたところ、冠状飾りがついたミアシャムのシガーホルダーが見つかった。赤ワインが入ったボトルと、マスカット酒が入ったボトルも見つかった。ジュリーの女中の証言では、それらのボトルは、ジュリーが最近の旅行から戻ってきたときに持ちかえったものだという。ミュンヘンでジュリーが着ていた、髑髏のブローチがついた毛皮のコートと、ドレスも見つかった。

翌日ジュリーの女中が自ら進んで予審判事に証言した。十一月二十四日にジュリーは彼女に、「マシン」と称するものと小さな包みを預けた。どんな状況になっても、それを手放さないようにと女主人から命じられた。ジュリーが取り調べを受けているこの状況のもとで彼女は、それを予審判事に渡すのが賢明だろうと考えたという。

その「マシン」というものは、開けてみると、マティルデの部屋でなくなっていたヤカンだった。包みには、なくなっていた封印された指輪と、白い粉末入りの壜が入っていた。その粉末を分析してみると、純粋な青酸カリであることがわかった。ヤカンには、炭酸カリウムがこびりついていた。裁判のときの検察側の弁論では、このこびりついた炭酸カリウムは、青酸カリが二酸化炭素にさらされて変成したものだということだった。その説明には、いささか疑わしい化学式が用いられているようだがね。

十一月二十八日、退役した税関所員テオドール・ランパヒャーが予審判事のもとに現れた。コリンスキーには今までよくしてもらった恩があるけれども、良心に従って告白すべきことがあるのでやって来たという。

ランパヒャーが語った内容は大体次のようなものだった。コリンスキーは、自分に合った職を見つけようとあれこれ探し回っていた。一八六七年九月、ランパヒャーは家族に会うためブリュンへ行った。コリンスキーがその旅行に必要な費用を用立ててくれた。コリンスキーはそのとき木箱をランパヒャーに預け、ブリュンに着いたらそれを書いてある住所に届けてほしいと頼んだ。その箱は、マティルデ・フォン・レッケに宛てられたものだった。宛先の筆跡は、ランパヒャーによれば、他人の筆跡を装うかのような作為が感じられ、差出人は「ヴァマー」となっていた。コリンスキーはランパヒャーに、この箱のことは誰にも言わないでくれと頼んだ。

収監されている間、ジュリーの証言は毎日のように二転三転した。マティルデが自殺したというストーリーを補強するためにジュリーは、自分によく似たフォン・ヴァイ男爵夫人という架空の人物をつくりあげた。この正体不明の人物は、自分とそっくりに見えるように、まったく同じ衣裳を着ていたとジュリーは述べた。冠状飾りがついたミアシャムのシガーホルダーさえもその人物が用意したという。この仮想の人物がジュリーに小包を送り、それを秘密にするように頼み、ジュリーはその中身を確認することなく、その小包を女中に渡した——というのがジュリーの主張だった。

一週間後、果物菓子の詰められた箱のことを訊かれると、ジュリーは、証言を変え、そのミステリアスな〈もう一人の自分《アルター・エゴ》〉が、その箱にも関わっていると述べた。

ジュリーを面通ししてみると、ハルトマン夫人は事件当日の午後にマティルデを訪ねてきた女性がジュリーに間違いないと証言した。ジュリーはハルトマン夫人が、自分のおぞましい「そっくりさん《ドッペルゲンガー》」に騙されているか、もしくは賄賂をつかまされているに違いないと非難した。ブライトンフェルト警部が、ジュリー自身の筆跡と、フィア・ヤーレスツァイテン・ホテルの宿泊帳に記された署名が酷似していることを示すと、この神秘的な彼女の分身は、自分の筆跡を似せる練習までしていたとジュリーは主張した。

この二人の容疑者に対して、決定的に不利な証拠となったのは、注意深く保管されていた数多くの手紙だった。特に決定的だったのは、十一月二十日と二十一日にジュリーがコリンスキーに出した二通の手紙だった。その一通めの手紙の中でジュリーはコリンスキーに、この大いなる事業が成功するよう祈ってくださいと述べている。それはまた、二人の幸せな未来をもたらすものだと。もう一つの手紙の中でジュリーは、「白い粉末」の効き目が抜群であるよう願うと書いている。

コリンスキーはジュリーへの手紙の中で、その「事業」が片づいたら、持っているものをみな廃棄するよう助言している……。こういう手紙を保存するのがまずいことには気が回らなかったのだろうか、マーカム？　おお、聖なる単純さよ《オー・サンクタ・シンプリキタス》（賛美歌のラテン語の詩句）。

二人の被疑者が逮捕されてからも数週間の間、なんらかの仕方で両者の間に連絡のやりとりがかわされていたことが窺える。常に二転三転する被疑者の証言は、明らかに互いの証言を裏付けようとする傾向があったからだ。ブライテンフェルト警部は、両者がどうにかしてやりとりをしているらしいと疑うようになった。そこでジュリーの独房に、アマリー・ドレスラーという女性の密偵を送り込むことにした。密偵が警部のもとにもたらしたジュリーの手紙には、〈マリー・フォン・ヴァイ〉という署名があった。その手紙では、ジュリーの想像がつくりだした架空の人物がマティルデ殺しの罪を告白し、犯行の経緯を細部まで語っていた。

しかしジュリーは、密偵に見張られていたにもかかわらず、いくつかの似たような手紙を、こっそり監獄の外に送ることに成功した。裁判のときに、それと同じような告白を記した手紙の複製が少なくとも三通裁判官のところにもたらされたのだ。それぞれの手紙は、別々の違った人物が署名していた。ジュリーの抜け目のなさと想像力の旺盛さは、彼女が平均以上の知性を持っていることを示している。

この偽の告白文を記した手紙の中で興味深いのは、マスカット酒を注いだグラスに毒が盛られ、残りはヤカンの中にいれられたと述べられているところだ。グラスはその後注意深く洗浄された。この細部の描写は、現場のグラスにもボトルにも毒が残っておらず、ヤカンの内側に化合物がこびりついていたこととも符合する。

ブライテンフェルト警部は、直接ジュリーの犯行を証拠立てるものを見つけようとして、ウィーンの著名な写真師アウグスト・アンゲラーとジュリーとの関わりを突き止めた。ジュリーは、アンゲラーから写真を撮影して現像するための化学薬品を一式購入していた。その中に青酸カリが四オンス含まれていた。アウグストに面と向かってその事実を証言されたジュリーは、写真のための化学薬品を購入したことを認めたが、それはハンガリーの知人のために買ったのだと言い張った。

これだけ証拠が積み上げられても満足せず、ブライテンフェルト警部はさらに調査を続けた。ジュリーの命令で、有名な文房具会社であるタイヤー・アンド・ハルトムート社に行って、〈フォン・ヴァイ男爵夫人〉という名刺を大量に発注したメッセンジャーを警部は見つけた。

ブライテンフェルト警部はまた、ジュリーがゼクセニーにいる姉に送った手紙を入手した。その手紙でジュリーは、十一月十九日から二十二日まで自分がゼクセニーに滞在したことにしてくれと頼んでいた。姉はその求めを断った。

コリンスキーは逮捕後、ジュリーとコンタクトがとれる限りは、彼女を無罪にしようとするあらゆる努力を尽くした。しかし、両者でかわされていた秘密のやりとりが断たれた後は、精神的に完全に崩れてしまった。我が身可愛さからくる保身衝動に駆られ、彼は愛人のジュリーが単独で殺人を実行し、自分はいささかも関与していないと述べた。彼の常軌を逸した異常な感情の高ぶりは、突如ジュリーに対する荒々しい憎悪に満ちた復讐心へと変じた。犯罪史において、これに類する犯罪者の感情の転化や逆転現象は、実に多くの実例を見いだすことができるね。

一八六八年四月六日、ウィーンの警察によるこの事件の捜査が終了した。四月二十一日、ジュリーは最高裁判所のジュリアーニ裁判官のもとで、裁判にかけられた。検事をつとめるのは、シュマイドル博士。ジュリーの弁護士は、オーストリアの名だたる法律家であるマックス・ノイダ博士。ノイダ弁護士は、この裁判は聴衆の前にさらされるべきではないと主張し、写真撮影のもと非公開で行なわれるべきだと求めた。その理由としてノイダ弁護士は、被告人があまりにナイーヴなので、プライベートな生活行状を人前で明かすことができないからだと率直に述べた。何か人の心をゆさぶるものがあるね。

この裁判は大変なセンセーションを引き起こしたが、何も新しい証拠が付け加えられなかった。それなのに、常時活発に活動しているジュリーの脳から、新しい犯罪の物語がいくつか紡ぎ出された。その一つは、ジュリーがマティルデとアメリカ式の決闘を行なったというものだった。二人の前に二つのカップが並べられ、その一つには致死量の毒が入っている。マティルデが不運にも、その決闘で毒が入っている方を選んだ。

四月二十五日、ギウリアニ裁判官と他の四人の判事たちは彼女に有罪判決を下した。きわめて妥当な判決だ。ジュリーは死刑を免れ、二十年間の重労働の刑を課せられた。最初に彼女が罪を自白していたにもかかわらず、だ。ジュリーの最初の自白を裁判所は、以下の理由で証拠として採用できないと判断した。それは次のような言葉で始まっていた。「本日私が隣りの部屋で告白することで、私は良心を重荷と呵責から解放します……」。この文章は、カトリック教会の懺悔・告解のときの定型文であり、本物の自白でないと判断した。驚くほど緻密な判断だね、マーカム。同じ法律関係の職に携わる者として参考にならないかね。

同じ年の五月十八日、最高裁判所は刑を確定した。ジュリーはノイドルフの女性囚収容施設に送られた。独房に閉じ込められて、既に常時不安定でバランスを欠いていたジュリーの精神は急速に崩壊した。一八七二年五月、彼女は犯罪者の精神障害者を収容する療養施設《アサイラム》に移送され、そこで翌年死亡した。

コリンスキーの裁判はミュンヘンで、一八六八年六月に開かれた。彼は、殺人の従犯として有罪が確定し、二十年間の重労働の刑が課せられた。七月十日に彼は、ローゼンベルク監獄に送られた。哀れなグスタフ！　この男の愛し方は賢くはなかったが、愛情は本心からのものだった。彼の性格は、犯罪者には向いていなかったんじゃないかと思う。監獄に入れられて数カ月たつと、救いようのないほど精神が崩壊していた。彼はエアランゲンの精神病院に入院させられ、そこで三年後に死亡した。

ヴァンスは椅子にもたれかかり、痛ましそうに溜め息をついた。「この犯罪自体は、ひどく稚拙だ。まったく嘆かわしいほどに」

マーカムは頷《うなず》いた。「およそ完全犯罪からはほど遠いね」

「完全犯罪か」ヴァンスは、若干嘲笑的に息を洩らした。「われわれが完全犯罪のことを聞くことはないね。成功してしまった完全犯罪は……。しかし、完全に近かった犯罪というものはある。

計画者にとってはどうにもならない予想外の事態のせいで犯罪が破れた例がある。それはひどく残念なことだね。ぼくは、犯罪者であれ芸術家であれ、天才が成功するのを見るのがとても好きだ……」

その二週間後、再び完全犯罪の話題が出て、議論がかわされた。ヴァンスは、一九〇九年にチリで起こった、きわめて驚くべき事件をわれわれに語ってくれた。その事件は、完全犯罪と形容するにふさわしい特徴をほぼすべて持ち合わせていた。ただ、この事件が成功しなかったのは、事件のある脇役が、簡単なスペイン語の言葉の誤解を見抜いたためだった。これはベッケルト事件として知られている驚くべき殺人事件だ。この事件のせいで、二つの国が厄介な外交問題に巻き込まれた。この事件のことは、来月語ろうと思う。

ほとんど完全犯罪——ヴィルヘルム・ベッケルト事件

ファイロ・ヴァンスは、椅子に深く沈み込み、蔑むような笑みを浮かべた。

「マーカム、君はこの悪しき世界を素朴に信じすぎている。完全犯罪なんてものは、いくらでも存在する。だが、それらは完全犯罪であるがゆえに、われわれには知られない。われわれの目を引く犯罪は、失敗したものばかりだ」

「殺人者が捕らえられるのは、必ずしもその殺人者が失敗したためばかりではない。思いがけない偶発事によって、練りに練られた犯行計画が破綻することもある。とても残念だね……」

ヴァンスと、ニューヨーク州の地方検事であるジョン・F・X・マーカム検事と私は、ストイベサント・クラブのラウンジルームに坐っていた。〈憎正殺人事件〉が終結した後われわれは、日曜の晩はこのクラブに集まって談笑するのを習慣としていた。その時期犯罪学に深い関心を寄せていたヴァンスは、有名な犯罪事件をひきあいに出して、しょっちゅうわれわれと議論をかわしていた。

以前の日曜には、ジェルメーヌ・ベルトン事件、プルシャ事件、ヤロスジンスキー事件、エベルジェニ事件のことをヴァンスが語っていた。それらの事件のことを私は既に本誌に発表している。今回私が語ろうとしているのは、マーカムが「完全犯罪」についてコメントしたのを受けてヴァンスが語った、一九〇九年にチリで起こったヴィルヘルム・ベッケルト殺人事件である。信じられないほど細心に計画された殺人であり、この事件を捜査当局が解明できたのは、ひとえに簡単なスペイン語の言葉への単純な誤解のおかげだった。

「ぼくは天才が成功するのを見るのが好きだ。それは知っているよね」ヴァンスはものうげに語り、愛飲しているRégie煙草に火をつけた。「それが芸術であろうと、商売であろうと、犯罪であろうとね。ともあれ、このベッケルト事件の殺人者は、かの勇猛なヒース部長刑事が言うように、好意的でない運命から不運の一刺しを食らってしまったとぼくは常々感じている」

一九〇九年の初頭（ヴァンスは椅子にゆったりと坐り込んで話し始めた）、チリのサンティアゴの町は、注目すべき犯罪の舞台となった。いくつかの理由でこの事件は、心理学的・犯罪学的両面において比類のない興味をかきたてるものがある。

第一にこの犯罪は、チリのドイツ帝国公使館の構内で起こった。ただでさえそれだけで、法律上やら外交上やら厄介で込み入った問題が生じる。外交官の教条的精神あるいは外交上の配慮や遠慮のために、およそ部外者には想像がつかないことまで含めて、書簡やらメモやらノートがさんざんに行き交うことになった。それのみならず、この事件が生じた状況そのものがあまりにこんがらがっていたものだから、普通の捜査状況なら、犯罪者が発覚することは決してなかっただろう。

しかしこの事件のポイントは、いかに緻密で予見性に富んだ計画をつくりあげることができたかという、並外れた驚くべき犯人の力量にある。この犯人は、犯罪史に名を刻む数ある殺人者の中でも、並外れた資質をもっていることを証明している。もっとも、犯行の動機そのものは卑小なものだったけれどね。

その上、この犯罪計画の成功を妨げたのは、ごくごく微細な見落としにすぎない。これはほとんど完全犯罪と言ってよかった。ああ、なんということだろう。

サンティアゴのドイツ公使館は、デリシアス大通りのそばにあるナタニエル通りの二階建ての建物の一階にあった。その公使館には、二つの部屋があって、前にオフィスルーム、後ろに外交書類の保管庫として使われている部屋があった。そこのスタッフは、バロン・フォン・ボードマン公使と、秘書官のバロン・フォン・ヴェルセックと、事務官のヴィルヘルム・ベッケルトの計三名だった。

それに加えてもう一人、メッセンジャー、ポーター、雑務員を兼ね務めるエセキール・タピアがいた。彼は、チリ軍を退役した、元・軍曹だった。

このつつましやかなスタッフの仕事量は、大したものではなかった。いつもスタッフ同士でともに昼食を食べたり、夕食をとったりするのが主で、合間に政府の事務的な用事をこなす程度だったろうと想像される。

一九〇七年、この〈あまく優雅な生活〉は、ある事件のために妨げられる。この事件は、それ自体は大した重要性はないが、やがて驚嘆すべき展開へとつながっていくことになる。

カルーという小さな村で、現地の農民が、集団で暮らしていたドイツの移住者の一団を襲撃した。襲撃されたドイツ移民たちは、居丈高に公使館に補償を求めた。外交が関わるこのような事件ではありがちなことだが、公使館員が型通りにこの事件を一通り調べ、襲撃者とされる農民を訴えた。しかし大したことは何もわからなかった。

翌年、ドイツ公使館に、〈チリ人有志〉とサインされた、怪しげな手紙が届き始めた。この手紙は、公使が罪のない小作農民を不当に訴追したことを非難していた。その農民は悪意からではなく、無知からそのようなことをしたという。その手紙は、バロン・フォン・ボードマン公使に、これ以上訴追を続けないよう警告し、さもなくば彼と他の公使館員の命は保証しないと脅していた。実際のところ、それはブラックメール、つまりあからさまな脅迫の手紙だった。

そのしばらく後、正確には同じ年の九月、似たような手紙が公使自身のところに送りつけられた。公使は、すぐにその手紙をチリ警察の責任者に渡した。警察の上層部は、派遣されている外国政府の代表者たちとの厄介事を回避しようとして、その怪しげな手紙の差出人を突き止めようと断固たる捜査を行なったが、ついに差出人はわからずじまいだった。

バロン・フォン・ボードマン公使も、バロン・フォン・ヴェルセックも、この脅迫文に大して注意を払わなかった。しかしどちらかというと、小心で人のよさそうなベッケルトは、心を引き裂かれたらしい。不安と心配が、彼の中で大きく膨れ上がったようだ。何度も彼は、自分がやがて消されるかもしれないと不安を洩らしていた。残された記録から判断するに、彼が神経質な不安に駆られていたのは、むしろ哀れを催されるくらいだ。彼は、〈チリ人有志〉が自分の血を見るのを渇望し、そのうち自分を襲撃し、地上での生命を終わらせるだろうと心から信じていたように見える。

ベッケルトはそのとき三十九歳だった。彼の生まれ故郷はバイエルンで、親はうまく成功している商人だった。一八八九年に彼は南アメリカ大陸に移民し、サンティアゴにあるイエズス会の修道院に入った。しかしながら二年後、彼は、敬虔で瞑想的な生活よりも、いわゆる物質的な喜びのある人生の方が自分の性に合うと自覚し、イエズス会を離れ、プロテスタントに改宗した。一八九九年に彼は、チリ人の商人の娘と結婚した。その女性の名は、ナタリー・ロペスといった。公使館の事務員として、彼は母国の外交に関わる仕事に就いた。

数カ月後、脅迫の手紙を受け取ったベッケルトは、興奮し、急いでバロン・フォン・ボードマンのオフィスに駆けこんだ。三人の怪しい外見のチリ人が、前の晩、人気のないサンティアゴの通りで自分を追いかけたとベッケルトは言った。そこで公使は、この動転して怯えている事務員に、拳銃を携行するように勧めた。しかしベッケルトは、それをひどくいやがった。ベッケルトは、死をもたらす道具には本能的な恐怖心があると訴えた。

このときベッケルトは、ほとんど病的なまでに妻のことが猛烈に心配になった。一九〇八年十月の末、ベッケルトは、もし自分の身に万一のことがあったら郵送してくれるようにと、ドイツ公使に宛てた手紙を友人に託した。自分は間もなく死ぬかもしれないとベッケルトは信じていた様子だ。その手紙で彼は公使に、これまでの恩義に大いなる謝意を表している。さらにその中に別の手紙が同封されていた。手紙の中で彼は公使に、当時のチリの大統領だったセニョール・ペドロ・モントに、その同封された手紙を届けてほしいと頼んでいた。

その大統領宛ての手紙でベッケルトは、自分が殺されても、その件で憤激してことを荒立てないでほしいと求めている。その理由としてベッケルトは、何よりもまず、故国ドイツと赴任国チリが敵対するのを避けたいと望んでいることを挙げている。ベッケルトは、脅迫文を送りつける〈チリ人有志〉はおそらく、愛国心に駆られ、感情的誤解からこのような行為に及んだのだろうとし、自分が心配しているのは妻のことで、もし自分に万一のことがあったときには妻が生活に困らないようにしていただきたいと述べている。

総じてこの手紙は、自ら文中で述べているように、どちらかというと、自分を〈運命に囚われた者〉とみなす男の、感情的な噴出である。死刑宣告を受けた男のそれだ。

（ヴァンスはものうげにため息をついて、手の煙草を握り潰した）

一九〇九年二月五日金曜日、午前十一時四十五分頃、公使と秘書が公使館に出勤してきた。そのときベッケルトはいつも通り働いていた。この公使館のメッセンジャーであるエセキール・タピアは十時半に、バロン・フォン・ボードマン宅に行き、その十五分後にそこを出た。タピアはそのとき表向きは、公使館に向かったはずだった。公使は、公使館にタピアがいないのを見ても驚かなかった。実際ベッケルトは、今朝からタピアには会っていないと述べた。

午後一時十五分、バロン・フォン・ボードマン公使とバロン・フォン・ヴェルセック秘書官は、公使館を出て、後にはベッケルト一人が残された。

その半時間後、何人かの隣人たちが、公使館の窓から煙がたちのぼっているのを目撃している。その直後に、火災警報機がけたたましく鳴り響いた。しかしその警報機が作動したのは遅すぎた。既に屋根が燃え崩れ、建物全体に火の手が回っていた。公使自身が、この火事のことを知らされたのは、午後三時頃のことだった。公使が駆けつけたときは、そこから何かを救い出すことは不可能だった。建物全体が焼け落ちていた。

当然のことながら、バロン・ボードマン公使はベッケルトのことを心配した。ベッケルトは、恐怖心に駆られて気を失ったりすることがある虚弱な男だからなおさらだった。公使は、彼に関して最悪の事態を恐れた。午後九時になって、公使の恐れていた事態が実際に起こっているらしいことが確認された。建物の焼け跡の、オフィスの後ろ側の部屋跡から、ファイルの残骸に埋もれて、完全に炭化した焼死体が見つかった。その焼死体のそばには、ベッケルトが所持していた、銀製のシガレットケースと、鎖が断片的に残っているニッケルの腕時計と、鼻眼鏡が落ちていた。

脅迫の手紙が度々送りつけられていて、ベッケルトがそれを病的なまでに恐れていたことと、タピアの行方がまだわからないことから、バロン・フォン・ボードマン公使は司法の捜査を求め、チリ警察の鑑識医に遺体の検死解剖を求めた。

焼け焦げた遺体の指には、ベッケルトのダイヤとサファイヤの指輪があった。その結婚指輪には、N・L（ナタリー・ロペス）という頭文字と結婚した日付が彫られていた。建物の廃墟に埋もれている、数多くの機密情報を含んだ書類が掘り起こされた。衣服の切れはし、血染めのハンカチ、ペーパーナイフ、自在棍棒《ブラックジャック》、トーチランプの残骸が見つかった。

検死解剖の結果は、満足をもたらす結果からはほど遠いものだった。鑑識医は、遺体がすっかり炭化しているので、死因を突き止めることができないと述べた。火が出たことについては、さほどの謎はないように思われた。公使館では、公使が必要な書類への対応を済ませた後、ベッケルトが不要なメモや書類を焼却処分するのが慣例となっていたからである。おそらくその火がどこかに燃えうつって火事になったのだろう。ベッケルトの頭部には、ひどい打撲の跡があった。たぶんベッケルトは、倒れてくるファイルキャビネットの直撃を頭に受けて動けなくなったのだろう。

二月七日、バロン・フォン・ボードマン公使は、〈チリ人有志〉から新たな手紙を受け取った。その手紙が投函されたのは、公使館が燃えた日の朝、サンティアゴ市内でだった。その手紙は、ベッケルト殺しと、公使館への放火について述べ、カルーの農民への訴追をやめないなら、さらに報復を行なうと警告するものだった。

ベッケルトが数日前に似たような手紙を受け取ったと言っていたのを公使は聞いていた。公使は、さらなる捜査が必要だと感じた。

さらにタピアの行方が依然として不明だった。彼は、悲劇が起こった日の朝十時に、自宅を出ている。その日の午後は、仕事のために市外に出向かなければならないと言っていた。しかしそんな仕事は、公使には心当たりがなかった。タピアは、午前十時半に、バロン・フォン・ボードマン公使宅を訪ねた後、姿をくらました。

公使は、ベッケルトが暗殺されたという噂を鎮めるために、大学の研究施設にいる二人のドイツ人研究者を招いて、ベッケルトの遺体の検死をするように頼んだ。

このドイツ人医師による検死報告は、緻密さと優秀さを誇るドイツ国民性のモデルと称されるにふさわしい徹底さで行なわれ、いくつかの重要な証拠と手掛かりをもたらした。三インチほどの長さの左の脛骨《けいこつ》がなくなっていた。それは燃え尽きたのかもしれない。もしかしたらトーチランプとともに燃えたのかもしれない。左肘の骨も失われていた。頭部の肉と皮膚は完全に壊され、原型をとどめていなかった。上顎の前歯と犬歯の歯冠が失われていた。同様に、下顎の左の前歯と犬歯の歯冠も失われていた。他の歯は、上顎の親不知に若干の虫歯があった以外は、すべて完壁に残っていた。

胸には一インチほどの長さの、卵型の傷があった。これだけの検死結果から、死者が何者かに殺害されたことはほぼ明白になった。しかし検死したドイツ人の医者は、チリ政府の認める公式の鑑識医ではなかった。そこで公使は、チリ警察の鑑識医もまじえた、新しい、共同の公式な検死解剖を行なうよう求めた。

しかしながらチリ警察当局は、愛国過激派《パルチザン》が関わっている疑いのある、面倒でデリケートな厄介事をできるかぎり回避したがった。当局は、ドイツ人のヴェステンホッファー医師とアイヒェル医師に検死の主任をゆだね、チリ人のカーロス・オヤズン医師を検死の補佐役として任命しただけだった。

その検死解剖の結果わかったのは、次のような事柄だった。心臓が貫かれ、大動脈が切断されている。胸腔《きょうこう》が、金属製の尖ったもので切られている――おそらくナイフか短剣によるものだろう。頭部の傷痕は、胸の刺傷より先につけられている。死者は頭部を鈍器のようなもので殴られて昏倒させられ、続いて胸を刺されて致命傷を負った――それがもっともありそうな可能性だった。死者の下半身は、いくつもの分厚いオフィス書類が上に堆積したために、完全な損壊を免れていた。「G・B」とイニシャルが入った、白と緑のストライプのシャツの残骸がわずかに残っていた。ギレルモ・ヴィルヘルム・ベッケルトのイニシャルだろう。

ベッケルト夫人は、そのシャツをためらいなく夫のものと認めた。夫人は、夫の歯の状態のことを訊ねられて、上の前歯に金の詰めものをしている以外は、完全に健康状態だったと述べた。

翌二月九日、上の発見をうけて関係者が集まり、法医学上の、なおかつ外交的な会合が催された。最初に検死解剖を行なったチリの警察医には、きわめて不快な半時間だったろう。とうとう彼は、自ら検死解剖は行なわず、そのいやな仕事を、助手の使用人に任せたことを認めた。自分の夫の衣服と歯に関するベッケルト夫人の証言が読み上げられ、その証言が、二度目の検死解剖と細部まで一致することが確かめられた。ベッケルトは、何年か前に、左の脛骨を折ったことがあり、また、左の肘に目立つ傷痕が残っていた。殺害された遺体の、これらの箇所が欠損していたのは、死体の身元特定をできなくさせるためであることは明白に思われた。

その会合で出された結論は、この焼け焦げた遺体はベッケルトのもので、彼は刺殺されて、犯罪の痕跡を消すために火に焼かれたということだ。

さて、さて。これはチリ当局にとっては、きわめて不快な事態だ。被害者が外国政府の公使館員であるだけでなく、警察の検死はきわめていい加減であったことが暴露されたからだ。ただちにいくつかのチリ政府の機関が、熱心な活動を始めた。有罪がほぼ確定的と思われる失踪したメッセンジャーのタピアをとらえるために、できうるかぎりのあらゆる努力が払われた。

しかし皮肉っぽくこの状況を眺めている、醒めた目の紳士がいた。その紳士とは、マヌエル・ビアンチ予審判事だ。彼は、チリ司法当局の捜査の不備に投げかけられた非難や中傷にいたく憤慨していた。鵜《う》の目鷹の目で彼は、この事件に関するすべての記録書類を精読した。何時間もかけて熱心に読み込んだ彼は、この外国人に関する事件の構図を根本からひっくり返すかもしれない一つの手掛かりを見つけた。懐疑心の強いこの予審判事には、このきわめて驚くべき犯罪事件を解決した功績が帰せられる。

二月九日の午後、遺体を埋葬する一時間前、ビアンチ予審判事は、サンティアゴの歯科大学主任教授のゲルマン・ヴァレンズェラ博士を派遣し、遺体の損傷した歯をもう一度調べさせた。ドイツの公使は寛大にも、棺を再び開けることに同意した。しかし検死解剖の結果報告されたことと矛盾するものは特に見つからず、棺は再び閉ざされた。

それはたぶんとても荘厳な葬儀だったろうね、マーカム。午後五時、葬列は、墓所に向かった。モント大統領は、自分の副官をこの葬儀に参列させた。棺は、荘重に墓所へと下げ入れられていった。棺を運んだのは、チリの著名人で、国をあげて彼の死を悼み悲しんでいることを示していた。バロン・フォン・ボードマン公使は、名文の綴られたいくつもの弔辞を読み上げた。ドイツの合唱隊が、いくつかの悲しげな哀歌をおごそかに歌い、この葬儀に芸術的な雰囲気を加えた。

同じ日に、チリ政府は特別の閣僚会議を開いた。ベッケルトが大統領に宛てた手紙が読み上げられると、閣僚は一致して、夫を失ったベッケルト夫人に毎年二万ペソを支払うことを保証する法案に同意し、議会にこれを承認するよう求めた。

こうした関係者や政府の対応はきわめてまっとうだし、筋が通って妥当なものだ。しかし一人の懐疑心の強い紳士がいて、これらのエピソードを額面どおりに受け取らず、その裏にひそむ真実を見抜こうとしていた。それが皮肉家のビアンチ予審判事だ。狡猾《こうかつ》な男だよ。合唱隊が、ドイツの同胞の死を悼む歌を美しいハーモニーで歌っている最中に、このビアンチと友人のヴァレンズェラ博士は、きわめて驚くべき発見について議論をかわしていた。

前にベッケルト夫人のナタリー・ロペスが夫の歯のことを訊ねられたときに、二人のドイツ人教授は、スペイン語を話す二人のドイツ人通訳を使っていた。このドイツ人の通訳は、歯という言葉を訳したとき"dientes《ディエンテス》"という言葉を用いた。この言葉は、チリでの普通の用法では、前歯のみ、もしくは、口を開けて笑ったときに見える歯のみを指す。臼歯《きゅうし》は、チリでは、"muelas《ムエラス》"という。歯全体を指すときには、"dentadura《デンタドゥーラ》"という言葉が用いられる。

ベッケルト夫人が、夫の"dientes"——つまり、笑ったときに見えるところの歯——が完全に健康だというのは本当だった。臼歯のことを訊かれたわけではないので、彼女は自らその情報を提供しようとはしなかった。

ちょっとした言語学的注釈をはさんでしまったのを許してくれたまえ、マーカム。そこにこの事件の要《かなめ》があるからなんだ。この「完全犯罪」ですら、結局のところちょっとした偶然に左右されるものだった。

チリの捜査当局は、明らかにこの"dientes"と"dentadura"という言葉の些細な違いを見過ごしていた。しかし鋭敏なビアンチ判事は、この点を精査してみる価値があると考えた。

ビアンチの指示を受けたヴァレンズェラ博士は、ベッケルト夫人に、夫の歯全体"dentadura"がどうだったかを訊ねた。彼女は、夫の臼歯のいくつかがなくなっていたと述べ、ビアンチ判事にとっては自分の推測を裏付ける満足のいく情報がもたらされた。続いてヴァレンズェラ博士は、ベッケルトの歯を診察していたファン・デニス・レイ歯科医のところに赴いた。歯科医の持っていた記録を参照して、数カ月前にベッケルトの臼歯が何本か抜かれていたことが確認された。

(ヴァンスは、若干悲しそうな笑みを浮かべた)

文学的な表現を用いれば(ヴァンスは溜め息をついた)これが、賛嘆すべきこの完全犯罪計画を決壊させる蟻の一穴となってしまった。まったく残念きわまりない。公使館に残っていた焼死体は、臼歯が完全に揃っていた。今や焼死体がベッケルトではなかったことが明白となった。その上、焼死体は他でもない、タピアであることが徐々にはっきりしてきた。タピア夫人は、夫の臼歯は、上顎の右の親不知にある若干の虫歯以外は、完全に健康だと述べた。

その上ビアンチ判事は、ベッケルトとタピアが、背恰好が似通っていることを思い出した。判事は、この犯行が自国人によるものではなさそうだとわかって、少し喜んだ。

葬儀の翌日の二月十日、チリの朝刊紙は、この発見と判明事実を報じた。バロン・フォン・ボードマン公使は、司法省に対して、あの遺体はもはやベッケルトのものとはみなされず、他ならぬエセキール・タピアのものであるのがほぼ確実だと認めた。

時間が遡るが、これに先立つ二月六日、つまり火事の翌日、オットーという男——ぼくはその男の姓を忘れてしまったが——が警察にやって来ていた。彼は、前の晩の深夜から午前一時頃にかけて、つまり、火事が起こって約十時間後に、ベッケルトと会い話をしたという情報を警察にもたらしていたことが今や思い起こされた。しかしオットーという男は、評判がよくなかった上に、ベッケルトとの関係も険悪であったことが知れわたっていたために、その証言は信用されなかった。余計なことに関わったりせず、自分の仕事をしていろと警察から放り出されていた。

ドイツ公使のバロン・フォン・ボードマンは、二月五日の朝、公使館に行ったときに、床がぴかぴかに磨きあげられていたこと、ベッケルトがいつもの鼻眼鏡をつけていなかったことを思い出した。そこから推論されるのは、その時点で既に不幸なタピアは殺されていて、その死体は、後ろのファイル置場のオフィスに隠し置かれていただろうということだ。その推測は、検死解剖の結果とも合致した。死者の死亡時刻は、午前十一時半以前であることが確認されている。

焼死体がタピアであることは、今や疑いの余地がなかった。そのことからくる必然的な帰結として、タピアを殺害したのはベッケルトであるということになる。ベッケルトの持ち物が、タピアの遺体のそばから見つかった以上、そんな工作はベッケルト本人にしかできないはずだからだ。ドイツ政府はただちにベッケルトに賦与された外交特権を剝奪し、チリの司法当局に事件に関する一切の権限を委ねた。当局はただちに全力で、ベッケルトの所在探しに邁進した。

ドイツの合唱隊の荘重な歌とともにおごそかに埋葬された死体が今や掘り起こされ、三度目の検死解剖がなされた。毛髪と皮膚を顕微鏡で精査したところ、遺体は浅黒い肌の色をしていて、髪の毛は黒かった。一方ベッケルトは、くっきりしたブロンドの髪をしていた。

火事のすぐ後、行方不明のタピアをチリ全土に指名手配する通知が行き渡っていた。二月十日、焼死体の身元がタピアであることが判明したのと同じ日に、チリ警察長官のもとに、サンティアゴから二百マイルほど南方の、鉄道南部線の走る小さな村から、報告がもたらされた。

その報告によれば、二月七日に旅行者が警察署にやって来て、列車の中で、裕福そうに見えるのに、二等車に乗っていた不審な男を見かけたという。旅行者は、それが指名手配されている人物ではないかと警察に報告に来たのである。

警察署長は、この男を疑わしいとみなし、その列車の終着駅であるヴィクトリア駅に捜査官を派遣した。捜査官はヴィクトリア駅で、その男を発見して呼び止めた。男が携行しているパスポートには、チロ・ラバ・モッテという名前が記載され、今年の一月に政府当局が発行したアルゼンチンへの旅行許可証もあった。捜査官は、そのパスポートを調べて正当なものであり不審な点がなかったとして、男を解放し、チリ警察に戻った。

その後、タピア手配の連絡を受けた警察署長は、あの不審げなモッテと名乗る旅行者がその失踪しているメッセンジャーかもしれないと考え、サンティアゴ警察に、タピアの容姿を詳しく知らせるよう電報を打った。

サンティアゴ警察は、モッテという男の旅行証のことをただちに調べた。そしてその年の一月に、外務局でベッケルトが、自分の義兄のパスポートを取得していることが判明した。ベッケルトは、義兄の名をチロ・ラバ・モッテという名前として手続きをしていた。

しかしこれだけではまだサンティアゴ警察にとって、充分な証拠とはいえなかった。警察は、慎重で細心だった。その後の調査によって、ベッケルトがパスポートを申請した日に、地方の商店で自在棍棒《ブラックジャック》を買い、いくつかの付け髭とブルネットの鬘《かつら》を注文し、旅行用スーツとトランク、革ゲートル、革ケース入りのライフルを購入していることが短時間のうちに判明した。それらのものにベッケルトは、「C・L・M」という頭文字を彫らせていた。ベッケルトはまた、回転式拳銃と、その弾薬、二十ヤードのランプ芯を買っていた。

このようにしてサンティアゴ警察が、完全犯罪の準備のためにベッケルトが何をしていたかを調べ上げていた最中に、ドイツ公使は、この殺人の動機が何であったかを調べようと奮闘していた。それが判明するまでに長い時間はかからなかった。いなくなった男の残した預金通帳を調べ上げてみると、一年以上も前から、ベッケルトは公金を横領していて、その金を自分の口座にうつしていたことが判明した。彼が横領した金額は、およそ五万マルク（約一万二千ドル）と見積もられた。

これだけ確実と思える証拠が積み上げられても、サンティアゴ警察は完全に満足しなかった。ことは、デリケートな外交問題が関わる犯罪であった。祖国チリの名誉が、この捜査にかかっていた。警察は、ベッケルト夫人にも疑惑の目を向けた。調べてみると、ベッケルトは、これまで思われていたような理想の家庭人でなく、徳の高い夫ではなかったことが判明した。彼は実際は女たらしであり、多くの売春婦や愛人たちと、情事や淫行に耽っていた。

その愛人たちの一人に、ベッケルトは〈ティト・ベラ〉という偽名で、筆跡を偽装して手紙を送っていた。後にベッケルトは、このドルシネア（ドン・キホーテが憧れた田舎娘の名、転じて恋人などを指すスペイン語）に、自分がその猥雑な手紙の書き手であったと告白している。その女性が当局に、その手紙を提出した。筆跡鑑定家が、その手紙の筆跡が、〈チリ人有志〉という署名の手紙のものと同一であると鑑定した。

これらの脅迫の手紙が、ベッケルトの驚くべき犯行計画の一環をなすものだったというのが真相だった。その手紙を用いて、周囲の人間に脅迫を印象づけ、ベッケルトは、完全犯罪の実行計画を着々と進めていた。彼の計画全体があまりにも見事なものだから、犯行の後、焼死体の身元を問われることがほぼなかったのである。

慎重なサンティアゴ警察も、さすがにベッケルトを有罪とする充分な証拠が揃ったとみなした。南部鉄道線のすべての駅に、ベッケルトの逮捕命令が電報で伝達された。そのときまでにベッケルトはチリ通関を越え、アルゼンチンに入りつつあった。しかし二月十三日、国境からわずか六マイルのところで、国境警備兵が、指名手配犯を発見して捕えた。二月十六日、このもう少しで完全犯罪を成功させる一歩手前までいった男は、滞りなくサンティアゴの監獄に収監された。

ベッケルトの裁判が開かれるまでは、準備に半年かかった。チリの検察当局は、裁判を開くにあたって、あますところなく完全な有罪立証をしようとしていた。外交問題が関わるので、この事件の法的な扱いには細心の注意と配慮が求められた。外交官であった被告には、治外法権の問題も関わってくるからである。

しかしながら裁判は、一九〇九年九月二日に開かれた。その裁判は、ベッケルトがすべての罪を認めることで終結した。彼は死刑を宣告されたのみならず、加えて三十八年間の強制労働刑と、千六百ペソの罰金を課せられた。やや滑稽で首尾一貫しない判決だと思うが、法廷裁判では実はよくあることのようだね、マーカム。

当然ながらベッケルトは控訴した。チリでも、被告人が控訴する権利は認められている。しかし最高裁判所は、彼の訴えを棄却した。その後いくつかの拘置所を引き回された末――これはわが国の法的手続きと類似しているね――この不運な男は、一九一〇年七月五日に銃殺刑に処せられた。

（ヴァンスは、新たなRégieに火をつけた）

わかるよね、マーカム。ぼくはまったくベッケルトに共感的だ。彼がつくりあげたのは、尊敬すべき巧みな犯罪工作だ。この完全犯罪を仕組むために彼はほぼ二年間を費やした。本当は、彼は成功してしかるべきだった……。いや、ぼくが犯罪に手を染めようとしているのではないよ。気まぐれな神々の戯れだ……。

完全犯罪！ そうだ。カードの結果は、ヴィルヘルムが負ける側に転んでしまったが。まったく残念だね。え、何だい？

「まったく残念だね」嘲るようにマーカムが言った。「アメリカでも、そのベッケルト事件に比肩されるいくつかの興味深い事件があるよ。たとえばH・H・ホームズの事件や、ウダーズック事件とか。どちらも保険金をだましとろうとしたものだが」

「いや、まったくそうだね」ヴァンスは、けだるそうにマーカムの方を向いた。「犯罪というのは、結局のところ独創的ではない。問題はその状況だね。多くの犯罪にはある種の類似性、共通性がある。人間の本性とはそのようなものだからね。特に、情熱の犯罪はそういうものだ。そういう犯罪は、ある女性が、別の女性とまったく異なっているという稚拙な理論に基づいている。馬鹿げた考えだと思わないか？

たとえば、わが国のシンダー・グレー事件をとりあげてみよう。妻とその愛人が夫を消そうとする図式だ。痛ましいことだね。しかしこれと同種の犯罪は、有史以来無数に繰り返されてきた。ああいう事件が繰り返されるのをみると、ぼくは夫になりたいとは思わないね、マーカム。あまりに危険なことだよ」

二週間後、私たちは再びストイベサント・クラブのラウンジルームに集まった。そのときまたシンダー・グレー事件の話題が出たが、ヴァンスは腕を振って、その事件のことに立ち入るのを避けた。

マーカムにその不親切な態度をなじられるとヴァンスは、一九二三年チェコスロバキアで起きた有名なヒルデ・ハニカ事件のことを私たちに語ってくれた。この事件は、シンダー・グレー事件と驚くほど多くの共通点がある。

次の私の報告では、ヴァンスの言葉をできるかぎり正確に再現して、この驚くべき〈情熱の犯罪〉事件の記録を扱うつもりだ。

役立たずの良人——カール・ハニカ事件

「そういえば、アマチュア犯罪学者のN・L・レデラー博士が、シンダー・グレー事件について、実に陳腐で平凡な犯罪だといささか見下した調子で語っていたね」

椅子に坐ってそう語ったニューヨーク地方検事のジョン・F・X・マーカム検事は、前屈みになって、葉巻に火をつけた。

マーカムとファイロ・ヴァンスと私は、ストイベサント・クラブのラウンジルームに陣取っていた。そこに寄り集まるのが、毎日曜の晩のわれわれの習慣になっていた。

「まったくそのとおりだね」ヴァンスはあくびをして、より深く椅子に沈み込んだ。「レデラーは、あまりに犯罪史に精通しているものだから、独創性のないありきたりの殺人には、興奮も感銘も覚えないのだろう。

どの国にもシンダー・グレー事件のような事件は起こっている。わが国の大新聞が、この手の事件が起きるたびに大仰に騒ぎ立てるさまは、なんとも啞然とさせられるばかりだが。これは昔からよくある事件の反復にすぎない。妻が愛人をそそのかして、邪魔な亭主を厄介払いしようとする。世の夫たちにとってはまったく面白くない事態だろうが。しかし、ごらん、ここにそういう事件がある」

ヴァンスは嗅ぎ煙草を吸い込み、肩をすくめた。それからシガレットケースを取り出し、慎重にRégie煙草を一本選んだ。私もマーカムも、ヴァンスがそういう仕種をした意味を理解した。彼はこれから、その点について詳しく語ろうとしているのだ。

この手の犯罪事件で近年もっとも有名なのは、現在はチェコスロバキアとなっている旧オーストリア領モラヴィアで一九二三年に起きたハニカ殺人事件だろうね（ヴァンスは、天井に向けて青いリボン状の煙をけだるそうに吐きだし、語り始めた）。

この事件が、ヨーロッパ中に、なんというセンセーションを巻き起こしたことか！　もしこの事件がわが国で起こっていたら、あらゆる新聞雑誌が、とんでもない狂乱の渦に巻き込まれていたことだろう。先年イングランドで起こったバイウォーターズ・トンプソン事件よりも、この事件の引き起こしたセンセーションは大きかった。ところで、このバイウォーターズ・トンプソン事件は、さっき触れたシンダー・グレー事件とほとんど同じ図式の事件だね。

しかしトンプソンによる刺殺も、シンダー・グレーの血なまぐさい所業も、ハニカ殺人事件ほど、セクシャルで驚嘆すべき要素を含んでいなかった。

この事件にみられる、壮麗なまでの、官能的で変態的な性的ファクターは別にしても、きわめて注目に値するいくつかの心理学的要素がこの事件に含まれている。

カール・ハニカ大佐は、チェコスロバキア軍の連隊の一員として、フランスに駐留していた。停戦協定が結ばれた後、彼はヒルデ・シャルバという女性と出会った。ヒルデは善人ではなかった。マーカム、ここは強調しておきたいのだが、彼女の人柄は決してよくなかった。しかし、彼女には才気はあった。彼女は、ブリュンのいかがわしい助産婦の娘だった。彼女の父親は、一九一四年に精神病院で死んだ。必ずしも幸せな家庭環境ではないね。

そのときヒルデは十九歳だった。残された記録からみて、彼女は大変な美女だったらしい。冷静沈着でクール、混じり気のないブロンドだった。世の犯罪者たちが、犯罪を引き起こすおおもとになる感情には、この手の女性が関わっていることが多いね。

ヒルデはその時分、母親と暮らしていた。彼女の母親の評判は、よいとは到底言えないものがあった。実際、この老婦人の仕事が助産婦というのは表向きで、本当はもっといかがわしい仕事をして稼いでいたのが確実らしい。

ヒルデは、いくつもの仕事を試し、職業を転々と変えた後、写真店のセールスガールになっていた。前途有望な若い男性と知り合うには絶好の職種だ。ヒルデがさまざまな男性と交際するようになったのは、母親の暗黙の了解があったばかりか、母親が協力して後押ししていた節もある――残念なことだがね。

そんな状態で一九二一年の夏までは事態はうまくいっていた。ヒルデが、母親の強い反対を押し切って、ハニカ大佐と結婚するまでは。そう、旧オーストリア帝国の名誉ある将校が、平民を見下しているはずの貴族が、こんな、いかがわしい仕事をしている女性の娘と結婚するなんて、普通は信じがたいことだ。ハニカ大佐の月給は、たった一四〇〇クローネン（約四十二ドル）だった。救いがたいほどの楽天家だとしても、こんな結婚がうまくいくなんて考えることができるだろうか？

ヒルデの母親のシャルバ夫人は最初から、義理の息子となったハニカには概して非友好的だったろうとぼくは想像している。この貧乏な若者は、親に反抗的な娘によって結婚を強要されたのだろう。ヒルデは、軍の将校夫人になることの社会的地位のメリットを見いだしていたのだろう。そのさらにシャルバ夫人は、結婚とハネムーン旅行の費用をすべて負担しなければならなかった。その上、ハニカ大佐の借金までシャルバ夫人が返済することになった。新婚家庭の内装も家具代も、新婚夫婦の生活費もシャルバ夫人が面倒を見なければならなかった。むろんハニカ大佐の収入では、まったく足りなかったからだ。

ハニカが、自分の義母の稼いでいる手段が、秘密の何かいかがわしいことであるのに気づいたのは、結婚した後ではなく、もっと前だったろう。しかし金銭不如意の状況では、彼にできることはほとんど何もなかった。彼は、離婚という究極的な恥辱を味わうくらいなら、あらゆる辱め――窮乏《きゅうぼう》、侮蔑、虐待、罵倒――に耐える覚悟はあった。

マーカム、こういう状況を理解しないといけないよ。ハニカのような地位にある人なら、公衆に恥を晒すスキャンダルは、耐えがたいものだろう。わが国では、また違ってくるが――しかし、ここでは社会学的な考察は控えることにしよう。

ハニカとシャルバ夫人の関係が、まったく理解できるものだと指摘しておくだけで充分だ。ハニカは、シャルバ夫人の娘と結婚した。しかしハニカは、義母と、義母のしている怪しげな闇稼業を軽蔑していた。しかし彼は、その義母の収入に頼って生活せざるをえなかった。

シャルバ夫人は娘にいつも、ハニカが自分に対して感謝もせず、恩返しをしようともしていないとこぼしていた。夫人がハニカにたえず苦情を言ったり非難したりしても、全然効き目がないと嘆いていた。

しばらくたってヒルデは、夫にうんざりしてきた。ハニカは、冷淡になってきた妻の気を引こうとして、金を増やしてみせようとしたが、結局彼がやったのはあちこちに借金して回っただけだった。当然のことながら、しばらくして彼は借金の返済を迫られることになった。その試みに失敗したハニカは、義母の仕事がいかがわしいと辛辣に妻を非難した。まったくの馬鹿ではないヒルデは、自分たち二人が義母の収入に頼って暮らしていることを指摘した。哀れなカール。彼は強い男ではなかった。どこかに打開策を求めたがったが、ハニカに逃げ場はなかった。

（ヴァンスは、沈痛そうに首を振り、芝居がかった仕種でため息をついた。彼が、ハニカにいささかも同情していないことが私にはよくわかっていた）

ヒルデは今や母親と連れ立って、外でお茶を飲んだり、劇場に行ったり、カフェに行ったりするようになった。間もなくヒルデは、夫の友人たちと情事に耽るようになった。それを知ったハニカは、何度も怒り狂い、暴れた。彼は常に嫉妬深かった。とうとう絶望に駆られ、ハニカは離婚することを妻と真剣に話し合った。母の助言を得たヒルデは、ハニカの面前で他の男といちゃついているのをひけらかし、ハニカとの別れを決定的にするように唆した。その策略に失敗するとヒルデは母とともにプラハに行き、しばらくの間そこでわざと男の愛人になって暮らした。

しかしハニカは、この耐えがたい状況に直面してなお、離婚に踏み切ることができなかった。

彼はスキャンダルを恐れていた。面目を失っては、彼は社会的な地位を失わされる。そしてまた、義母との関係と、義母のいかがわしい稼ぎに頼っていたことが公衆にさらされるのを恐れた。

愛情関係やそのもつれがそんな状態だったときに、十九歳の製図工ヨハン・ヴェスレーがドラマに加わってくる。ヨハンは、ヒルデより年下のまたいとこで、ノサコフ地方のボヘミア人だった。この若者がどのくらいの期間、ヒルデの愛人だったのかはわかっていない。彼は弱い性格の男で、幼少期から強い意志をもったヒルデの影響下で、ほとんどされるがままだったことはわかっている。

これでこのおぞましい犯罪劇の舞台と登場人物は出揃った。

九月三日、スカリス・ボスコヴィク近くの野原で、ハニカ大佐の遺体が発見された。左耳から頭蓋骨を貫いた銃弾が、大佐の死をもたらした。背後から二発目を撃たれ、その銃弾は右肩を貫いていた。

ハニカは、ウジェツという小村に連隊の一員として駐留していた。その村で、秋の軍事演習が催されていた。その当番兵の証言では、前日の晩ハニカは、ブリュンにいる家族と夜をともに過ごす目的で、誰か知らない一市民とともに隊を離れて出て行ったという。

ハニカの死体は、道路から隣接する野原に引きずり運ばれていた。その晩二発の銃声を聞いた州騎兵がいて、近所一帯が捜索された。しかし死体が発見されたのは、翌朝の六時だった。

ハニカは軍の同僚・仲間には好かれていた。ハニカの人柄と評判を聞き込んだ警察は、軍の同僚の犯行の可能性は除外した。捜査の焦点は、被害者が軍営地を離れたときに同行していた市民の行方と正体を突き止めることにしぼられた。

この疑わしい人物を突き止めるための充分なデータを得るのは、さほど時間はかからなかった。警察は、ハニカの妻が殺人が起こる数日前から何日もの間、従兄弟《いとこ》のヨハン・ヴェスレーとともにいるのを見られていることを突き止めた。ヨハン・ヴェスレーは、九月四日の朝から姿を消していた。また、ヴェスレーがヒルデの愛人であることも突き止められた。ヒルデとハニカの夫婦関係は、長い間暗礁に乗り上げていたことも確かめられた。

この犯行とその原因について関与しているか重要な情報を知っているはずだと推測して警察は、ヒルデ母娘を拘束した。

予備審問の段階では、彼女たちからほとんど何も聞き出せなかった。二人の女性は、狡猾さと聡明さを持ち合わせていた。しかし二人から聞き出せたいくつかの断片的な手掛かりによって数日後、警察はヴェスレーを逮捕することができた。ヴェスレーは、スロバキアのセルゼにある従兄弟の家に潜伏していた。八月二十八日ヴェスレーとヒルデは、六・三六ミリメートル口径の自動拳銃を購入していたことが、翌日の捜査で判明した。若いヴェスレーはその証拠を突きつけられると、即座に折れ伏し、犯行を自供した。

彼は、自殺するつもりで銃を得たが、やってきた警察に驚かされて自殺を妨げられたと述べた。セルゼの従兄弟宅の納屋からピストルが発見された後でも、ヴェスレーは熱心に、ヒルデもその母も、この犯行に無関係だと言い張った。彼は頑として、自分一人の犯行であると主張した。自分は自殺を決意していたが、その前に従姉妹の愛らしいヒルデを、冷酷な夫から解放しようと決意したのだと述べた。

ここまではよかった。ヴェスレーのストーリーは、若い愛人の感情の動きとしては一貫していた。ひ弱で、情愛の衝動が強かったヴェスレーがただ一つ固執したのは、彼にとってのエロチックな女神である愛人をなんとしても守りぬくことだった。

しかしながら、予審判事がヴェスレーに、彼の崇める女神が他の男性と情交している証拠を示し、彼が単なる捨て駒として使われたことを示唆すると、彼は供述を一変させた。そこにおいてもまた、神経過敏なタイプの典型的な一貫した心理学的徴候をみてとることができる。シンダー事件でも、コルセットのセールスマンのグレーが、シンダー夫人の自己中心的な目的のために捨て駒として用いられていたことがわかると、感情を一変させ、それまでの供述を覆した——そのことをマーカム、君も当然覚えているよね。

この二つの事件のもう一つの興味深い共通点は、両事件とも、多額の保険金が関与していたことだ。

弱い男性なら女性のために犯罪をおかすことはある——その女性が愛情を捧げるのが自分ただ一人と男に確信させた場合には。だが、もっとも弱い男性でも、犯行の目的が単に、その女性の富の獲得のみにあることがわかれば、途方もないリスクを冒すことには尻込みするだろう。

ヴェスレーの場合がそうだった。幻滅し落胆したこの若者は、ヒルデとその母が、ハニカを殺害するようたえず唆していたことを認めた。八月二十五日にノサコフに行ったときに彼はヒルデから、彼女の夫がいかに邪悪で唾棄すべき人間であるかをさんざんに吹き込まれた。同時にヒルデはヴェスレーに、この耐えがたい夫を抹殺してくれるよう懇願した。

その上ヴェスレーは、ヒルデが犯行の手口を教唆したことも証言した。ハニカが撃ち殺されているのが見つかっても、軍の隊員の誰かが報復として彼を射殺したとみなされるはずだとヒルデはヴェスレーを説き伏せた。

この二度目のヴェスレーの供述は、おそらくほぼ真実だったろう。要約すれば、こんな風になる。

八月二十七日、ヴェスレーはヒルデとともにプラハに行き、それからブリュンに戻って来た。ハニカは既に軍の演習のためにキャンプに出向いていた。この殺人計画についてシャルバ夫人と議論したとき、彼女は心からその計画を賞賛し、一刻も早く実行に移すべきだとヴェスレーにさとした。

その翌朝、ピストルが購入された。ヴェスレーもヒルデも、拳銃携行許可書を持っていないので、すんなりとピストルを購入するわけにはいかなかった。しかし機転のきくヒルデは、友人の一人から許可書を借りてきた。

家に戻ったヒルデは、ヨハン・ヴェスレーに犯行のやりかたを教え、ピストルの使い方まで伝授した。明らかにヒルデが、この計画全体の首謀者だった。ヴェスレーが充分に技能を習得したとみると、ヒルデはすぐに彼をウジェツに行かせた。

ヴェスレーはウジェツまで行ったものの、犯行を行なうだけの勇気を得られず、すぐにヒルデのところに戻って来た。とうとうヒルデは、もしヴェスレーがこの忌まわしい所業を実行しないのなら、拳銃で自殺すると言って彼を脅した。ヴェスレーはぴんと背を立てて、必ずそれをやりとげると約束した。

八月三十日ハニカはブリュンに戻って来た。ヒルデはその晩友人と過ごした。ヴェスレーは、駅の待合室で眠った。九月一日、ハニカが軍の演習から戻って来た。ヴェスレーは、いかなる遅延もなく、殺人を実行しようと心に誓っていた。しかしながらいま一度、彼は実行を躊躇した。ヴェスレーの弁明によれば、そのとき見つけたハニカを殺さなかったのは、彼が一人でなく誰かと一緒にいたからである。

ハニカはその晩、再びブリュンに来た。ヒルデは、今やヨハンを狂熱状態へと追い込むべきだと決意した。ヒルデはバスルームに入って内から鍵を掛けて閉じこもった。ヴェスレーには、夫が自分を殺しにくるのを恐れてのことだと説明した。ヒルデと共謀しているシャルバ夫人は、ハニカが自分の拳銃の撃鉄を起こしているのを聞いたとヴェスレーに告げた。

この野蛮な自演劇は、この若者に効き目があった。ヴェスレーはいまや聖戦《ジハード》に乗り出した。彼は、九月三日の朝、ウジェツに到着した。

今や生命が風前の灯のハニカ大佐は、その日の日中は出かけていたが、午後六時に宿営地に戻って来た。ここでヴェスレーはハニカを呼び出して面会し、ヒルデが病気だと告げた。そこでハニカは、ヴェスレーとともに、スカリス‐ボスコヴィックの駅に急ぎ足で歩いて行った。

駅への道は狭かった。二人が横並びに歩けないほど細い道だった。ヴェスレーが後ろ側で、前を行くハニカが先導した。都合のよい場所にさしかかったところで、ヴェスレーはピストルを引き出し、およそ四フィート離れたところから、この不幸な夫の頭を撃ちぬいた。ハニカの肩を貫いていた二発目の弾丸は、意図せず間違って発射されたものだった。

ヴェスレーはハニカの死体を野原までひきずって行った。それから彼は駅に向かった。その晩の十一時頃、彼はブリュンに到着した。彼は、ヒルデとその母に、何が起こったのかを語った。しかし二人の女性は、ヴェスレーの言い分を信じなかった。というのもヴェスレーは、ハニカが死ぬのを見届けてから、自殺すると彼女たちに約束していたからである。なんと思いやりのある若者だろう。

しかしながらとうとう、ヴェスレーは、彼女たちの生活をめちゃくちゃにしていたおぞましいハニカという怪物を厄介払いしたことを信じさせた。彼女たちはヴェスレーに、セルゼまでの旅費として百クローネンを与えた。

大体以上が、この若者の告白した内容だった。彼の告白によって、二人の女性に対する起訴の基盤が提供された。

シンダー・グレー、バイウォーターズ・トンプソン、ハニカ・ヴェスレー――全員が似ている。どの事件でも、殺人の実行犯は、女性の支配下にあった。

このハニカ事件のもっとも面白い点は、ハニカ自身の性格《キャラクター》だ。まったく驚くべき人物だよ、マーカム。裁判では、ハニカが妻にあてた多くの手紙が証拠として読まれた。それに加えてハニカが書き残した日記があった。それはめめしい泣き言でいっぱいだが、同時に真摯な記録であり、題名はこうなっていた。「わが結婚。その始まりと、その呪い。教訓として、他者への警告として書かれたもの」

ハニカは、感情的に弱い男のように見える。軍の将校としての彼の自尊心に関しては、陳腐でありふれた決まり文句であふれている。にもかかわらず、彼は残酷な暴力をふるうところがあった。彼は日記に、幼少の頃に母との交流をすべて絶ったと書いている。その理由は、自分がいない間に母が彼の古い服を捨ててしまったからである。

日記の中で彼は、妻の好意を得ようと懸命で、妻からすっかり見下されていると述べている。しかしこの日記を読むと、妻の好意を得ようと必死なのは、彼の心情というよりはむしろ性的欲求からくるように感じられる。

惨めな結婚生活が赤裸々に記述されているハニカの日記の中で、彼の友人が彼の妻といちゃついているのを彼が目撃したことが記されている。日記中ではハニカは、妻の浮気症を辛辣に咎めている。

ヒルデの弁護士は、このような記述を証拠として裁判で読み上げられては、ヒルデに対して様々な悪意ある先入見が形成されるとして、そういう証拠読み上げを取りやめるよう要請した。しかしこの要請は却下された。地方の商業に従事する者たちが陪審員として任命された。

世論が、この若い女性に対して強い風当たりをしていたことはほぼ否めない。陪審席についた者たちは、ヒルデの放辣な生き方とモラルに反感を抱いていた。証人席に立ったヒルデ被告が、夫への嫌悪感を語ったときには、陪審員たちはたじろぎ、怯えたような空気さえ流れた。新聞各誌は、いつものことだが、世論の風向きに同調するものだった。

しかしながら、ヒルデにとって不利な証拠とされるものは情況証拠ばかりで、どちらかと言えば有罪の見込みが大きいというものばかりだった。たしかに、ヴェスレーの自白意外の証拠によって、ヒルデの拳銃購入は証明されていた。また、夫を片づけたいという動機がヒルデにはあった。夫が死んだときに彼女が手にする莫大な保険金もあった――こういった事柄のせいで、裁判が結審するより先に、ヒルデが有罪なのは初めから規定事実扱いされていた。

ヒルデは、ハニカが最終的に離婚に同意したと証言した。だから自分には、ハニカの死を願う動機はないと主張した。しかしハニカの友人や軍の同僚たちが何人も、ハニカが離婚するつもりはなかったと述べて、彼女の証言を覆した。

その路線で無罪を主張するのが無理だとみてとるや、ヒルデは、ハニカが自分の母親のいかがわしい仕事を暴露すると脅したので、彼に屈伏を強いられたと述べた。しかしハニカ自身が極端に不名誉を恐れていたことを鑑みれば、この彼女の証言は必ずしも信用できなかった。

実際的で頭の固い法律家が、ハニカの生育環境と結婚前の生活から生じる心理学的事情にいささかでも顧慮《こりょ》を払うことは無論まったく期待できなかった。それでも、そういう事情への顧慮が判決に決定的な影響を与えた。

シャルバ夫人に対する証拠は、ヒルデのものよりはるかに薄弱だった。シャルバ夫人への訴因となる証拠はほとんどヴェスレーの自白と供述に頼っていた。

ヴェスレーには、計画された残忍な犯行を実行した罪があった。その犯行は結局のところ、彼の従姉妹の影響支配下でなされたものだった。しかし彼に有利となる、いくつかの情状酌量すべき状況があるのは否めなかった。彼が非常に若く、弱い性格であり、女性の完全な支配下にあり、自発的な殺人の動機はまったく欠いていたこと——これらの事柄が法廷では影響を及ぼした。

嫉妬と怒りに駆られたヴェスレーの、ヒルデを告発する証言は裁判において、細心の注意をもって、真偽が吟味されるべきであった。しかしそういう吟味がきちんとなされた形跡はない。裁判を通してずっと、ヴェスレーの証言は信用され、二人の女性の証言は信用されなかった。

ヨーロッパ大陸の刑事裁判においては慣習的によくあることだが、裁判でヒルデは何人もの愛人と劇的な対面をさせられ、互いへの非難の応酬がとびかうことになった。

裁判の判決は、ヴェスレーとヒルデに対して、謀殺の罪で有罪というものだった。シャルバ夫人は、犯行前の従犯として有罪とされた。三人の被告は、陪審が評決したところでは、卑しむべき低劣な動機から犯行を行なった。大陸の法廷手続きでは特徴的な、補足的な答弁がなされた。

ヨーロッパでは、判決における刑罰の軽重について、裁判官に大きな裁量権が与えられている。裁判官は、ヒルデに死刑判決を下した。シャルバ夫人には、二十年の労役の刑、ヴェスレーには三年の労役の刑が下された。ヴェスレーについては、裁判官は、定められた刑罰の範囲内で最も軽い判決を下した。

ヒルデとシャルバ夫人はともに量刑を不服として控訴した。ヴェスレーについては、検察側が、量刑が軽すぎるとして控訴した。控訴審では、二人の女性への判決は一審と変わらず、ヴェスレーの刑は六年の労役に引き上げられた。

その裁判の後すぐ、ヒルデは、この殺人について秘密にしていたことがあると告白した。ヒルデは今や母親に向かって、この犯罪の唯一の首謀者にして煽動者であると非難した。

この告白はヒルデの情夫の自供と細部まで合致していた。ヒルデがこの自供をしたことによって、オーストリア政府のマサリク大統領は、ヒルデへの刑罰を労役十五年に軽減することにした。気が重くさせられる事件だが、決して独創的ではない。よく注意したまえ、マーカム。トンプソン夫人やシンダー夫人と同じく、ヒルデが有罪とされたのは主に、愛人を殺人者に変えるべく影響力を行使したことにある。その影響力の強さによって、この三人の女性はいずれも有罪とされたのだ。その上、この三事件とも、犯行に関わった共犯者たちが同時に裁判にかけられ、皆有罪とされている。

いやいや。この手の情熱の殺人は決して珍しくない。


ヴァンスは残念そうにため息をつき、けだるそうに椅子の中で姿勢を変えた。

「とても残念なことだね」マーカムは皮肉っぽくコメントした。「犯罪学に精通した玄人として、その種の犯罪の多さにはうんざりさせられているのだろう」

「これは美的な感受性からくるのだよ、マーカム」ヴァンスはものうげに言った。「しかしながら時として、きわめて単純で初歩的な犯罪が、恍惚とさせる魅惑性をもっていることがあるのを認めなければならない。ボローニャで一九〇二年に起こった驚くべき、ムリ・ボンマルティーニの事件のことはもちろん覚えているよね?」

「おぼろげにね」とマーカムは認め、腕時計に目を落とした。「悪いが、そろそろ失礼させてもらおう。今晩はこれからいくつかの供述書の写しに目を通さなければならないんだ」

「ぼくもこれから、十時に始まるモーツァルトの四重奏曲のコンサートがあるからね」ヴァンスは立ち上がり、地方検事を少しおどけた様子で見やった。「記録調書を調べるときは、スタンザーニのやりかたを真似してはだめだよ。さもないと、〈正義を求める紳士同盟〉に猛烈な抗議を受けることになるだろう」

ヴァンスの言ったスタンザーニとは、ムリ・ボンマルティーニ事件を担当した判事のことだ。スタンザーニは、その偏った調査ぶりが、ヨーロッパ中に波紋を広げ、合法性に関するセンセーションを巻き起こした当の本人だ。スタンザーニに反対して、文学、科学、政治分野の多くの著名人が、被害者を擁護するために立ち上がった。

次の日曜日、また私たち三人は、ストイベサント・クラブで会った。マーカムの求めを受けてヴァンスは、このムリ・ボンマルティーニ事件の詳細を語った。この次の機会に私は、その物語を、ヴァンスが語ったとおりにできる限り忠実に語り直すことにしよう。

現代のあらゆる殺人事件の中で、ムリ・ボンマルティーニ事件はおそらくもっとも際立って栄えあるものだ。この事件の影響は、大西洋を越えて二大陸にわたっている。

嘆かわしい法の誤用——ボンマルティーニ事件

ストイベサント・クラブのラウンジルームにファイロ・ヴァンスと私とニューヨーク州地方検事のジョン・F・X・マーカムが集っていた。

「先週の日曜の晩は、ムリ・ボンマルティーニ事件のことを言っていたね」マーカムが口を開いた。

「少々面白い偶然の一致があって、先週の木曜に私が出ていた法廷でボンマルティーニ事件への言及があった。フリーマン被告の弁護人が、弁護材料としてその事件のことを引き合いに出して流暢に語っていた。弁護士は、こちら側を痛打するための棍棒としてその事件を使っていたようだった」地方検事は、皮肉っぽく微笑んだ。「私は、そのボンマルティーニ事件の細部は忘れてしまったよ」

ヴァンスは、Régieに火をつけて、しばし無言でそれを吸っていた。長く優美な眉を顰めて、記憶の奥に沈んだ記録を呼び起こそうとして瞑想しているかのようだった。

ムリ・ボンマルティーニの悲劇のことが話題にのぼったのは、その前週の日曜日のことだった。場所は同じクラブで、夜の遅い時間になって、マーカムは仕事に戻らなければならなかった。その晩ヴァンスは、その瞠目《どうもく》すべき犯罪の詳細と、その驚くべき帰結について私たちに語ってくれた。

ムリ・ボンマルティーニ事件は（ヴァンスの口調はいつになく熱がこもっていて、私はびっくりした）現代において、典型的に法が誤用された顕著な事例だ。有名訴訟事件として、これに比肩されるのは、かのドレフュス事件くらいしかないだろう。

これほどセンセーショナルな裁判はかつてヨーロッパにはなかったし、たしかにこれほどひどい偏見が被告に向けられた事件もかつてなかった。

君らも覚えているとおり、この裁判への抗議の嵐がヨーロッパ中を席捲した。

文学、科学、政治分野の多くの輝かしい著名人たちが、被害者を擁護するために立ち上がった。ドイツの偉大なエッセイスト、カール・フェダーンは、この裁判についての本を著し、その本はヨーロッパのほぼすべての言語に翻訳された。その本には、ビョルンスチェルネ・ビョルンソン、ググリエルモ・フェレーロ、ガブリエル・セーユといった著名人たちが寄稿していた。マーク・トウェインと、ウィリアム・ディーン・ハウエルズがこの本の英語版の刊行を企画していたことを覚えているだろう。フランスの法律家協会は何回か抗議の会合を開いた。その会合では、アナトール・フランス、シャルル・ジイド、ルイ・ハヴェといった錚々《そうそう》たる著名人が、雄弁をふるった。

まるで文学界がこぞって、この有名な事件を中心にまわっているかのようだった。その結果、いくつもの国で犯罪裁判の法制が変更された。

この犯罪自体は、きわめておぞましくも魅惑的なものだ。この事件の被害者は、ぼくに言わせれば、殺される必要があった。若く才能あるボンマルティーニ伯爵夫人ほど、淫蕩な夫のためにひどく苦しめられた女性は、他にめったにいないだろう。苦難に満ちた彼女の人生は、ほとんど殉教者のようだ。威張りちらしていた邪悪なボンマルティーニ伯爵がアパートで刺殺されているのが発見されたのは、世界一般にとって害悪が駆除された慶事のはずだし、とりわけ伯爵夫人にとっては祝福のはずだった。

しかしなんということだろう。それは祝福ではなかった。むしろ増幅された悲劇だった。というのも、伯爵夫人が罪に問われただけでなく、彼女の弟、愛人、メイド、叔父、三人の友人までもが牢獄に叩き込まれた。一人の殺人に対して八人もが逮捕された。ずいぶん大人数ではなかろうか。なぜこんなことが起こったのだろう。

伯爵のような悪人を排除することに関してなら、その実行犯が道徳的に正当化されえないというわけではない。しかし実際のところ、八人で一つのナイフをふるえるわけがない。驚くべきことに、このうちの五人が有罪とされた。そのうちの四人は明らかに無罪であるにもかかわらず。実際に犯行を行なった者は、精神病院に入れられるべきだった。まったくすべてが嘆かわしく、ひどいものだった。しかし犯罪者をいかに法的に裁くかという問題においては、まだ多くのことが未熟な状況にあった……。

ボンマルティーニ殺しをめぐる状況は、悲劇的であるとともに、きわめて注目すべきものがあった。オーギュスト・ムリは著名な医師で、ボローニャ大学の解剖学の有名な教授だった。この事件のあらゆるトラブルの原因となった、ムリの娘のテオドリンダ――愛称はリンダ――は、一八七一年に生まれた。彼女の弟のテュリオは、その三年後に生まれた。

二人の姉弟は、母親に、厳格なカトリックの教義に従って育てられた。しかし娘のリンダは、父の希望と意向もあって、厳格なカトリックを奉じる家庭としてはかなりリベラルな教育を受けた。彼女はラテン語とギリシャ語によく通じた。また彼女は、数カ国語を喋ることができ、何年もの間偉大な古典作家たちの熱心な学び手であり、鋭い読み手であった。

リンダがまだ若い少女の時分、父の弟子にして助手であるカーロ・セッチ博士に会った。セッチに対してリンダは、よくある言い回しになるが、深く持続的な敬愛の念を育んだ。しかしリンダの両親は、娘がセッチと結婚することには眉を顰めた。二人は歳があまりにかけ離れていたからだ。セッチ自身、穏やかだが断固として、リンダからの求婚を拒んだ。

失意のリンダは、一八九二年に、フランチェスコ・ボンマルティーニという若い伯爵と出会った。リンダの中で、その出会いのせいでセッチのことが一時的に棚上げされた。一八九二年六月、リンダがその若い貴族と婚約したことが発表された。その数カ月後、リンダは誇らしげに、カトリック教会で伯爵との結婚式をあげた。

しかし遺憾ながら、その結婚は初めから失敗していた。マーカム、ボンマルティーニ伯爵は明らかに善人ではなかった。彼は粗野で卑小だった。高慢で、下劣で、虚栄心が極度に強く、売春婦を漁りまくる派手なドン・ファンだった。その上彼は、自分の色恋沙汰を、大袈裟な美辞麗句とともに語りたがる性癖があり、それが若い妻にいかに大きなショックを与えたかは君たちも容易に想像がつくだろう。

この結婚は、二人の子どもが生まれていなければ、早晩暗礁に乗り上げて、終わっていたことだろう。しかしリンダは一八九四年にマリアという娘を産み、その二年後にはニネットという息子を産んだ。

ニネットを産んだ後、リンダの健康はひどく悪化した。彼女は繊細で感じやすい女性だった。身体的に衰弱したせいで彼女は、以前から反感を覚えていた放蕩な夫への嫌悪感を一層強めた。子どもの世話を人に任せるよう医者は彼女に強く勧めたが、リンダはその勧めに従わず、子どもたちの世話を続けた。一八九七年に彼女は、ひどい腸チフスを患い、さらに肺炎に罹《かか》った。

その翌年、リンダと夫は完全に疎遠になった。そのことはボンマルティーニの日記からも窺えるし、リンダを診察した婦人科のネグリ医師に宛てられたリンダの手紙からも窺い知ることができる。われわれの父祖から伝わる言い回しを使うならば、もはやリンダは〈名前だけの妻〉だった。

一八九八年リンダは、マルシェサ・ルスコーニの家で再びセッチに会った。少女時代に憧れの対象だった人を見て、リンダの心にはある種のときめきと舞い上がる感情があったかもしれない。だが彼女は平静さを保ち、人妻としての貞節さを保った。しかしながらその年の十二月、彼女は夫に離婚を打診した。だが、夫から返答はなかった。彼はふしだらであると同時に頑固でもあった。残念なことだね。

ボンマルティーニの残した日記を見ると、不幸なリンダが過ごしてきた状況の惨憺《さんたん》たるありさまがよくわかる。若い伯爵は、莫大な富を所有していたにもかかわらず、極度の吝嗇《りんしょく》家で、リンダが浪費をしていると責め苛んだ。伯爵は、妻の医療費さえも支払いを拒んだ。転地療法としてリヴィエラにリンダが行ったことも厳しく非難した。結局リヴィエラへの旅費は、リンダの父が負担した。

同時にボンマルティーニは、ムリ教授への抜きさしならぬ嫌悪感を育んだ。彼は、自分の義父の知性の優位さに嫌気がさした。薬学を学びたいという希望を表明した後、ボンマルティーニは、老教授に、ギムナジウムの学位なしに、大学入学に必要な要件を満たすのを手伝ってほしいと頼んだ。

しかしムリ教授は、その願いを断った——まったく正当なことだ。にもかかわらず、ボンマルティーニは、友人たちの力添えと影響力に助けられ、大学に入るという願望をかなえた。彼は最初は、カメリノ大学で学び、続いてボローニャ大学に移った。しかし彼は、義父を許していなかった。

一八九九年リンダとボンマルティーニが法的に別離することが認められた（カトリックでは離婚は認められていないので、事実上の別居を認める措置がとられたことをいう）。リンダは毎年、慰謝料と養育費として五千リラ（約千ドル）を受け取ることになった。それに加えて結婚時の持参金の利子分もリンダの受け取り金としてあった。

ボンマルティーニは、自分としては気前のよい額の支払いに同意したとして、自らの寛容さと鷹揚さに胸を張った。結婚の失敗については、度重なる情事を貪ることで、自分を慰めようとした。

哀れなリンダは、その頃再びマルシェサ・ルスコーニの家でセッチに会った。そのとき彼女は、セッチへの自分の憧れは単にプラトニックなものだけではないことに気づき始めた。一九〇〇年には、セッチがリンダの愛人となっていたのが、ほぼ確実だ。

その同じ年、リンダの健康が再び悪化した。彼女の眼球に黒い斑点が宿り、数度にわたって眼の手術を受けることになった。

後にリンダが裁判にかけられた際に、検察側は、リンダが絶えず健康状態が悪いと洩らしていて、被害者を装っていると指弾した。しかし、リンダが決して不健康のふりをしたわけではないことは、彼女が書いた手紙からも証明される。その手紙からは彼女が極度に忍耐強く、苦難を極限まで耐え忍ぶ性格であることがわかる。マーカム、度し難い皮肉家であるぼくでさえ、彼女には同情の念を禁じえない。

その頃、ボンマルティーニは修士号の資格を取得し、主任助手として自分を採用するよう義父に働きかけた。当然のことながら、老教授はこのあつかましい申し出を断った。ここにおいて、ボンマルティーニと義父の関係は最終的に決裂した。

ボンマルティーニは絶えず、妻との和解を懇願した。リンダが、子どもの養育に心を砕いているのを利用して、彼は再びリンダに同居生活を強要した。

一九〇二年リンダは、スイスのチューリッヒで、再び眼の手術を受けなければならなかった。

若い女たらしの伯爵は、子どもたちの監督保護権を求めた。恐怖に脅かされて半ば狂乱し、手術の後遺症に苦しんでいたリンダは、父親が強硬に反対していたにもかかわらず、とうとうボンマルティーニとの和解に同意した。おかしなことだが、リンダの弟のテュリオは、このリンダの決定を支持していた。

君は覚えているかもしれないが、裁判で検察側は、リンダが和解に応じたのは、既に夫を亡きものにする計画を抱いていたからだと訴状で述べている。なんと無慈悲な告発だろうね。ぼくはこの事件を注意深く調べてみた。ぼくはリンダの手紙にも、夫の日記にも目を通した。請け負ってもいいが、親愛なるマーカム、そんな背徳的な考えは彼女の言動から微塵も読みとれない。

とにかく両者の間で合意に到り、協定がかわされた。ボンマルティーニは、世間体としては、またリンダとともに暮らすことになった。しかしその協定事項には、子どもが病気になった場合を除いて、ボンマルティーニはリンダの部屋に立ち入りは許されないというものがあった。

さらに協定には、両者が互いの個人的な自由を認めあうというものもあった。この協定は、ボローニャのスヴァンパ司教の立ち会いのもと、厳かに誓われ、約束がかわされたものである。

リンダは、パロッゾ・ビステギにあるアパートの自室を、続き部屋を夫用に借り加えることで拡張した。ボンマルティーニは、リンダが使っている使用人たちを総入れ換えすべきだと主張した。彼女はその言に従って、今まで使っていた使用人を全員解雇した。彼女が新たに雇った、ロシナ・ボネッティという、針仕事もする部屋係の女中は、弟テュリオの愛人だった。

この夫との新しい家庭環境は明らかに、リンダにとって、長続きするものでもなければ、幸せなものでもなかったことは、わかるよね、マーカム?

このボンマルティーニという風変わりな男の日記は、まったく驚くべき代物だ。妻を意のままにできると考えた彼は、彼女を無理強いして同じ屋根の下に住まわせた。それは単に、自分の憎悪と侮蔑を彼女に思うようにぶつけるためだったとしか思えない。現代心理学が列挙するあらゆる倒錯と異常心理が、彼には残らずひと揃い備えられていた。

ちょっとした新しい虐待法を見つけては、この男は妻を虐げてほくそ笑んだというから、正気とは思えない。さらに彼の虐待は、子どもを大事にする母親としての気持ちに付け込んだ方法でもなされていたというから、この男は極悪人というだけでなく気違いだ。リンダの人生をめちゃくちゃにした悲劇に対する唯一可能な処方箋は、この男を精神病院に強制入院させて二度と外に出させないことだったろう。

ボンマルティーニは、ムリ教授の助手になるという希望をあきらめていなかった。彼は、その職に就けなければ、自分の子どもたちを修道院に送らざるをえないと言って義父のムリ教授を脅した。リンダの弟のテュリオは、ボンマルティーニの要求をかなえるように父に頼み込んだ。絶望にうちひしがれるリンダ自身も、弟とともに父親に懇願した。

とうとうムリ教授は、娘を不幸な境遇から救い出そうと決意して、ボンマルティーニに娘と離婚するよう求めた。ボンマルティーニには、離婚を求められるだけの充分な理由もあり、証拠もあった。彼が悪い夫なのは、いってみれば日の下で明らかで、誰もが知っていた。

しかし今や我慢の限界を越えて激怒していたテュリオは、この問題を自分の手で片づけようと決心した。たくましい男だが、先走りすぎたきらいはある……。そのときテュリオは二十八歳、夢見がちな理想家で、進歩的革新主義の政治論文の書き手として一定の知名度を得ていた。短気で怒りっぽく、一旦爆発すると危険なタイプだが、普段は温厚で寛容、心から姉思いの男だった。最初のうちテュリオは、ボンマルティーニの悪徳を過小評価していて、彼と姉の和解をもたらすのに一役買っていた。しかし今や、リンダが身体を壊し、悲惨な生活状況にいるのを見てテュリオは、自責の念に駆られた。

その後悔の念と、姉を救わなければならないというメシア的使命感から、テュリオは、ボンマルティーニの死が唯一の解決策であるという結論にいたった。彼は、セッチ医師のところに赴いた。セッチとリンダとの関係のことをテュリオは知っていた。彼はセッチに毒薬を求めた——できればクラーレがよいとテュリオは求めた。

セッチは、テュリオの計画を知って、それが不条理であると説いた。クラーレを用いるのが実際的でないのをセッチは指摘した。しかしセッチの説得を受けてもテュリオは引き下がらなかった。彼は執拗に医者に毒薬を求めた。この向こう見ずな若者を黙らせるためにセッチは、注射器を渡した。その後すぐセッチはリンダに手紙を書いて、テュリオの精神状態に気をつけるように警告した。

セッチは、テュリオをボンマルティーニに会わせないよう最大限の力をふるうことをリンダに求めた。ムリ教授とムリ夫人もまた、友人たちに手紙を書いて、テュリオを監視するよう頼んだ。もっともムリ夫妻は、テュリオがボンマルティーニを叩きのめすのではないかと恐れていただけで、それ以上の悪い事態は想定していなかった。

一九〇二年七月、リンダは再びチューリッヒに眼の手術に行った。その帰りにリンダは、激しい神経的な疲労に苛まれた。後の裁判で検察側は、弟の殺人への情熱をかきたてるために、リンダがこのとき病気のふりをしたと主張した。

ボンマルティーニは自分が暴力に脅かされていると知って、その夏ヴェネツィアでリンダに自分とともに過ごすよう強要した。テュリオは、夫妻がその地へ移動したのを知った。同年八月、ボンマルティーニが旅行に出かけたときテュリオは、ボローニャのアパートの鍵を、以前自分の愛人だったリンダのメイドから入手した。

八月二十八日、ボンマルティーニはボローニャにやって来て、アパート代を払っていった。その後数日間リンダは、ボンマルティーニのことを見聞きしなかった。彼女は、夫が単にまた、別の情事に耽っているのだろうと疑っていた。

しかし九月二日、ボンマルティーニの他殺死体が、ボローニャのアパートで発見された。婦人用下着、ランジェリーがいくつか部屋から発見された。評判の悪い売春婦からの恋文も見つかり、八月二十九日に会う約束をする内容が書かれていた。

しかし間もなく、いくつかの新しい発見によって、捜査の方向は大きく変わることになる。その上、ボンマルティーニのアパートの部屋と同じ階に、セッチ医師が借りている空の部屋があった。セッチがリンダの愛人であるという噂が広がった。

夫が死んだと聞いてリンダは、ヴェネツィアから戻って来た。しかしリンダの家族は即座に、彼女と子どもたちをスイスに送ることにした。殺人事件が発覚して二日後、リンダとテュリオは、チューリッヒに向かった。

その頃、リンダがモーゼの十戒の第七の戒律〈汝姦淫するなかれ〉を破っていたことが知れ渡った結果、世間に彼女に対するひどい反感が募っていた。聖職者の新聞である〈アブニール・ド・イタリア〉誌の編集者は、以前からムリ教授に個人的に敵対していたが、即座に誌上でムリの家族全体に、非難と告発のキャンペーンを掲げ始めた。

この犯罪の捜査は当初、ティンティ予審判事に指揮された。しかしティンティ判事は、ボンマルティーニの家族に対して温和で融和的対応をしていたので、事件の指揮はスタンザーニ判事の手に委ねられた。スタンザーニ判事が、ムリ一家に狂信的なまでの憎悪を抱いていたのは、政治的に知られている事実だ。

マーカム、君は、この尊ばれるべき法と正義の守護者スタンザーニが、容疑をかけられた者の何人かの無罪を証明するすべての証拠書類と、何人かの有罪と認められる者の罪を軽減できる証拠書類すべてを集めて、有名な〈四番の箱〉に封印し、最高裁判所でさえもその箱へのアクセスを禁じたことをきっと覚えているだろう。

チューリッヒに滞在しているときにテュリオは、リンダに殺人を犯したことを告白した。捜査の手がリンダに及んだとき、彼女はボローニャに戻った。一九〇二年九月十四日、ボローニャでリンダは夫殺害に関与した容疑で逮捕された。

スタンザーニ判事にとって、リンダが有罪なのは前もって決められた結論だった。しかしそのことを証明するのは容易ではなかった。拘束した容疑者に対する彼の扱いは、現代の法制度のもとで歴史に汚点を残すものだ。

かのジェフリーズ裁判官（一六四五～八九、英国の裁判官。反乱した叛徒に対し厳刑を課し「血の審判」と呼ばれた）の生まれ変わりとも言うべきこのイタリア人判事の用いた方法は、かのトルケマダ（一四二〇～九八、スペインの宗教裁判所初代長官。異端者・異教徒を裁く苛烈な宗教裁判を推進した）でさえ避けただろうよ。テュリオは十三ヵ月間収監され、この予審判事以外のいかなる人間とも面会を許されなかった。本も新聞も読むことを許されず、筆記具さえ許されなかった。テュリオが窓から雀に餌をやって心慰めているのが見つかると、のぼせあがったスタンザーニ判事は、テュリオの独房の窓を板張りにさせた。

いかなる有罪の証拠も見つかっていないリンダへの扱いは、さらにひどいものだった。彼女は七ヵ月間、独房を出ることを許されず、窓を開けることさえ認められなかった。

君も知ってのとおり、北イタリアの冬はとても寒い。冬の間中リンダは、暖房も火をとることも許されず、コートも毛布も与えられなかった。四月になって警察医からリンダの生命が危機に瀕していると報告されてようやく、彼女に掛布が一枚追加された。

八ヵ月間リンダは、家族の誰とも会うことは許されなかった。彼女自身の子どもに関する情報も一切与えられなかった。監獄の修道女がリンダに、お子さんたちは元気にしていると教えた。そのことがスタンザーニに伝わると、その修道女は即座に監獄から追い出された。

リンダが母親に宛てた、子どもの現状を訊ねる手紙は、配達されなかった。それらの手紙は、

〈四番の箱〉へと消えてしまった。しかしリンダからセッチに宛てられた、無害な手紙は起訴状に加えられた。裁判で検察側は、獄中のリンダは子どもへの関心は示さず、ただ不法な情事のことだけに関心を寄せていたと陳述した。まったく大した正義のお国柄だね。

取り調べの間スタンザーニが用いた方法は、イタリアの刑法を侵害するものだった。被疑者たちに対して誘導的な訊問がなされただけでなく、リンダのメイドから嘘の証言を引き出すために、懲役十三年が課せられると脅した。取り調べの最中にメイドは、ヒステリーの発作に見舞われた。

テュリオの友人で逮捕されたピオ・ナルディ医師は、不注意な発言を洩らして、テュリオの立場を不利にした。後で、罪責感に苛まれたピオ・ナルディは、手首の動脈を切って自殺しようとした。ナルディが自殺未遂したとの報を聞いたスタンザーニは、即座に監獄医に、意識混濁状態にあるナルディにカンフル剤を注射させ、取り調べを続けるように命じた。そしてナルディは最後に崩折れてしまった。

後に四月になってリンダは、「私がセッチ医師のことを愛さなかったら、こんなことは起きなかったでしょう。古い愛が、私の中で蘇ったのです」という証言をした。

この不幸な女性が、セッチ医師との関係に触れていたのは明白だね。リンダは、自分が犯した唯一の罪として、セッチとのことでは罪悪感を抱いていた。そのことは、彼女についてさらに問いただせば明らかになったはずだ。しかしスタンザーニは、それ以上問いたださなかったばかりか、その証言を利用して、リンダが夫殺しに関与し煽動していたのを認めた報告書にまとめた。

スタンザーニは、既に七人もの人物を逮捕し、全員を殺人犯として告発していた――テュリオ、リンダ、リンダのメイド、ナルディィ医師、ムリ家の友人エルネスト・ダラ、ダラの弟のリカルド、ムリ教授の弟で著名な弁護士のリカルド・ムリ。ナルディィ医師がうっかりクラーレのことを洩らしたために、この仕事熱心で正義感あふれるスタンザーニ判事は、セッチも逮捕者に加えた。

取り調べを総括する際にスタンザーニは百二十二ページにわたる報告書を書き上げた。その報告書はいまや、スタンザーニの「レジュメ」として有名である。人間によって書かれた幻想の茶番劇のさいたるものだ。ここでは彼の想像力が奔放不羈《ふき》にふるまっている。

そこでスタンザーニは、リンダの部屋で起こった「狂気の乱行」について語っている。しかしセッチは、この苦しめられた女性にとって、愛人というより、兄のような庇護者という方が実態に近い。リンダはいつも夫を侮辱していて、夫を友人たちに会わせないようにしたとも述べられているが、そのようなことは事実になんら立脚していない想像の産物だった。

これで全部ではない。一八九九年セッチ医師は、ムリ一家が避暑に訪れていたサン・レモで一泊したことがある。メイドは、セッチがムリのところを訪ねたのは一回きりで、そのとき彼を中に通したのはボンマルティーニだと証言しているにもかかわらず、スタンザーニは、セッチがそこで相当長期間にわたってリンダとともに過ごしたと書いている。

リンダが夫に宛てた手紙の中で、夫とともに暮らすのは不可能で、抱けない感情を抱いているふりをすることはできないと述べているのは、スタンザーニによれば、リンダが本当の感情を隠蔽している典型例にあたるそうだ。テュリオがリンダに宛てた手紙の中で、リンダを慰め、じきに物事はきっとうまくいくと励ましているのは、スタンザーニによれば、ボンマルティーニを殺害することをおおっぴらに約束したものとみなされた。

リンダが手術後の回復期にあった一九〇一年ムリ教授はリンダに宛てて、しゃんとしさえすれば、すぐによくなるだろうと書いている。スタンザーニはこの手紙から、ムリ教授が殺人を称揚しているのだろうと推論している。

スタンザーニの結論では、リンダは歴史上最も狡猾な虚言家で偽善者だ。何年にもわたって彼女は、テュリオに対して、自分の夫を殺害するよう吹き込んだ。スタンザーニは、リンダの病気さえもがまったくの偽りで、演技にすぎないと述べた。彼女の診断をした医者たちは、ムリ教授から買収されたのだ。

この驚くべきスタンザーニの記録書類は、裁判が開かれる前に、刊行された。その記録に煽られた新聞各紙は、リンダのことを〈残忍なモンスター〉と呼び、嗜虐衝動を満たすためだけに夫を殺害したルクレツィア・ボルジアに譬《たと》えた。

誹謗中傷と憎悪に満ちたキャンペーンを展開した新聞各紙の中で、実際的にそれに抗した唯一の新聞が〈コレール・デラ・セラ〉紙だ。〈コレール・デラ・セラ〉紙は、有名な歴史学者フェレーロの連載記事を掲載した。その記事は、相矛盾する大量の噂とゴシップをふるいにかけ、理にかなった本当の事実を選びとりだそうとする姿勢が貫かれている。

親愛なるマーカム、君が就いているその尊敬されるべき職業の名誉のために言及しておくが、イタリアの法律家協会は例外なく、このフェレーロの見方を支持し、裁判のやりかたを非難した。さて、さて。こんな裁判から一体どんな公正さが期待できるものかね？　裁判のひらかれる場所がボローニャからトリノにうつったところで、三年もの長きにわたるスタンザーニの偏見と誹謗に満ちたキャンペーンの効果を覆すことはできなかった。

一九〇四年十月、トリノで裁判が開かれた。しかし、二週間後に中断された。弁護士の何人かが選挙へ立候補していたからである。翌一九〇五年二月、裁判が再度開かれ、その年の夏まで続いた。

十七人もの弁護士が、リンダ、テュリオ、セッチ医師、メイド、ナルディ医師の弁護を分担して受け持った。逮捕され拘束されていた他の三人の立件は、証拠不充分のために見送られた。このことにスタンザーニはきわめて不満だった。

ところでスタンザーニは、この被告人たちは、殺人の罪一件だけでなく、クラーレでの殺人未遂の罪にも問われるべきだと要求した。しかしながら法廷は、その立件まで抱えこむのを取り止めた。虚偽と歪曲に満ちたこの暗黒法廷にも、一条の良識の光が差し込んでいたことの例証となる事柄だね。結果として、その裁判には、四二〇人もの証人が証言に立った。

テュリオに対する立件は、もっぱら彼の自白に依っていた。彼の自白を裏付ける証拠はなかった。テュリオは、八月二十八日の午後七時、義兄に会いに行ったことを認めた。そのときかわした会話においてボンマルティーニは、リンダとムリ教授の両者を侮辱した。盲目的な怒りに駆られてテュリオは、ナイフで義兄を襲い、彼を殺害した。

後にテュリオは、友人のナルディ医師の濡れ衣を晴らすために証言を変更した。ナルディ医師は、殺人のあった晩テュリオとともに、ボンマルティーニのアパートに行ったと証言していた。二度目の自白では、殺人が行なわれたのは深夜だ――死亡推定時刻からして、深夜という方が正しかった。テュリオは、ボローニャに着いて後、劇場に行き、そこで数人に目撃されている。

しかしながら検察側は、被告人の誰一人として無罪をかちとらせるまいと決めていた。ナルディ医師がボローニャを去ったのは、八月二十八日の午後七時であることが証明されている。そこで検察側は、殺人が起こったのは午後七時以前に違いないと主張した。

メイドへの告発もまた同様に説得力に乏しいものだった。メイドは、リンダが持っていたボンマルティーニのアパートの部屋の鍵を入手して、それをテュリオに渡した。しかし、それ以外に彼女に罪があることを証明する証拠は何もなかった。

セッチ医師は、テュリオがボンマルティーニに毒を盛るように促した罪に問われた。その告発を裏付ける証拠は何もなかったにもかかわらず、彼がリンダと関係を持っていたことだけで、陪審員たちがセッチに不利な判断をするのは充分だった。

この裁判のもっとも驚くべき局面は、リンダに対する立件だ。ほんの僅かでも、彼女の有罪を証明できる実体のある証拠は皆無だった。しかし検察側は、彼女を有罪にしようと懸命だった。その論拠は、漠然たる疑いや噂にすぎなかった。

リンダは、殺人が起こる数日前にテュリオに手紙を書いていた。その手紙は既に破棄されて、現物は存在しなかった。裁判官は、検察側がその手紙においてリンダがテュリオに、自分の夫を殺すよう頼んでいたと主張するのを許した。また、ムリ教授がカトリック教義に縛られない自由思想家である事実が、リンダに対する不利な証拠として認められさえした。

裁判が開かれている間中ずっとイタリアの新聞や雑誌は、組織立てて被告人たちを攻撃し論難し続けた。〈アブニール・ド・イタリア〉紙は、「神を信じない犯罪者集団」に対する正義の聖戦として、やたらに煽情的な記事を掲載した。

裁判の最終日、被告人たちに有罪の評決が出るのを確実にしようと、新聞各紙は、ムリ教授が陪審員たちを買収しようとして、三十万リラの小切手を渡したと報じた。その新聞記事は、法廷で裁判官が総括弁論をしているときに陪審員たちに向かって実際に読み上げられた。

このような状況下で、この悲劇的な茶番劇には前もって有罪が結論づけられていた。しかし下された判決の野蛮なまでの厳しさは、神を信じる善良な人々の最大限の予想さえも凌いでいた。テュリオとナルディ医師は謀殺の罪で有罪、孤絶した独房に三十年間監禁の刑。半ば心のバランスを崩した哀れなメイドは懲役七年、セッチ医師は懲役十年の刑。

リンダは殺人の共犯として有罪、十二人の陪審員のうち彼女の有罪に票を投じたのは七名だった。陪審が、この殺人は彼女の関与がなくても実行されただろうと認めたにもかかわらず、リンダに十年の重労働の刑の判決が下された。

陪審でさえその判決の厳刑ぶりには仰天し、法の権威に訴えて、その判決については再考するよう嘆願した。しかしほぼ一年後、上級裁判所は、その裁判の判決をすべて認め確定させた。

大衆心理のうつろいやすさは特徴的だね。もっとも、〈大衆心理〉という言葉もまた、便利な決まり文句だね。これまで被告人たちへの風当たりが強かったのが今や一変して、被告人たちに同情し後押しする声が優勢になった。ヨーロッパ中に、強い抗議の声が湧き起こった。ときのイタリアの宰相バロン・セニーノは、この裁判はでたらめだったとして、国王に恩赦の特権を発動するように要請した。

一九〇六年、リンダが上告して数週間後、彼女は赦免された。最初は国外追放の条件がついたが、その条件も一九〇九年には消された。テュリオが釈放されたのは一九一九年だ。ナルディ医師も、その年に釈放された。セッチ医師は獄中で死んだ。メイドは有罪判決を受けて数日後に発狂していた。精神病院に入院させられて間もなく亡くなった。

この不当な裁きに対して広範囲にわたる抗議の声が沸き起こった。そういう動きの高まりを典型的に示すものとして、一九〇八年に公開の手紙がリンダのもとに届けられた。その手紙は、リンダが被害を蒙った、法の番人による復讐的な訴追がいかにおぞましく恐ろしいかを表明し、差出人がリンダの無罪を信じていることを保証していた。

もう長い間、現代史の記念碑的な名書簡の一つとされているこの手紙は、真に驚くべき、傑出した男女の署名が連ねられている。その署名者は、次のような人々だ。ビョルンスチェルネ・ビョルンソン、マックス・ブルクハルト、リヒャルト・デーメル、ゲルハルト・ハウプトマン、ジュリア・ワード・ホーヴェ、リカルダ・フック、エレン・キー、モーリス・メーテルリンク、ヴィクトール・マルゲリッテ、ハインリッヒ・マン、アウグスト・ヴェルマイレン、オーギュスト・ヴィルブラント＝バウディウス、マリー・フォン・ヴィッテ、エミール・ゾラ夫人……。

親愛なるマーカム、ささやかな後日譚を最後に一言はさんでおこう。リンダはその後再婚した。

今度は幸せに暮らしたそうだ。

　ヴァンスが語り終えたとき、マーカムがコメントした。

「裁判官が、偏見に囚われたときはいつでも、その事件と似た不正義が生じるおそれがある。それがこの手の事件の一番いやなところだね」

　ヴァンスは皮肉っぽく微笑んだ。「そういうことは、世界中で起きているしね。『法律なんて糞食らえ』とバンブル氏が言っているのももっともだ。ぼくはむしろ、あらゆる法を廃止した方がいいと思っている。そうなればいささか不便な世界になるだろうね。しかし、すべての人がそれぞれに法律家で裁判官で陪審員である世界の方が、より大きな正義が実現していると信じる方に傾いている」

　マーカムは、ヴァンスの不遜な発言を無視した。「ボンマルティーニ事件にはひどいイロニーがあるね」マーカムは瞑想的に言った。「テュリオは、姉を泥沼から脱出させたかった。しかし彼がやったことは結果として、自分だけでなく、姉と家族と、さらには友人までもよりひどい泥沼に叩き落とすことにつながった」

「イロニー、たしかにそうだね」ヴァンスはしばらく煙草をふかしていた。「しかし正義の中にもイロニーがあるものだよ。数年前に起こった、オットー・アイスラー事件のことを覚えているかい？　なんと凄惨な事件だろうね。本当に驚くべき犯罪だ。なんと無慈悲な神が、アイスラーの全人生の背後で糸を引いていたことだろうね！　ああ、伯母さん（無神論者のヴァンスは、オー・マイ・ゴッドという決まり文句の代わりとして、自分に遺産を残した伯母にふれる『オー・マイ・アント』という感嘆句をよく用いる)。なんというイロニーだ。焼き尽くされるばかりの弱さからくるイロニーだ」

ヴァンスはその後ほぼ一ヵ月たつまで、このオットー・アイスラー事件のことを語らなかった。失意の老人であるアイスラーが刑期を終えて釈放されたというヨーロッパからの短いニュース特報が届いたとき、初めてヴァンスはこの事件のことを語りだした。

来月私がここで語る予定なのは、その事件のことである。できる限り、ヴァンスが語った口調を忠実に再現してみせるつもりだ。この悲劇的な事件を語る際も、皮肉家ヴァンスの詩的な側面が浮かび上がることがある。マーカムと私はそこに、ヴァンスがいつもは隠そうとしている、深い博愛精神の片鱗をうかがうことができた。それは彼とごく親しい人でなければ感じることができない類のものだ。

能なし——オットー・アイスラー事件

「ヴァンス、君は先月アイスラー事件のことに触れたね」とマーカムが言った。ファイロ・ヴァンスとマーカムと私は、いつものように日曜の晩はストイベサント・クラブのラウンジルームに陣取っていた。「私の聞いたところでは、刑期を終えて監獄を出たオットー・アイスラーは、以前勤めていた会社に対して、民事訴訟を起こすそうだ。不当に巻き上げられた金の弁済を彼は求めている」

ヴァンスは片眼鏡を調整し、天井に向かってリボン状の紫煙を吐き上げた。

「そうだったね」ヴァンスはため息とともにこたえた。「悲しむべきことだ。哀れなやつだよ、オットーは。純粋にモラルの観点からみれば、オットーは疑いなく、金を巻き上げられた点で被害者だ。しかしオーストリアの法廷が、オットーの主張を認めるかどうかは、きわめて疑わしい。だが、この驚くべき犯罪事件には、繊細なギリシア風のイロニーがある。君はこの事件の細部を知らないのかもしれない。ぼくは最近この事件のことを詳しく調べたばかりだ。ドラマとしてぼくにアピールするものがある事件だった。きわめて特異な事件だ、まるでギリシア悲劇のようだ」

〈憎正殺人事件〉が終結してからほとんど毎日曜の晩、ファイロ・ヴァンスとニューヨークの地方検事のマーカムと私は、そのクラブで会食し、犯罪について談義をかわしていた。ヴァンスは既にいくつもの、ヨーロッパ大陸で起きた有名な殺人事件について私たちに語っていた。

その晩ヴァンスは、有名なアイスラー事件の詳細について私たちに語ってくれた。

（ヴァンスは眼を細めて、Régie煙草の端を黙想的に見やりながら、語り始めた）

悲劇的で失敗に終わったオットー・アイスラーの犯罪の驚くべきイロニーを理解するためには、オーストリアの商業史のことを少々語っておく必要がある。知ってのとおり、マーカム、意味もなく君たちを退屈させようとしているわけではない。しかしこの陰鬱で魅惑的な殺人の背景は、きわめて重要なんだ。

（ヴァンスは、椅子に深く沈み、長く繊細な指を眉にあて、その頭脳にしまわれた膨大な記憶の中から、ある事実を思い起こそうとしているかのようだった。やがて彼は再び、感情のこもらない声でゆっくりと語り始めた）

歴史のあるオーストリア帝国の豊かで肥沃な土壌を算奪し搾取した数多くの有名な産業会社の中でも、J・アイスラー＆ブリューダー材木会社ほど、財政基盤が強固で、経営効率に長じている評判の高い会社はなかった。

この会社は歴史が長い。ベルンハルト・アイスラーが一八二五年にこの会社を創立した。やがて創業者は、この会社を四人の息子――ハインリッヒ、ヨハン、ヤコプ、モーリッツ――に譲った。そのときこの会社は、それまでの伝統を受け継ぐだけでなく、事業の規模を大幅に拡大していった。大戦が勃発したとき、この会社は多くの支社をもち、オーストリアの広大な森林地帯のみならず、ハンガリーや近隣国の森林にまでその支配権を広げていた。

古くからのユダヤ教の伝統に忠実なアイスラーの息子たちは、父親が存命中は、父のリーダーシップを遵守し忠誠を尽くした。四人のアイスラーの息子たちは協定を結び、彼らの息子が会社の取締役会のメンバーになれるのは、父親が引退するか死亡したときのみにすると取り決めた。

せっかちそうにそうため息をつくものじゃないよ、親愛なるマーカム。この取り決めが、後に続くおぞましくも信じがたい事件の核心となるのだから。

やがてヨハンとヤコブが死に、その息子のアルフレートとヘルマンが後を継いでメンバーになった。モーリッツの息子のロベルトは、野心家で有能な若者だった。ロベルトは、従兄弟のアルフレートとヘルマンが自分より有利な位置を占めているのが気に食わなかった。ロベルトは、伯父のハインリッヒに、特例として自分を、父モーリッツが亡くなる前に会社のメンバーに加えるよう、モーリッツを説得するのに力を貸してほしいと頼んだ。

甥に対して優しいところがあったらしいハインリッヒは、間に立ってモーリッツを説得し、ロベルトをメンバーに加える同意をとりつけた。しかしながら規定に従って、ロベルトは六十万クローネン（約十二万ドル）を会社に出資しなければならなかった。

ロベルトは、それだけの金を持っていなかった。おそらくロベルトの父は、この出資義務の規定によって、息子を会社から離しておけると考えたのだろう。しかしここでもハインリッヒが関与した。彼は仲人《シャットヒエン》（ユダヤ人の結婚を斡旋する人）となり、ロベルトの結婚の世話をした。資産家の女性と結婚したロベルトは、必要な資金を手に入れた。その後間もなくロベルトの父が急死した。新たにこの会社に加わったロベルトは、疑いなく有能で、カリスマ性を有していて、この巨大な会社の経営権を握るようになった。

マーカム、ロベルトがよい男ではなかったことは指摘しておきたい。彼は、いまのアメリカの財界を牛耳る連中と似ていなくもない。彼は精力的で、目的のためには手段を選ばないタイプで、目標を実現するために邪魔になると思われるものは容赦なく排除しようとした。ロベルトが、個人的権力を強化・拡大しようとしていたわけではないよ。彼が長となった会社が今や彼の〈黄金の子牛〉（旧約聖書に出てくる表現で、無尽蔵の富をもたらす比喩）となった。

ロベルトは会社の実権を握るや、恩義のある伯父のハインリッヒが、会社の中で自分より上の立場にいるのはふさわしくないと判断した。ハインリッヒは道徳上の高潔さや清廉さを重んじ、慈悲と博愛の理念を実践し、会社の利益を慈善事業や貧者救済にまわそうとしていた。ハインリッヒは実際に、会社の納税申告額が低すぎるとして社内で合意された申告書への署名を拒否したくらいだ。

このようなハインリッヒの旧態依然たる誠実さは、競争の激しい商売の生き馬の目を抜くような世界に身を置くロベルトの感覚には適合しないものだった。ロベルトは、伯父を会社から追い出そうと画策した。彼は契約書を作成した。ロベルトを信じているハインリッヒと息子のオットーは、求められるままその契約書にサインした。その契約書には、メンバーの一員が引退するときに、うけとるのは元の出資金だけで、会社の莫大な利潤による基金は受け取れないことになっていた。

このようなマキャベリ的な策を講じた後ロベルトは、今や七十八歳になっているハインリッヒを完全に排除しようとして、次のステップに進んだ。四十年間にわたってその会社に携わってきたハインリッヒは、今や引退を求められた。ハインリッヒがそれを拒むと、ロベルトは法廷に持ち込んだ。彼の訴えは、ハインリッヒは今や老いて職務を果たせる能力がないので、引退を求めるというものだった。

他の会社のパートナーたち――アルフレートとヘルマンは、権勢をふるうロベルトの強固な意志に逆らえなかった。その上、アルフレートとヘルマンは、金儲けのことよりも、芸術方面に関心が強かった。アルフレートは、細密画と初版本の収集家だった。ヘルマンの現代フランス絵画のコレクションは、ヨーロッパ中でももっとも立派なものの一つだった。ヘルマンは、ドラクロワのいくつかの素晴らしいカンバス画を所有し、ジェリコーの水際立った絵画をいくつも持っていた。

ところで、ジェリコーは偉大なリアリズム絵画の巨匠だね、マーカム。ジェリコーには、クールベやドーミエのような溌剌たる芸術性はない。しかしジェリコーの職人芸は、従来の批評家が与えているよりはるかに高い評価がふさわしい。ジェラールとグロスは、アングルの画風を弛緩させている。ジェリコーは、ゲランの助けを得て、ダヴィッドの方法論からの脱却を完成させた。

(マーカムは大袈裟なためいきをつき、坐ったまま姿勢を変えた)

すまないね、親愛なるマーカム(ヴァンスは謝罪を口にしたが、その口調にはまったく悪気はなさそうだった)。結局のところ、芸術の方が犯罪よりもはるかに心そそられるものだからね。だがさしあたり、絵画の話はおいておくことにしよう。

ロベルトは、伯父を排除することに成功しなかった。一時的な和解と休戦が保たれた。それは約一年しか続かなかった。翌年の夏にハインリッヒが死去したからだ。

この皮肉の効いたドラマの中で、悲劇のドン・キホーテ役を演じるのが、ハインリッヒの息子のオットー・アイスラーだ。オットーに対してロベルトは、蔑視と嫌悪を向けていた。ロベルトは一貫して、会社のメンバーにオットーを加えることを拒んだ。しかし民事裁判所による仲裁の裁定によってオットーは、七十五万スイスフラン(十五万ドル)を支払えば、会社の発言権のないメンバーになることが認められた。また、その裁定でオットーは、この会社のボスニア地方の権益一切――それは百万ドルにものぼるものだった――を放棄することになる。

オーストリア帝国が瓦解したとき、アイスラー一族は、チェコの市民であると主張した。オーストリア帝国から分離独立した国々に系列の子会社をつくることで、この材木会社は、既得権益をひきしめ強化した。この会社の保有する富は莫大なものだった。

ああ、ところで、マーカム、目覚めているかね。退屈で眠くなる話を長々と話して申し訳ない。しかし犯罪の話に入るためには、必要な前提なので我慢してほしい。

この大事業において老ハインリッヒがオットーに残した遺産は、およそ八百万スイスフランかそれ以上、ドルに換算して百五十万ドルはくだらないものだった。ロベルトは――ヴェルギリウス(古代ローマ時代の著述家。『アエネイス』などがある)の言う〈神聖な金銭への欲求〉に駆られ――オットーよりも会社のものにした方が、この資産を有効活用できると考えた。

大戦後、オーストリアの通貨が暴落した状況を利用して、ロベルトは、近代史においてもっとも狡猾な、驚くべき経済上の騙しのトリックを仕掛けた。会社の資産価値を、時価でなく暴落した貨幣による額面価に換算して、転記や書き換えを行使し、オーストリアの会社の登記上の資産価値が極限まで下落している見積りを算定した。そしてロベルトは、オットーの取り分として一万五千スイス・フラン、すなわち三千ドルを小切手で渡した。この総計額は、オットーが亡父から引き継いだものだけでなく、彼が会社のメンバーになるときに支払った十五万ドルをも含むものだとした。

それが後に報復を招くことになる、ロベルトが仕掛けた財政上のトリックだった。このことでオットーが怒ったのも無理からぬところだ。

怒ったという言葉に注目してくれたまえ、マーカム。あらゆる感情の中で、神経過敏な弱者の、無力感からくる秩序立たない怒りほど危険なものはない。しかし権勢欲にとりつかれ、あらゆる劣った人間を軽蔑しているロベルトは、この感情のことを知らなかった。もしロベルトが未来を予知できたなら、この従兄弟にもっと違った仕方で対処していただろう。この三千ドルの小切手に署名することで彼は、自分の死亡証明書にもサインをしたことになる。このペンの一筆によってオットーは殺人者に、ロベルトは屍体となる運命が決せられた。なんとも痛ましいことだ。

それにしてもロベルトが賞賛に値する人物であるのも否めないよ。彼は恐ろしいほど意志が強かった――自信をもち、固定観念を抱いた、権勢をふりかざす人物だ。

一方、オットーは意志薄弱な人間だった。そのことには疑いがない。彼は軟弱で卑小で、感情にとらわれやすい人物だ。キリスト教の神学者なら、オットーの方が正義の側に立ち、ロベルトが暗黒の権力を代表していると分類するところだ。弱者を慰撫したり正当化する決まり文句は多々あるにもかかわらず、人類というのは、敬虔で清廉潔白な弱者を、強者ほどに熱をもって賛美したりはしない。

ロベルトは、強者の象徴だ。この後に起こる事件の、おぞましくも輝かしいイロニーは、かけ離れた二人の人物の本質を露わにしている。死においてさえ、ロベルトは優位を保った。

しかしながらオットーは、心理学的観点からは、より面白いキャラクターだ。犯罪の歴史の中でも、ロベルト・アイスラー殺しのドラマほど、神々が皮肉さを演出したことはたぶんまったくなかっただろう。このドラマは、ソポクレス的と言える。

オットーは、乳母と小間使い、教師、おべんちゃら使いの使用人たちに囲まれて、空虚で孤独な子ども時代を過ごした。オットーの父のハインリッヒは、心優しい人物だったが、仕事のことにかかりっきりだった。オットーの母親は、クールで愛情に欠け、孤立したタイプの女性で、オットーにほとんど関心を払わなかった。学校ではオットーは、無口なことで知られた。彼は深刻に思い悩む性格で、異常なまでに猜疑心が強かった。

成長しても彼は、頑固で、陰気で、自己中心的な憂鬱症で、家族や友人を恐れていた。しかし彼は、人類の苦しみについては、人間的な理解を持っていた。十五年間彼は、アイスラー&ブリューダー材木会社で従業員として働いた。しかし商売の現場では、オットーは常に疎外感を抱かされた。従兄弟のロベルトの卓越した有能ぶりは、オットーの感じやすい性格には耐えがたかった。オットーは著しい劣等感を育んだ。人を寄せつけないまでの頑固さをまとうことで、オットーはかろうじて一時的に劣等感から救われていた。

オットーは、自分をしばるユダヤ民族の古い伝統を呪った。彼は、自分の身の丈に合ったと思える女性と婚約することで、従兄弟のロベルトと張り合うのを拒んだ。しかし父の強い圧力を受けて、オットーは一旦婚約した女性との結婚を断念した。その女性は、惨めでくすんだ彼の生活への一条の暖かな光だった。

アンナ・ハイマーレは、長年オットーに連れ添い子どもをもうけた。アンナとその三人の子どもへの愛情が、オットーにとって唯一の大事なものだった。アンナから献身的な愛情を捧げられても、オットーの、常に深まりゆく神経症の暗い影を追い払うことはできなかった。

親族間で争いが生じ、ロベルトがハインリッヒとオットーの父子に敵対するようになったとき、オットーの漠然とした不信感と猜疑心は、偏執的な妄想病の徴候を示し始めた。後にオットーが裁判にかけられたとき、多くの証人が彼の奇行を語った。会社の材木倉庫を訪ねた折にオットーは、まったくの裸体で、片手に傘を持ち、もう一方の手に拳銃をもって歩いているのを目撃されている。毎夜彼は自分の寝室の扉の内側に家具を積み上げてバリケードを築いていた。食事をするときは誰かに必ず毒見をさせた。誰かに毒を盛られるのではないかという妄想に彼は取り憑かれていた。

その頃オットーは、細菌恐怖症を募らせ、自分の住みかを無菌室にしようとした。彼が読む新聞はまず、殺菌措置を施さなければならなかった。

こういった奇行の数々について、彼は理由と正当性があると多弁を費やした。自分の行動は異常ではないと主張する異様な熱意そのものが、彼が神経症患者であることを実証するものだった。ずっと続いていた彼の抑圧が、やがて法の裁きのもとに彼を追いやることになる。

ロベルト・アイスラーは、オットーの憎悪の中心となり、象徴となった。この憎悪は、オットーが自ら否定したくても否定できない、より強い者に対する嫉妬まじりの賞賛と羨望の念によってさらに強化された。ロベルトはオットーにとって、自分が持たないものを皆持ち合わせた、自分がなりたくてたまらない偶像だった。オットーは、鉄の規律を持つこの自分のライバルと競争したいという願望と、他者の意志にひれ伏したいという衝動的な欲求との間を揺れ動いた。

自分の子どもたちの生活の面倒を見なければならないという深く強い家族への思いからオットーは、会社の財産問題を分与によって解決し、従兄弟との友好関係を保つことにした。この思いからオットーは、会社の財産のうちの自分の分を得るかわりに、会社の経営から身を引くというロベルトの提案を受け入れた。そのときロベルトは、貨幣が暴落した状況を利用して、帳簿上の会社の資産価値を最小限にまで引き下げていた。

オットーは、およそ二百万ドルにのぼる自分の相続分の支払い額として、三千ドルを受け取ったとき、突然目を見開かされた。しかしロベルトが、オットーに対して仕掛けた罠を逃れるのは、もはや手遅れだった。オットーは、もっと多くの金をよこすよう求めた。だが法廷は、良心の呵責などに悩まされたりせず、畜群を踏みつける鉄の意志をもつ超人《ユーバーメンシュ》に有利な裁定を下した

（ニーチェの超人論の用語を用いている）。

そのときオットー・アイスラーに転機が訪れた。これまではロベルトは、彼の個人的な敵だった。今やロベルトは、人類全体の敵——アンチキリスト、アッティラ、ジンギスカン、シャカ（十三世紀のブルガリアの皇帝）、災い、神の怒りの天罰を招く破壊者に思われた。オットーの胸には、ロベルトが人類になした悪行を正し償うべきであるという神聖な義務があるという歪んだ感覚が芽生えた。

一九二三年の夏、オットーの神経症は、深刻な精神病の域に近づいた。ロベルトが彼を見下し冷笑していることが、その症状をより悪化させた。オットーを診察した精神科医は、精神崩壊の危険を警告し、身を引いて完全な静かな暮らしを営むよう勧めた。

しかしその警告は役に立たなかった。この惨めで絶望に囚われた人物は、失われた金を取り戻そうとする見込みのない戦いを続けた。オットーは、補償を得ようとして、ロベルトに執拗に請求し続けた。

オットーの痛めつけられた脳に、ある一つの言葉が渦巻くようになった。その言葉とは〈能なし〉だった。ロベルトは子どもの頃から、オットーのことを〈能なし〉と呼んでいた。その呼称が今や毒をもち、恐ろしい含意と真実がこめられていると思えるようになった。何十回もオットーはロベルトのもとに赴き、もっとお金を自分と家族のために払うように求めた。そのたびにロベルトは冷笑をもって対応し、その破壊的な蔑称——「能なし」と彼を呼んだ。

哀れなオットー。常に劣等感に苛まれていた彼は、その嘲りに耐えられなかった。オットーは、それが本当なのを知っていた。オットーは実際に能なしだった——悲劇的で救いようのない能なしだった。彼の得た三千ドルは訴訟費用に費やされてしまって、将来はただ破滅が待ち受けていた。

　オットーは、常に誰かに命をつけ狙われているとの妄想に囚われていたので、身を守るために、常に小さな自動拳銃を携行していた。しかし今彼は、大型拳銃を持っていた。破滅的な考えが彼の心に形成された。いつもオットーは、自分を〈能なし〉と呼ぶロベルトの声を聞いていた。

　一九二三年八月十三日、オットーはロベルトを訪ねた。アイスラー&ブリューダー材木会社のロベルト社長は、満足そうにデスクに坐っていて、侮蔑的に訪問者を見やった。オットーは、正義と公平を求めて、ロベルトに最後の懇願をした。

「一ヘラー（オーストリアのヘラー銅貨のこと。「びた一文」に近い）でも払うくらいなら、七年かかる訴訟を起こす方がましだ」

とロベルトはオットーに告げた。それからロベルトは、オットーの父が四十年間坐っていたデスクの椅子にもたれかかった。「このおれの前でよくもたわごとが言える。能なしめ」

（半ば情熱的で、半ば感傷的な笑みが、ヴァンスの口もとに浮かんだ）

　マーカム、わかるかい。次の瞬間に起こったことをオットーが本当に理解していたかどうか、ぼくには時々疑わしくなる。朦朧とした状態で、ただオットーはことの成り行きに立ち会っていただけではなかろうか。彼の銃が火を噴いて、六発の銃弾がロベルトの体に撃ちこまれたとき、オットーはわけもわからず自分でも唖然としていたのではなかろうか。

　その拳銃には七発の弾丸がこめられていた。七発目は、オットーは自分の頭に撃ち込むつもりだった。しかしオットーが拳銃を自分のこめかみにあてたとき、床に倒れて瀕死の苦しみのうちにいたロベルトが語った。その言葉が、オットーが引き金をひくのを押しとどめた。その言葉は、この殺人者の全生命をこなごなに打ち砕くものだった。その言葉はおよそ信じがたいが、同時に首尾一貫している。ロベルトはオットーの足元であえぎながらも、顔には蔑笑を浮かべていた。

「この能なしは、一体何発撃ちやがったんだ?」と彼は言った。

〈能なし〉という言葉。またしてもその蔑称だった。

オットーは、この瞬間には自分が主役になれるはずだと信じていた。この瞬間には、従兄弟ロベルトの鉄の意志に打ち勝ち、彼が見下していた弱い自分を強制的に認めさせられるはずだった。その目的のために彼はすべてを犠牲にした。彼が殺人者になったのは、自分が支配者となる至高の瞬間を得るためだった。自分が憎悪してきた男に対して正義の報復を遂行したことを実感し、勝者の優越感を味わうためだった。

しかし、彼がすべてを犠牲にして得たその偉大な瞬間さえも、彼が聞かされたのは、以前からの愚弄的な侮蔑語――〈能なし〉という言葉だけだった。

オットーの英雄的に過激な行為は、ロベルトにとっては、強大な意志力の挑戦ではなく、愚かしい事故にすぎなかった。

抵抗することなく、オットーは取り押さえられ、武器を取り上げられて拘束された。オットーの世界はぐらつき崩れそうだった。彼はなけなしの勇気をふるって、自尊心を取り戻すための偉大な行為を敢行した。これだけの犠牲を払ったにもかかわらず、彼は死にゆく男から〈能なし〉

呼ばわりされた。

一九二四年四月二十四日、オットー・アイスラーは、オーストリアの犯罪法廷に立たされた。当時のオーストリアの法律では、精神病者であることは弁護材料にはならなかった。しかし専門家が、被告人の責任能力を調査し報告するように派遣された。オットーの精神鑑定は大変な作業だったに違いない。オットーは頑として自分が狂気の徴候があることを否定した。彼の妄想と幻覚症状が、本当の妄想病《パラノイア》であるかどうかを精神鑑定家たちは決定できなかった。しかし彼らは、オットーが高度の神経過敏症で、抑鬱的な心理のせいで、突発的な憎悪心の爆発にたやすく身を委ねるタイプだと報告した。オットーは裁判には立つべきだが、情状酌量されるべき事情があると示唆した。

予備審問の段階でオットーは弁護士を何度も変えた。オットーは被害妄想のせいで、接触する人間がみな敵かスパイに見えた。最後に彼が選んだタイリッヒ弁護士でさえ、オットーと付き合うために長い試練の時を経なければならなかった。オットーは明らかに、自らの狂気を主張するよりは、最も重い刑罰である終身刑のリスクをおかして正気を主張する方を好んだ。ところで、マーカム、君は知っているかね、オーストリアでは一九一九年に死刑が廃止されていることを。

オットーにとって最大の悲劇は、どうやら自らの狂気を認めざるをえなくなったことのように思われる。見てわかるように、オットーは本当に長い間、自分が狂気に侵されているという考えと闘い続けてきた。

オットーは自己弁護の論拠を、ロベルトの非道なふるまいを訴えることにおいた。さらに彼は、殺人が前もって計画されたものであることを否認した。

しかし、なんということだろう。彼が二丁めの拳銃を買っていたこと、彼がロベルトが一人きりになる時間を待っていたことが証明されて、彼に重くのしかかってきた。

その上、事件全体の背後にあるソポクレス的なイロニーがまだ働き続けていた。裁判官のラムザウアー判事は、ロベルトと似た傾向のある法律家だった。ラムザウアーはニーチェ主義への傾きがあり、オットー・アイスラーのような弱いタイプにまったく同情しなかった。彼は信念堅固で、妥協しない人物だった。法律に記された文言とその強制力以外なんの関心もなかった。

いま言ったとおり、裁判官の性格は、ロベルト――彼の死に対して法の名のもとにいまこの裁判で裁きを下そうとしている――と類似していた。裁判官は、ロベルトに対して理解と共感を抱いたかもしれない。

法廷に呼ばれた証人たちの証言は全体としては、被告人に好意的だった。オットーの知人たちは、オットーに神経症の多くの徴候があったことを詳細に語り、それが最後に抑制が効かなくなっただろうことを裏付けた。

オットーにとって不幸なことに、殺人の動機が議論されていたときに、ロベルトが講じた財政上のトリックの詳細が提出された。暴落した貨幣価値を利用した、ありえないと思えるほどの数字のマジック、外国貨幣との交換を利用した、疑わしい取引が提示されたとき、裁判官も陪審員たちもあまりにも困惑し、混乱した。この殺人は、ひどく狂った男が自らの正義を実行しようとしたものではなく、手ひどい詐欺的行為によって財産を巻き上げられたことに対する怒りの報復によるものだと思われるようになった。

検事側も、ロベルトから受けたひどい仕打ちに対してオットーが怒りの念を抱くのはもっともだとし、人間的な理解力があるのを示した。しかしこの裁判官にとって、殺人は法からの逸脱以外のものではなく、裁判官の総括陳述は、被告に不利なものだった。

最終弁論の後、短い審議時間を経て、オットーは謀殺の罪で有罪となった。有罪に票を投じたのは十二人中十人だった。オーストリアの法律では、殺人事件において判決で下される刑罰には、懲役一年から終身刑まで、裁判官の裁量に委ねられていた。しかし刑期が十年を越える場合には、被告に控訴する権利が与えられた。

ラムザウアー裁判官は、被告がおそらく控訴してくるだろうと予期して、ちょうど懲役十年を宣告した。そうすることで控訴権を与えないようにした。オットーのような年齢で健康を害しているとあっては、十年の刑期は事実上、終身刑に等しくなるからだ。ここでもまたオットーは、強者によって打ち負かされることになる。

わかるかね、マーカム。この妥協しないラムザウアー裁判官のいかつい顔の後ろに、オットー・アイスラーは、墓からロベルトが自分を覗き込んでいるように感じたのではなかろうかという気がする。裁判官がオットーに判決を読み上げたときに、哀れなオットーは、ロベルトが自分に言った言葉――〈能なし〉を再び耳にしたのではないかという気がする。

マーカムはしばらくの間沈黙していた。

「皮肉の効いた悲劇だね」とうとう彼は小声でそう言った。「どこに正義の裁きがあるのか、見定めるのが難しい。こんな事件を扱うときには、法律は不充分さを露呈する。しかし、もしオットーがこのアメリカにいたら、刑を免れるチャンスはもっと多かったんじゃないか。オットー自身が正気だと言い張ったところで、彼は狂気であるとみなされていただろう。特に、なんら隠し立てしようとしない、あっけらかんとした殺しぶりを見せられればね」

「本当だ」ヴァンスは皮肉っぽい笑みを浮かべた。「しかしわが国の法廷も、もしグレーテ・バイヤーの事件を扱ったとしたら、どうなっていたかね。グレーテ・バイヤーは、ドイツで公開処刑された最後の女囚だ。彼女は、重度の精神障害を患っていたとぼくは確信している。しかし彼女が計画した犯罪は、驚くほど精密で完成度が高かった。グレーテの犯罪に関しては、ふんだんに精巧な隠蔽・偽装工作がなされ、オットー・アイスラーの殺人とは対極的だ。彼女は、偽装と悪賢さの権化と言える存在だ。個人的には、死刑台に送られるのがバイヤーであるよりは、オットーである方がよかったのにと思っている。バイヤー事件というのは、なんと驚くべき事件だろう！」

その翌週の日曜日ヴァンスは私たちにグレーテ・バイヤーの悲劇を語ってくれた。次の機会に私は、この物語を、ヴァンスが語ってくれたとおりに語ることにしたいと思う。

ドイツの犯罪の女王——グレーテ・バイヤー事件

「往年のグラスゴー毒殺事件で悪名高いヒロイン、マドレイン・スミスが昨日ニューヨークで死んだらしいね」

ニューヨークの地方検事ジョン・F・X・マーカムは、ストイベサント・クラブのラウンジルームで食後の一服を楽しんでいた。そこにはマーカムとともに私と、ファイロ・ヴァンスがいた。毎週日曜日の晩にそのクラブで夕食をとり、談笑するのがもう長い間私たちの習慣になっていた。ここでヴァンスは、犯罪学研究を深めることで精通するようになった、ヨーロッパの有名な犯罪事件をたくさん私たちに語ってくれたのだ。

「私にはまったく理解できないね」とマーカムが訊ねた。「どうして陪審は、マドレインを〈証拠不充分〉との評決を下して、自由の身にしたのだろうか。たぶん犠牲者に全然共感できなかったことによるのだろうが――」

「法の適用をそこまで杓子定規に考えなくてもいいだろう、マーカム」ヴァンスはゆっくりと言った。「被告が若くて美人とくれば、結果がどうなると思うね？　スコットランド人にしたって、男は男に違いないのだから……。それでも」ヴァンスは続けた。「ときとして魅力的な女性の刑事被告人が、デザートまで与えられることもある。たとえば、グレーテ・バイヤーだ――ドイツで公開処刑された最後の女性だ。あの金髪で肉感的なグレーテは、現代の女性犯罪者の中でもっともぬきんでた才女だとぼくはつつねづね考えてきた」

そしてヴァンスは私たちに驚くべき物語を語ってくれた。

グレーテ・バイヤーは（ヴァンスは語り始めるにあたって、ゆったりと坐り直した）、狭義でも広義でも天才の名に値した。芸術の天才がいるのと同様に、犯罪の天才もいるはずだから。彼女は狂気でなかったのか？　ノルダウ（ハンガリーの医師、著作家）によれば、天才はすべて狂気に駆られていることになる。しかしグレーテが、法的観点からみれば正気だったことに疑いはない。だが、より深い意味でみれば、彼女がはたして正気かどうか、大いに疑う余地はあるけれどね。

四つの体液の分泌比率が、気質と性格を決定するという有名な心理学説があるね。マーカム、実際のところ、その伝でいえば、グレーテ・バイヤーはいずれかの体液が、もっと多いか、もっと少ないか、あるいはその比率が少し違ってさえいたら、大作家か、大音楽家か、大画家にさえなっていたかもしれない。豊かな才能と想像力を持っていたのに、彼女は邪道に走ってしまった。

文書偽造の分野だけをみても、彼女の才は際立っていた。彼女は、誰の筆跡でもほんの少し見ただけで、天性の記憶の才を駆使して、筆跡鑑定の専門家でさえ偽造を見破れないほど正確に、その筆跡を再現することができた。

その犯罪人生において、彼女は少なくとも八人の筆跡を偽造している。それも一度でなく、何度もだ。そのたびに彼女の文書は、被害者の家族や親戚さえも完璧に本物だと信じ込まれている。その大量の偽造文書は、今もドイツ警察の記録保管所に収められ、専門家たちがたえず研究の素材として参照したり用いたりして、驚嘆の対象となっている。

しかし筆跡偽造は、グレーテの数ある才能の一つにすぎなかった。逮捕され、殺人罪で起訴されたとき、彼女は自供においていくつものストーリーをこしらえて語った。そのひとつひとつのストーリーが、とてももっともらしく合理的で、細部まで緻密に考えぬかれていた。そのことからも、もし仮に彼女がその才気の一部でも文学に向けていたら、大した作家になれたはずだと思わせるものがある。

その上、彼女はこういったストーリーを、自らつくりだした説得力のある実に巧妙な証拠で裏打ちした。その天性の騙《かた》りの才能は驚くべきものだ。彼女は、世界のもっとも偉大な女優の一人になれたかもしれない。計画立てる力量は掛け値なくマキャベリ的と称してよく、犯罪はほぼぬかりなく遂行されていた。

こうしたすぐれた才能と無道徳性、独創性と大胆さ、悪魔のごとき冷酷な計算高さ、まじりけのない邪悪さ、先手を打った巧みな言い逃れという点からも、グレーテはおそらく犯罪史上もっとも驚くべき存在と言えるだろう。そしてさっきから言っているとおり、もし彼女の体液比率が少し違っていたら、彼女は偉大な芸術的創造をなして、妬ましく思えるほどの美に彩られた遺産をわれわれに残したかもしれないのだ。既に、ヨーロッパの犯罪学者や心理学者によって、彼女に関する膨大な書物や研究論文が書かれている。

（椅子の背によりかかったヴァンスは、天井の方へ煙の輪をひとつ吐きだした）

マリー・マルガレーテ・バイヤーは——それがこの才気豊かな女性のフルネームだ——一八八

五年九月十五日、ザクセン州の小さな町、ブラントの町長の娘として生まれた。犯罪の家系が受け継がれると信じる遺伝理論の信奉者たちは、その理論に見事に合致する実例として、これまでよくグレーテの家系を引き合いに出してきた。というのも彼女の父親が汚職官吏であり、町の公金横領の罪で逮捕され獄中死しているばかりか、彼女の母親もまた堕胎と偽証の罪で数年間服役したことがあるからだ。

グレーテの少女時代は、小さな町の権勢家の娘として、割に平穏なものだったようだ。ここで付け加えておくと、彼女には卓越した音楽の才能もあった。ピアノ演奏の腕前は大したもので、年少なのに自ら作曲もし、相当数の作品を残している。

ここでまた天才のモチーフに戻ってくる。もし彼女の創造的な意志が、音楽へと向けられ続けていたら……。しかし、彼女の体液の分泌にどこか狂いが生じた。

グレーテが十六歳のとき、ダンスパーティーに参加して、そこで会った若い男と交際するようになった。数年間、二人の無垢な交際——一応そういう言葉を使っておくことにするが——を、グレーテの両親も許容していた。しかしとうとう、その若い色男がお金にルーズであることを理由に、グレーテの母親が交際に反対するようになった。

母親の干渉によって、ごく自然なことながら、恋人たちはしばしば密会をするようになった。二、三週間の後、グレーテは若者の愛人となった。しかし、そのことが母親を怒らせたことを度外視しても——グレーテはいつも母親のことを嫌っていた——彼女の〈春の目覚め《フリューリングスエアヴアクセン》〉は、不幸な破局へと到った。この若いフリッツとかいう男——たぶんそれに類する名前だったはずだが——

は、舞台から去ることになった。

一九〇五年二月、二十歳になったばかりのグレーテは、仮面舞踏会でハンス・メルカーという若いセールスマンと会った。この男が、やがてグレーテの歪んだ才が引き起こす悲惨なドラマにおいて、重要な、蔑まれるべき役割を演じる運命にあった。ここに、グレーテにおいて支配的な性的衝動が入ってくる。心理学者のシュテーケルやフロイトが、あらゆる創造的な天才の根底にあると我々に教える、あの衝動だ。グレーテとハンスは、すぐに互いに魅かれあうようになり、一ヵ月後にはこっそりと婚約していた。

その年の七月、メルカーは、職場の金を何度も使い込み横領していることが発覚して捕らえられた。グレーテは父親を説得し――後にその父親自身が同種の犯罪に手をそめるので、この手の出来心には並ならぬ同情を抱いていたのは疑いないところだ――メルカーが刑事訴追を免れるために、彼が使い込んだ金の半分を父に肩代わりしてもらった。バイヤー氏は、今後グレーテに会ったり連絡したりしないとのかたい約束をメルカーから取った後、ザクセン州のブラントにある鉱山のいい就職口を見つける世話まで焼いている。

さて、メルカーはその約束を律儀に守ったか？　悲しいことに、人間は弱いものだ。残念なことにメルカーは時をおかず、グレーテの愛人になってしまった。グレーテは、寓居《ぐうきょ》を借りた。そこなら、あまり人目を気にする必要なく愛するハンスと会うことができた。

しかしながら、その至福の日々は、長くは平穏に続かなかった。なんということか、メルカーは情の多い男で、他にも愛人がいた。グレーテ自身、それなら情愛の関係を他に求めても悪くないだろうと感じた。

一九〇六年初頭、メルカーと会ってからちょうど一年後、グレーテはまた別の舞踏会に行った。今回はケムニッツの舞踏会だった。そこで彼女は、主任エンジニアのクルト・プレスラーと会った。慣用句では「まじめな交際」と呼ばれる、型通りの清い交際期間はすぐに終わり、プレスラーは二人の婚約を公表した。挙式は一九〇七年十月と決められた。

グレーテの両親は、プレスラーのことがいたく気に入った。もの静かで勉強熱心、職場でのポジションも高く勤勉なブルジョワの子息。娘の結婚相手には申し分ない。

しかし俗に言う女性的で移り気な心根のグレーテは、メルカーを愛情の対象に戻しつつあった。メルカーは、グレーテの愛を失って以来、しょげかえって消耗しているともいわれていた。信じられないほどの切り替わりの速さで、プレスラーに対するグレーテの気持ちは、寛容な情愛から嫌悪感へと変じてしまった。

グレーテは、婚約を破棄しようとするいくつかの画策を施したが、プレスラーはまったく応じようとしなかった。グレーテがメルカーを促し、以前の自分たちの関係を暴露する手紙を送らせたときでさえ、プレスラーは、選んだ女性にしがみつき、今やそれを望んでいない女性と結婚しようとする決意を固持した。バイヤー夫人は、メルカーが書いてきた猥雑な文面内容は、うちの「箱入り娘」には理解できないはずだとプレスラーに請け合った。おめでたく信じやすいプレスラーは、バイヤー夫人の言葉を真に受けた。

一九〇六年の夏、メルカーと深い関係に戻っていたグレーテは妊娠した。彼女は妊娠したのを喜んだ。プレスラーはこれで、グレーテとの婚約を破棄するのに同意するだろう。グレーテは、妊娠したことを母親に打ち明けた。母親はすぐさま娘に、はやくプレスラーと体の関係をもち、このおめでたい出来事を彼のせいにする――お腹の子どもをプレスラーのものにする?――ようにしなさいと助言した。

グレーテは、母親に反抗的だったにもかかわらず、なぜか母親の言うことは聞く傾向にあった。いやいやながらも彼女は母親の助言に従い、婚約したプレスラーと定期的に会うようになった。しかしプレスラーは、彼女の性的誘惑を毅然と拒み、あくまでゲルマン人の貞節を貫き、彼女を失望させた。

ついでながら、グレーテの子どもは、この憂き世に生を受けることはなかった。その運命について詮索するのは野暮な話のようだが、彼女の近所に住んでいたある助産婦が刑務所に送られたことには触れておこう。

一方、メルカーは、グレーテとその親に対してひどく立腹した。彼が父親としての役割を奪われたと感じたせいで怒ったのかどうかは、何とも言えないね。しかしともかく彼は、グレーテを妊娠させたのだから、彼女と結婚できるつもりでいたのはたしかだ。メルカーは、グレーテの父親に抗議と怒りに満ちた手紙を書き、堕胎の罪で当局に通報するといって脅した。その怒りは、狡猾なグレーテが彼に、驚嘆に値する巧みなおとぎ話をすることでようやく鎮められた。

このとき、この娘の悪魔的で独創的な才能が開花した。グレーテがつむいだおとぎ話というのは、自分の母親とプレスラーが共謀して、食べ物の中に秘薬を混ぜたというものだ。彼女は、プレスラーからバイヤー夫人にあてた手紙と称するものをとりだした。そこでは、バイヤー夫人に、流産させるための必要な薬の量が指示されていた。

この手紙は、グレーテによる最初の偽造文書だった。現代犯罪学のさまざまな文献の中でも、特に驚くべき資料のひとつになっている。グレーテは、もちろんプレスラーの筆跡を見たことがあった。しかし、彼女がその偽造書簡をつくったときに、手元に現物のプレスラーの書いたものがあったわけではなかった。それでもこの、現在ドイツ警察の記録保管所に保存されている手紙は、他人の筆跡を偽装した文書としては、最高峰の完成度があるとされている。

この間、グレーテとプレスラーの婚約は、棚上げされていた。その不満足な状態に、短気なメルカーは苛立っていた。彼は激しく、彼女のプレスラーとの婚約に反対していた。グレーテは、メルカーをなだめるための画策を練り始めた。

すぐに彼女は、計画を思いついた。それは一見現実味が乏しいように思われるが、長い間成功し、もう少しで彼女の目的を実現させるところだった。

彼女は、プレスラーの妻としてまったく架空の女性をつくりあげて、〈レオノーレ・フェローニ〉と名付けた。そしてレオノーレ名義で自分に宛てた手紙を次々に書き始めた。その手紙で、夫に見捨てられた〈レオノーレ〉は、涙ながらにおぞましい夫の行状を綴って警告を発している。プレスラーはそこでは、無垢な若い娘を貪り食らうミノタウルスのごとき怪物として生き生きと描写されている。

ここでもまた、この娘の創造的才能が存分に発揮されていると言っておきたい。この、架空のレオノーレからの手紙は、厳密には偽造文書ではないが、グレーテ自身の筆跡とかけ離れていたばかりか、彼女の関係者の誰の筆跡とも似ておらず、首尾一貫して、一人の女性の筆跡を忠実になぞっていた。実際、それはまじり気のない創造的な行為だと言えるし、申し分なく巧みに考えだされ、実行されたものと言える。

メルカーはその手紙を、しめしめと満足心を覚えながら読んだ。恋敵のプレスラーの野郎め、これでどの顔さげてグレーテに求婚できるものかというわけだ。しかし、メルカーの満足感は長く続かなかった。しばらくしてメルカーは、このけばけばしい手紙が本物かどうかを疑い始めた。もっとも、確たる証拠があってのことではないがね。彼は、グレーテがプレスラーと結婚を望んでいるから、自分を捨てるつもりではないかと彼女を責めたてた。怒りをもってグレーテはその非難を否定した。メルカーに自分が二心がないことを信じてもらうために、最初の計画よりさらに奇怪な別の計画を彼女はすぐさま構想し始めた。

彼女が計画したのは、プレスラーに自分と婚礼の祭壇に進ませ、そこで彼に捨てられた〈レオノーレ〉を乱入させて、花婿の二股ぶりを劇的にあばきたて、重婚未遂の罪で彼を告発し、結婚式の場をめちゃめちゃにしようというものだった。そうすれば、プレスラーから多額の賠償金をせしめることができるとグレーテはメルカーに請け合った。そうして得た金で、グレーテと疑り深いハンスは、末永く幸せに暮らせるというものだ。

〈「しかしどうやってグレーテは、レオノーレとかいう架空の女性をつくりだそうとしたのか

な？」とマーカムが訊ねた）

彼女の計画は全部（ヴァンスはこたえた）一種の心理学的な妄想作用だった。グレーテが自分のうみだした幻想を本気で信じていたかどうか、それはぼくが心にいだいている疑問の一つだ。単に「虚言」というのでは、彼女の驚くべき創作力を表すには絶望的なまでに不十分なのはたしかだ。プレスラーの想像上の妻をでっちあげたグレーテは、つまるところレオノーレが実在であると考えるようになった。もし婚礼の場で、このような筋立てのメロドラマを現実に遂行せざるをえなくなったとしたら、彼女は疑いなく〈レオノーレ〉が現れなかったことを説明する別の物語をまたもでっちあげていたことだろう。

しかしじきに事態が変化した。グレーテは、自分がつくった大がかりな狂騒劇を推進する必要がなくなった、というかその機会が失われた。

一九〇七年四月、カストナーという名の、グレーテの母の伯父がフライブルクで死んだ。その遺品には、預金通帳七通、現金五百マルク、遺言状二通が入った鉄製の金庫があった。その遺言状の一つでは、カストナーの妹のシュレーゲル夫人をただ一人の遺産相続人として指名していた。もう一つの遺言状では、三千六百マルクを姪の娘のグレーテに与えると述べていた。

その数日後、グレーテの母がその金庫を預かり、シュレーゲル夫人がその鍵を預かった。互いに相手がぬけがけしないようにするための、一種の防衛的な契約行為だね。たしか、ドイツの民法にのっとった法的手順では、遺産相続の措置が完了するまでおよそ一ヵ月くらいかかるはずだと思う。

この当時のグレーテの暮らしぶりは、さながら万華鏡の反射する光のように千変万化していた。メルカーとの楽しい関係は続いていた。プレスラーとも時々会っていたものの、彼女の人生設計の中で彼は明らかに、二次的な位置しか割り当てられていなかった。

そして五月十四日、カストナー大伯父が先祖のもとに召されて三週間後、クルト・プレスラーの死体が家主の夫人によって発見された。通報を受けてただちに警察がかけつけた。

死者は、寝椅子《カウチ》にもたれかかり、目にナプキンを巻きつけられていた。一発発射されたらしい回転式拳銃が、彼の右手のそばに落ちていた。口から撃ち込まれた弾丸は、脳の後ろ側に埋め込まれていた。寝椅子のそばのテーブルには、二つのリキュール・グラスと、エッグ・コニャックのボトルがあった。

ケムニッツの警察医によって検死解剖が行なわれ、自殺との報告書が提出された。解剖に立ち会った内科医も、完全にその所見を支持した。故人が生前表明していた遺志に従い、遺体は火葬された。

プレスラーの死体があったそばのテーブルで、グレーテ・バイヤー嬢の宛名が書かれた封筒が、エッグ・コニャックのボトルにたてかけてあるのが見つかった。その中には、亡くなる五日前の日付の記された遺書があり、自分の持ち物を残らず愛しい婚約者に遺贈する趣旨の内容が記されていた。その手紙では、こうした行為をする自分を許してほしいとグレーテに懇願していた。妻にも家族にも、自分の遺産を請求する権利はなく、こうした仕方で人々と断絶する道を選んだ自分をもはや身内とはみなさいでくれとも書かれていた。

彼の遺品の中に、レオノーレ・フェローニからと目される手紙もあった。その手紙では、謎の女性が、プレスラーとの結婚生活を再度やり直したいとの意向を表明し、罪のないグレーテをあくどくも欺いた彼の行為を厳しく咎めていた。当局は、死者の行跡をほとんど知らなかったので、この手紙は疑問視されなかった。

プレスラーが死んだ日、グレーテとプレスラーの弟のオットーがそれぞれ彼の遺書を民事裁判所に提出した。オットーのみならず、プレスラーの母親でさえ、グレーテが提出した遺書が、真正なプレスラーの直筆に間違いないと宣誓した。そこでプレスラーがアパートに残したものは、みなグレーテの所有物になった。彼がその上で死んでいた寝椅子まで含めて……。その遺書も、復縁を求めるレオノーレからの手紙もともに、この才に長けたヒロインの精巧きわまる完璧な偽造であったことに関して、ここでわざわざ註釈を加える必要はたぶんないだろうね。

その十日後、今度はグレーテの亡くなった大伯父カストナーの金庫が公式に開かれた。カストナーの所有財産リストとつきあわせてみると、預金通帳一冊が行方不明で、三百マルク以上の現金が不足していることがわかった。その上、そこには第三の遺書があるのが発見された。それには故カストナー夫人によって書かれたと思われる署名が入っていた。その遺書は一九〇五年の日付が入っていて、自分の遺産は全部夫に残すが、夫の死後はその全額をグレーテに遺贈するというものだった。

ちょっとした調査が開始された。間もなく、見つからなかった通帳の預金は、〈エルナ・フォイト、旧姓カストナー〉と銀行でサインした若く魅力的な女性によって引き出されていることが判明した。その通帳は、亡くなる少し前に大伯父から送られたものだと彼女は説明していた。

この〈エルナ〉というのは、狡猾なグレーテのことに他ならない。銀行の窓口の者も、それがグレーテであると断言した。グレーテはあっさりとそれを認めた。彼女はひそかに蠟を用いて鍵の型をとり、金庫の合鍵を手にしていた。五月の初めに彼女は、カストナーが病に伏せっているその部屋で、金庫を開けて預金通帳と三百マルクを取り出していた。この行為自体が、グレーテの才気と冷酷さを雄弁に物語っている。

情状酌量をかちとろうとしてかグレーテは、極度に生活に困っていたシュレーゲル夫人から、金を盗むように強くせがまれたからだと説明した。盗んだ額は四千五百マルクで、すべてシュレーゲル夫人に渡した。寛大な慈悲心からなした善行であると。さらに彼女は、故プレスラーにその金をシュレーゲル夫人に渡すよう頼んだ。

一旦手をそめると徹底的にやらないと気がすまない性格のグレーテは、シュレーゲル夫人に宛てた数通の手紙を書き、それをこっそり夫人の机の引き出しにいれておいた。その後、シュレーゲル夫人のアパートを調査してほしいとグレーテが要求し、その要求通りに捜索が行なわれると、その手紙が発見された。その手紙は、盗みの全容を詳述したものであり、領収書をくれた夫人への謝辞も含まれていた。

領収書にあるシュレーゲル夫人の直筆サインは、本人でさえ自分が書いたのではないかと信じ込んでしまいそうになるほど完璧に似せられていた。グレーテは、シュレーゲル夫人の手紙を以前に一度だけしか見たことがなかったのに、あまりに巧みに夫人の筆跡を再現しているものだか

った。

(ヴァンスは黙考しながら微笑み、Régieに火をつけた)

とても残念なことだがね、マーカム。冷徹なドイツ警察《ポリツァイ》は、グレーテが語った感動的美談に深い疑惑の眼差しを向けた。六月二十七日、ドイツ警察は賢明にも、彼女の身柄を拘束することにした。

しかしグレーテは、まったく希望を失っていなかった。彼女はすぐに、メルカーに定期的に手紙を送りだした。獄中から無許可の手紙は出せないはずだが、彼女は、母親に託する洗濯物の中に手紙を忍び込ませていた。しかしながら、人助けをしようとして金庫の中のものを盗んだという、自分の無罪を証明しようとする書簡工作と偽造領収書作成は成功しなかった。シュレーゲル夫人は頑として、そうした件にはまったく心当たりがないと強く言い張った。

そこでグレーテはメルカーに手紙を書いた。そこで彼女は、事務処理をするような平然たる調子で、シュレーゲル夫人を、自殺に見えるやりかたで殺害するようメルカーに求めていた。夫人の死体のそばに残しておくようにと一枚の紙片が同封されていた。この紙片は、またしても見事にシュレーゲル夫人の筆跡を真似たものだ。その中でシュレーゲル夫人とされる書き手は、罪のない姪に盗みをさせるよう唆したことを告白し、この罪を公然と告白して恥を晒すよりは死を選ぶと述べている。グレーテは、どのように変装して夫人に近づき、どのように夫人を殺害すればいいかについて、細部にわたるまで玄人はだしの助言をメルカーに与えていた。もしメルカーが、この要求をかなえてくれなければ死を選ぶと言ってメルカーを脅迫していた。
しかしメルカーは、大事な我が身を危険に晒す意図はなく、彼女の頼みを受け入れなかった。メルカーのグレーテへの返信が警察に差し押さえられると、メルカーはすぐに、全計画を洗いざらい白状した。彼は、グレーテがカストナーの金庫から盗み出した金の大部分をせしめていたことを認めたので、窃盗の共犯として即座に逮捕された。

恋人が苦境に陥ったのを聞いて、グレーテは犯行を部分的に認める自白をした。金を盗み出したのは、自分単独でやったことであり、シュレーゲル夫人に送った手紙も領収書も、カストナー夫人の遺言書と同様、自分が偽造したものだと認めた。

その自白は、グレーテが初めて冒した戦術的な失敗だった。その自白は疑いなく、気弱なメルカーへの熱烈な愛情がもたらしたものだった。それは心から《イクス・アニモ》のものであって、頭から《イクス・カピテ》考えられたものではなかった。

グレーテの告白を聞かされて、あのプレスラーの遺書と遺した手紙と、妻と称する女性からの手紙がはたして本ものだったのかどうかという疑問が、治安判事の心に浮かんだ。取り調べを受けたメルカーは——大した色男だ——自らの窮状から逃れようとして、進んで警察の捜査に協力し始めた。彼は警察に、グレーテの書いた多くの手紙を渡した。その中には、プレスラーを殺害したことを事実上告白しているのも同然の手紙が含まれていた。

いまや法の網がグレーテを搦めとりつつあったが、それでも彼女は気落ちしなかった。気丈な娘だね。彼女は、新しいおとぎ話を紡ぎ始め、そこにはあの架空のレオノーレ・フェローニがはっきりと姿を現した。

その謎の女性が、不実な夫を殺害したことを告白する長文の手紙までもグレーテはうみだした。その筆跡は、以前虚構のレオノーレが書いたと目されていた手紙の筆跡と、完璧なまでに瓜二つだった。その手紙を彼女は獄中で、以前の手紙をまったく参照することなく書いた。マーカム、もしこんな才女が、グラフィックアートの分野にその才を活用していたら、と思わずにはいられないね。まあ、今は芸術に関する議論をしているわけではないのだが。

この新たな犯罪ドラマのシナリオに満足しなかったグレーテは、後でレオノーレが自分の想像の産物にすぎないことを認めた。今度はプレスラーが、自分が彼との結婚をきっぱり断ったときに、自分の面前で自殺したと主張した。グレーテは、プレスラーの遺書とレオノーレからの手紙を偽造したことも認めた。自分が心底嫌っていた男が、自ら命を絶ったのだから、そこから利益を得ていけないわけがないと思ったと説明した。

（ヴァンスはしばらくRégieをくゆらせ、話を続けた）

グレーテがでっちあげた、ロココ式の華美な物語がすべて、強迫神経症の性質を帯びているのはきわめて明瞭だね。でも、すべての芸術的な創造もまた、強迫神経症の産物と言えるのではないか？

一旦虚構の話をつくり始めると、グレーテはそれを止めることができなかった。その作り話が矛盾が見いだせず、疑われていないときでさえ、さらにそれを凝ったものにし、改善していこうという抑えられない衝動に彼女はつき動かされていた。だから、遅かれ早かれ、彼女がプレスラー殺しを自供するときがやってくるのは避けられないことだった。

治安判事は、心理学に精通した、明敏な紳士だった。彼は、グレーテに好きなだけ喋らせておいた。彼は、その話を妨げもせず、信憑性に疑いをさし挟むこともなかった。

判事の忍耐強さと明敏さは、十月初めになって成果をあげた。グレーテが自ら、プレスラーを撃ったことを認めた。情交を求めてきた彼を拒むことができずにそうしたのだと彼女は説明した。以前母親の指図通り、プレスラーを誘惑しようとしたとき、彼が古風なゲルマン的純潔を保ったことへの深い恨みが、いまだに彼女の中に巣喰っていたのは疑いがない。

殺し方に関するグレーテの説明は、予想されることだが、二転三転した。道徳的な意味での真実というものは、彼女には存在しなかった。最初彼女は、プレスラーにモルヒネを与え、眠らせてから撃ったと言った。次に、エッグ・コニャックに青酸カリを混入して飲ませ、五分後に倒れた後、その口に拳銃で弾丸を撃ち込んだと述べた。この創造力に富んだ文学作家は、自分の小説を改訂し、整理していた。

一九〇八年一月、グレーテは、ヴァルトハイム精神病院に精神診察のために送られた。これもまた予想されることだが、そこで彼女は、次々と途方もない物語をつむぎだしていった。創造力を全開させて奮闘したにもかかわらず、彼女は正常――責任能力ありと診断された。ただし、道徳的抑制力が著しく低いとも診断された。典型的な「専門家」の意見だね。創造的だが、歪んだグレーテの精神構造という本当の問題を放置した、意味のない所見だよ。

この期間グレーテは、唾棄すべきハンスに、情感に満ちた献身的愛情を捧げる実に美しい手紙をたくさん書いている――このことは、グレーテの興味深い異才を側面から照らすものだ。それが真実の感情の表出なのか、ロマンチックな想像力が単に発露されたものにすぎないのかは、また別問題だけれどね。

また、この時期に彼女は、ハイネの作といっても通用しそうな詩をいくつも書いている。いま一度、彼女の基本的才能がここで表れ出ているのを見ることができる。おそらく、一時的な現象だろうが、彼女の体液の分泌が正常に機能していたのだろう。

精神病院で彼女は、完全に幸せそうで、後悔した様子はなく、むしろ誇らしそうだった。彼女や、彼女のつむいだ物語に興味が向けられると、虚栄心が満たされるようであった。「興味深い症例」とレッテルを貼られることを心底から喜んでいる様子だった。

グレーテの裁判は――正確には二つの裁判があったのだが――六月にフライブルクで開かれた。まずカストナー大伯父の金庫に関する犯罪で、窃盗、文書偽造、犯罪教唆の罪で有罪となり、懲役五年の判決を受けた。その三週間後、プレスラー殺害と遺書の偽造の罪で再び裁判にかけられた。

その裁判の結果は、法律を杓子定規に適用した、滑稽な、記録に残る愚行例となっている。グレーテは両方の訴因で有罪とされ、次のような、理不尽な刑を言い渡された。まず、プレスラーをあの世に送った罪によって斬首刑。第二に、遺書偽造の罪により八年間の懲役刑。第三に、市民権の永久剝奪。

グレーテが切り落とされた首をバスケットにでも入れて、八年もの懲役刑をつとめあげるわけにはいかないという事実に、この裁判官はまったく思い当たらなかったのだろうか。しかも彼女が何かの魔法でも使って、首を切られた状態で自由になったらまずいということで、裁判官は、法律家特有のどこか現実離れした奇怪な論理プロセスによって、グレーテの市民権を剥奪しておくべきだという結論に到ったわけだ。

この現代のラダマンテュス（ギリシャ神話でゼウスとエウロペの子、黄泉の国の裁判官）の唯一の見落としは、法廷の担当官に毎年の素行報告義務を課さなかったことだろう。もし裁判官がイカポド・クレイン（アーヴィングの短編集『スケッチブック』の主人公）の話を知っていたら、その命令まで出していたかもしれない。

メルカーに対する起訴処分は、証拠不十分のために見送られた。監獄から釈放された彼は、歴史の舞台から完全に姿を消した。その後の彼の消息についての記録は伝わっていない。ありがたや《ゴット・ザイ・ダンク》。

グレーテは最後の日々を、平穏に過ごしたという。恐れも悔悟《かいご》の念も見せることはなかった。実際のところ彼女は堂々としていて、陽気そうだった。死の直前の、当人にとっては恐ろしいはずの処刑の準備が着々と進められているときでさえ、彼女はその気丈さを保った。

一九〇八年七月二十三日、死刑執行人の斧によって、知略策謀に長けた彼女の頭部は切り落とされた。その処刑人は、金髪を偏愛していたらしい。

奇怪で理解を絶する事件だね、マーカム。この事件に残された膨大な記録を調べていくと、グレーテに関するすべての事柄が実際のところ疑わしく思える。おそらく彼女がプレスラーを殺害した事実だけは確かだろうが、その動機さえもが実ははっきりわかっていない。彼女の衝動、性向、両親への感情、プレスラー、メルカーに対する感情——どれひとつとっても、絶対確実と断言できるものがない。それは、彼女が世間に対して嘘をついていたのと同様、自分自身に対しても、終始もっともらしい嘘をつき続けていたからだろう。

実際、グレーテが自発的に自白しなかったならば、はたして彼女が有罪となっていたかどうかは、疑問の残るところだ。プレスラーの偽装自殺を演出した彼女の最初の工作は、誰も見破ることができなかったはずだ。プレスラーの偽造遺書は、あまりに巧妙につくられていて、遺族がみな本物であると認めていたくらいだから。

グレーテが捕らえられて罰せられたのは、あらゆる真正のエゴイストを特徴づける、あの極端な楽天主義のために他ならない。彼女は、自分の勝利と成功を、自分一人の秘密にとどめておくことができなかった。「それを見せびらかしたい衝動」には抗しがたいものがあった。もっとも、この「見せびらかしたい衝動」が、あらゆる創造的な芸術の根本的な推進力ともなっていると言えるのだけれどね。

探偵小説論

現代の書評家たちには、すべての小説を単一の文学的尺度で測ろうとする傾向がある。その尺度とは、実際のところ、明らかに、想像力たくましく永続的な価値をもつ偉大な文学作品の系譜に名を連ねようと試みる小説群にのみ用いられるべきものである。すべての小説が、そのような栄えある系譜に加わろうと望んでいるわけではないことは明白だ。したがって、小説家が意図的に無視している尺度で、その小説作品を測ろうとするのが不当なのは火を見るより明らかだろう。純粋な娯楽《エンタテインメント》小説は、知的あるいは美的な刺激をもたらす目的のために書かれた小説とは別のカテゴリーに属する。そういった小説は、ほんの一時の気晴らしや慰めを旨として織りなされたもので、あらゆる深い芸術的関心を回避している。純粋に娯楽のために設計された小説と、文学的な小説は、総じて、まったく異なる衝動から生まれるものだ。両者は、その目的において、共通性をもたない。その基礎となる精神的な態度が、まったく相反するものだからだ。前者は率直に、浅薄であることを包み隠さず、後者はつとめて深遠であろうとする。だから両者が到達するところもまったく正反対である。両者が心理的にアピールするところも、まったく無関係だ。実際、どちらも、互いの目指す目的を入れ換えて果たすことはできない。どちらも読む読者は、知的な葛藤なく両者をともに楽しむことができるが、一方で他方を代用することはできない。同じ規則で両者を測ろうとするいかなる試みも、町の踊り子ショーをシェイクスピアの演劇と同じ基準で批評しようとするのと同じくらい馬鹿げている。あるいは、最高のグランド・オペラを評価するのと同じ尺度で、巷のミュージカルを評価しようとするようなものだ。シュニッツラーの『アナトール』でさえ、ハウプトマンの『職工』に対するのと同じ批評精神の枠組《フレーム》で評することはできないだろう。あるいはサリヴァンの『ミカド』や『ピナフォア』が、ヴァーグナーの『パルジファル』や『マイスタージンガー』といった音楽の聖典と厳密に同等に扱われたら、著しく不当な扱いをされていることになる。絵画の世界でも、この原則はあてはまる。ジャン・ルイ・フォランやドガは、ミケランジェロやルーベンスの絵画と同じ審美的基準で判定されるべきではない。

ポピュラーなあるいは軽い《ライト》小説には、四つの明確なジャンル領域がある。すなわち、まず恋愛小説《ロマンチック・ノベル》は、若々しい恋愛を扱い、たいてい結婚式や、婚姻を確約する抱擁で幕を閉じる。第二に、冒険小説は、身体を使ったアクションや危機シーンを主要構成要素とする。その中には、海洋物語、西部劇、アフリカの未踏地帯などに踏み入る秘境小説などがある。第三に、ミステリー小説である。ミステリー小説の劇的なサスペンスは、大団円まで明かされない隠された諸力によって生みだされる。外交上の秘密を扱うスパイ小説、国際陰謀小説、秘密組織、犯罪、偽科学などを扱う類の小説である。そして第四に、探偵小説《ディテクティヴ・ノベル》がある。

これら四タイプの小説はしばしば中身が重なり合い、ときにはその主題があまりに混じり合っているものだから、その小説が第一義的にどのジャンルに属しているのかまったくわからない場合もある。けれども、たとえそういった小説が、他ジャンルの方法論やアピール性をとりいれることがあるにしても、さらには他ジャンルの素材を取り込んでしまうことがあるにしても、概して、これらのジャンル作品は、その特化された主題を追求し、そのジャンル内で成長・進化している。

これら四ジャンルの娯楽小説のうち、探偵小説がもっとも若く、もっとも複雑で、もっとも構成が難しく、一番はっきり他と区別される。実際、探偵小説は、ほとんど独特で、小説を構成するより一般的な特徴を別にすれば、他の三ジャンル――恋愛小説、冒険小説、ミステリー小説と共通性をほとんど持たない。ある意味、探偵小説は、ミステリー小説から派生し、高度に特殊化したのはたしかである。しかし、一般読者が想像するよりもはるかに、ミステリー小説と探偵小説の隔たりは大きい。

探偵小説の厳密な起源がどこにあるか、我々は頭を悩ませる必要はない。十九世紀の前半か、あるいはおそらくもっと古い時代の多くの書物の中に、探偵小説の萌芽《ほうが》めいた要素があれこれ見いだせるのは疑いがない。他のあらゆる大衆芸術と同様に、その起源は曖昧で混沌としている。しかしながら、今日我々が知っている探偵小説の真正なる創始者はE・A・ポオである。探偵小説の進化は、ポオの作品――「モルグ街の殺人」(一八四一)、「マリー・ロジェの秘密」(一八四二)、「黄金虫」(一八四三)、「盗まれた手紙」(一八四五)から始まった。この四つの物語において、新しい独創的なフィクションの娯楽作品の型が生まれた。その後探偵小説の構造は洗練され、その方法論は変化し、その主題対象は拡張し、その技術性は発展したけれども、ポオの四作品は、今日でも、探偵小説のほぼ完璧なモデルとしてとどまっているし、未来においてもそうあり続けるだろう。なぜなら、探偵小説の根本的な心理的性質、すなわち探偵小説がもっともアピールする本質の核は、このポオの特殊な小説形態のうちに、生命を得て原動力を持っているからである。交響曲をつくろうとする者がハイドンの形式を無視できないように、あるいは、印象派の絵を描こうとする実践的な研究者がモネやピサロの画業を無視できないように、今日探偵小説を書こうとする者は、ポオの根本的な形式を無視できないのである。

ポオの後二十年ほど、ポオの影響がとても強かったフランスで主に、探偵小説を書こうとする散漫な試みがなされたが、ほとんど成果をあげなかった。ガボリオの『ルルージュ事件』(一八六六)の出現によってはじめて、探偵小説は初めて躍進へと偉大な一歩を踏み出した。この作品は、ガボリオの最初の探偵小説で、その主人公ムッシュ・ルコックが、ポオのオーギュスト・デュパンの後継者にふさわしいことを証明した。もしポオを探偵小説の父と呼ぶなら、ガボリオはたしかに、最初の有力な教師である。ガボリオは、探偵小説を長編化し、その内容を複雑にこみいったものにした。ガボリオが一八七三年に亡くなり、死後の一八七四年に『他人の銭』が刊行されたときには、探偵小説は、ジャンルとして決定的に推進力を得ていた。この五十年の間に、探偵小説は、小説分野において、明確な、高い人気のある地歩を占めたのである。一八七八年にアンナ・カサリン・グリーンの『リーヴェンワース事件』が出た。この作品の重要性は、このジャンルの内実的進化に貢献したというよりむしろ、このジャンルの大衆的人気をひろげた影響力にあった。ロルフズ夫人(アンナ・カサリン・グリーンの本名)による『リーヴェンワース事件』や、他の多くの探偵小説は、冗漫で、構成も内容も出来は芳しくない。グリーンの小説が大量に売れたのは主として、当時英語圏では、この手の小説が不足し欠乏していたことと、このジャンル形式に対して大衆があまり親しんでいなかったことからくる。その当時はフランスの方が、探偵小説の肥沃な土壌だった。

一八八七年の『緋色の研究』と一八八九年の『四つの署名』の登場で初めて探偵小説は、ガボリオを決定的に超える進歩を遂げる。これらの長編と後のシャーロック・ホームズ物語によってコナン・ドイルは、探偵小説を満開の成熟期へと導いた。ドイルは、ポオによって建てられ、ガボリオによって強化された記述方法と心理技法の基盤を忠実に踏襲し固守した。しかしドイルは、探偵小説から多くの古い装飾を取り去り、新しい装いを与え、いくつもの新しい構築的な技法を開発した。ドイルにおいて探偵小説は、純粋な結実と呼べるところに達したといえる。過去二十年間の探偵小説の多くの変化や発展は、大体が細部にかかわるものだ。方法論を入れ換えるとか、記述方法に工夫を凝らして変化させるとか、要するに短く言えば、現代のモードに合わせることだ。

しかし探偵小説のような、活気があって、流行に敏感で、変化の激しいジャンルにあっては、この現代的なモードは、きわめて重要である。ファッションの流行でロングスカートとショートスカートが違うのと同じくらい、探偵小説でも、古い形式《ファッション》と、現代的で新式《アップトゥデート》なものは決定的に隔てられている。シャーロック・ホームズの物語は、今や古びて時代遅れだ。探偵小説ジャンルでは、より進歩した、時代に呼応した生き生きした作品が、今やホームズ物語にとってかわっている。現代の探偵小説の愛読者たちは、いまガボリオを夢中になって読むのは難しいだろう。探偵小説《ロマン・ポリシエ》のパイオニアであるガボリオの最高作といえる『ルコック探偵』や『書類百十三号』にしてさえもそうである。ポオの四つの分析的な物語も、研究家には貴重な宝庫だが、一般的な探偵小説読者が気晴らしのために読むのには不向きである。「黄金虫」のロマンチックで冒険物語めいた雰囲気は、いまや探偵物語からは一掃されている。「モルグ街の殺人」の長い導入部（まるで『ソクラテスの弁明』のようだ）や、「マリー・ロジェの秘密」の不要に長い記録収集は、現代の探偵小説読者には、苛立たせる夾雑物《きょうざつぶつ》でしかないだろう。四作の中でもっとも出来がよく安定している「盗まれた手紙」にしても、いささか重苦しく長たらしい哲学と数学の分析的記述がある。今日の探偵小説愛読者には、それらはあまりにテンポが遅すぎ、大仰で荘重にすぎる。

もしわれわれが、現代文学において探偵小説が占めるユニークな位置を理解しようとするなら、まずその特殊なアピール性を規定すべくつとめるべきである。というのも、探偵小説の特殊なアピール性は、他の娯楽小説ジャンルのそれとは基本的に無関係だからだ。では何が探偵小説をして、社会のあらゆる階層に熱心な読者をもたせているのか？　他の娯楽小説をあえて読む労をとることはないのに、探偵小説だけを読む読者はこんなに大勢いる。ウッドロー・ウィルソンやルーズベルトのようなアメリカ大統領、大学教授、政治家、科学者、哲学者、あるいは他の真剣で進歩した知的な生活の問題を扱う人々が、なぜ他のあらゆるベストセラー小説を素通りして、気晴らしと息抜きのために探偵小説を読むのだろうか？

その答えは、私の信じるところでは、単純なものだ。探偵小説は、通常の意味では文学作品に属さない。むしろそれは、なぞなぞやパズルの領域に属するものだ。探偵小説は実際、小説の形式で書かれた、複雑化し長大化したパズルだ。探偵小説が幅広い大衆的な人気と関心をかち得ているのは、根本的かつ本質的に、クロスワード・パズルが人気と関心を得ているのと同じ理由からだ。実際、クロスワード・パズルの構成とメカニズムは、探偵小説のそれとそっくりだ。どちらにも解かれるべき謎がある。その解決は純粋に、知的なプロセス、すなわち、分析と、一見無関係に見えるピースをまとめあげること、諸要素の解明、そしてある程度までは推量によってなされる。解決への道しるべとなるのは、回答者を導く、一連の部分的に重なりあう手掛かりだ。それらの手掛かりは、ぴったりと場所にはまるときには、さらなる解明へとすすむべき道を照らしだす。最終的な回答が得られたときには、クロスワード・パズルも探偵小説も、細部の一切が、緻密に織りなされた織物のように、相互に連関しあって完全な一体をなしていることがわかる。

真の探偵小説に創造の霊感を与えるのは、メカニカルな衝動であることには確固たる証拠がある。それは探偵小説の創始者の支配的な、知的傾向と呼んでよい事柄を考えてみるとよくわかる。ポオは、科学的な実験性という考えに取りつかれていた。ポオの分析能力は、彼の批評や、詩の技法に表れている。その能力が、「メルツェルのチェス・プレーヤー」を生み、「自著に関する一章」での、特異な筆跡の思弁的な分類へと彼を導き、「暗号論」の暗号や暗号作成をもたらし、暗号の埋め込まれた詩を作らせた。既に言及した四つの分析的な物語は、つねに彼を魅了していた観念と問題を文学的に発展させたもの、あるいはその方法論を文学に適用したものにすぎなかった。「黄金虫」は実際のところ、「暗号論」をフィクションの形式で呈示したものにすぎない(ついでに言えば、ポオ以降、解決を暗号に隠した探偵小説の数は、山ほどある)。

知的な活動ほど刺激的なものは他にない。知性の冒険ほど興奮させるものは他にない。人類はいつの時代も、謎解きが求められる知的な体操を大いに楽しんできた。あらゆる時代を通じて、パズルは人類の主要な玩具だった。しかし、問題の解決を冷静に待つことと、解決につながる一連のステップを辿り、わくわくしながら能動的に謎解きに参与することの間には、大きな隔たりがある。概して、恋愛小説、冒険小説、ミステリー小説といった軽い読み物では、読者はただ、著者が、もつれた出来事や謎めいた諸事象の絡み具合を解きほぐしてくれるのを待つしかない。謎が解明されたり、物事が収束するまでの間に、読者は与えられた記述を通して、どきどきし、驚き、はらはらし、感情が上がり下がりするほど心をとらえられるのは本当だ。ふつうの小説は、読者を楽しませる点では、大概こうした補助手段に頼っている。しかし探偵小説においては、あとで説明するように、こうした特性は、効果のないものとして役割をひどく減らされるか、完全に抹消されている。読者は即座に仕事にとりかかり、各章ごとに、その作品の謎を解決するという作業に従事している。読者は、いかなる謎の解明に参与する場合も、それとまったく同じく、問題の展開へも参与しなければならない。

この魅力の特異性のために、探偵小説は、他のすべての小説のタイプの進歩とは無関係にみずからの道を歩んできた。探偵小説は、独自の尺度をもち、独自の規則をうちたて、その伝統遺産を尊重し、独自の隘路《あいろ》を進んできた。自らの形式、技法とともに、その構成要素をも探偵小説は創りだした。こういったすべての事柄は、探偵小説の特化した目的と、自らの特殊な運命のために必要だった。その進化の過程で探偵小説は、他の小説ジャンルからどんどん遠ざかり、今日では、ふつうの大衆小説が基盤としている諸原則とは、実際のところ相反するようになっている。

探偵小説には、現実感《リアリティ》がきわめて肝要である。探偵小説のプロットをリアルな現実世界から引き離して、ファンタジーの環境に移植する試みが何回かなされたが、ことごとく失敗している。日常生活のうんざりする現実性から逃れさせてくれる〈スペインの城〉といった作品世界は、ふつうの大衆小説には魅力を賦与《ふよ》し、一読の価値を与える。しかし探偵小説の目的――解決をまざまざと体感できる精神的な報酬――は、迫真性がつねに付随しないと見失われてしまう。ほんの些細な非現実感が、謎への興味を減じさせ、読者が謎解きに頭を悩ませるのは徒労であると感じさせる。だからこそ、クロスワード・パズルで用いられる言葉はみな現実的な日常語ばかりだ。それらの言葉を正確に埋めることで、ある種の教育的な効果、もしくは少なくとも労に報いると思わせる効果が得られる。新しい造語や純粋な語呂合わせから造られた言葉から成る《トリック》クロスワード（ease《イーズ》の代わりにe's――e,e,e,e,――を用いたり、eyes《アイズ》の代わりにi's――i,i,i,i,――を用いたり、use《ユース》の代わりにu's――u,u,u,u,――を用いたりして、四つの升目を埋めさせるような形式のパズル）は、決して大衆人気を得なかった。そういうパズルが受けないのは、いわば言語的なリアリズムが消失しているからである。『矢の家』は、英国の最良の探偵小説の一つと目されるにふさわしい作品であるが、その著者のA・E・W・メースンはどこかで、デフォー（『ロビンソン・クルーソー』の著者）には完璧な探偵小説が書けたろうと言っている。メースンが言っているのは、デフォーにはリアルな作品世界を創造できる卓越した能力があったということである。

このリアリズムの法則は、ふつうの文学作品に、さまざまな情動的圧力をもった舞台装置がなぜ伴っているのかを説明する。ここでもまた、探偵小説は、他の小説ジャンルと異なっている。

最低限の現実感の達成は別にして、描写的、心理的意味での雰囲気は、このタイプの物語には占めるべき場所がない。読者がひと通りプロットの疑似的現実性を受け入れたなら、読者の精力は（作中の探偵と同様に）謎に取り組むことに向けられる。探偵小説のムードは知的なものであり、雰囲気が介入しては気分を逸らされるだけとなる。雰囲気は、ポオの「アッシャー家の崩壊」やスコットの『アイヴァンホー』のような恋愛小説や冒険小説、または、たとえばヘンリー・ジェイムズの『ねじの回転』やブラム・ストーカーの『ドラキュラ』のようなミステリー小説に属するものである。

しかしながら、探偵小説の背景は、著しく重要である。そのプロットは、その現場にあった出来事の実際の記録のように見えなければならない。現場に通じ、それが実際にあったらしいと思えることは、読者に安心感と自由の感覚を与え、プロットの諸要素をその目的（読者の目的であると同時に作者の意図でもある）にかなった仕方で扱うのに資する。奇妙で非現実的な条件や行動様式に妨げられると、物語の解決への読者の参与は制約され、その帰結への読者の関心は減じられる。探偵小説は概して、その人間的、地理的条件双方になじみがない外国ものよりも、その小説が生まれた国において一層人気を得る。イギリスとアメリカの間に、習俗や警察の捜査方法、精神的・気質的特性の相違があるにしても、無論それは、アメリカとフランスの間の相違ほどには大きくない。現在、イギリスとアメリカの探偵小説には、さほど際立った差異は認められない。しかし、多くのフランスの探偵小説の秀作は、合衆国での売れ行きは芳しくない。ガストン・ルルーの『黄色い部屋の謎』、『黒衣婦人の香り』、『夜の秘密』は、探偵小説の中で最善の作例に属するのに、その背景が外国であるために、わが国では作品にふさわしいだけの好評を得なかった。しかし、同じ著者による純粋なミステリー小説である『オペラ座の怪人』は、わが国でも大成功をおさめた。それは主として、舞台に全然なじみがないことからくるもので、ルルーの探偵小説がわが国では成功しなかったマイナス要因が、『オペラ座の怪人』においてはプラスに働いたのである。

探偵小説におけるキャラクター描写もまた、ふつうの小説を支配する法則とは外れたところにある。探偵小説におけるキャラクターは、あまりに中性的で無味乾燥であってはならないが、同時にまた、あまりに十全に詳細に描写されてはならない。探偵小説のキャラクターは、読者にもっともらしく思わせ、作者から与えられた性格設定から完全に逸脱する言動さえなければ、こと足りるのである。細密に描かれたキャラクター描写や、不要なまでに長々しい気質の綿密な記述は、どんなものであれ物語の構成上の邪魔物でしかない。逆に、安っぽい犯罪スリラーものの自動人形のようなキャラクターは、こみいったプロットを解きほぐそうとする読者の熱意を削ぐ。〈文学的〉な探偵小説の、精緻に織りなされた人物描写は、読者の頭脳を分析に働かせることを妨げ、探偵小説の本質から外れた考察へと注意を逸らせてしまう。諸君らがこれまで読んだ出来のよい探偵小説のことを思い起こし、誰か記憶に残る人物（探偵自身は別にして）を思い出してみたまえ。その人物は、読書の最中には、諸君の共感をひきつけ、彼らの問題を解決しようと駆りたてるのに充分なだけの精彩と現実味を備えていたことがわかるだろう。

探偵小説の文体は、シンプルかつスムースで、つっかえないようにしなければならない。叙情的記述や暗喩、絵画的描写に満ちたいわゆる〈文学的〉な文体は、ロマンスや冒険の小説には活力を与えるかもしれないが、探偵物語においては、読者の精神を単なる事実の記録（それが本来の関心事であるべき）から逸らし、本質的でない美的な魅力に注意を向けさせ、ストーリーの流れを停滞させる。かと言って探偵小説の文体が、無味乾燥な法律文書のようなものでなくてはならないとか、商業用の型通りの記録文書のようなものでなくてはならないと言っているわけではない。そうではなく、探偵小説の文体は、デフォーの文体のように、飾りのない迫真性をうみだす機能の範囲にとどまるべきだということである。探偵小説の文体に凝ることは、クロスワード・パズルを、ガラモンド式のイタリックや、クロイスター・カージブや、旧カスロン・スタイルのスワッシュ文字で印刷するのと変わるところがない。

探偵小説のプロットの素材はありふれたものでなければならない。実際、都市部の日刊紙の第一面を見てみれば、ほとんど毎日、この手の物語に見合った題材がいくつも見つかる。主題の非日常性、怪奇性、空想性、奇怪さは、多くの場合好ましくない。ここでもまた探偵小説には、ふつうの大衆小説に一般的に適用される法則と正反対の法則が見いだされる。プロットの独創性や突拍子のなさは、冒険小説やミステリー小説にとっては、主要な興味になるかもしれない。探偵小説の作者に課せられた課題はまたしても、クロスワード・パズル製作者が直面するのと同じ課題である。つまり、身近な素材を使っていかに難しい謎をつくりだすかである。探偵小説の技量の度合いは、それらの素材をいかにうまく組み合わせるか、手掛かりをいかに巧妙に提示するか、最後まで伏せられる解決がいかにフェアーに描かれているかにある。

それに加えて作者には、行動の厳格な倫理コードが課せられる。作者は決して故意に読者をだましてはならず、創意工夫によってのみ成功しなければならない。読者を誤導する目的で贋の手掛かりを持ち込む拙劣《せつれつ》な作者のやりくちは、クロスワード・パズルの作者が言葉に贋の定義を与えるのと同様の詐欺行為である。活字として記された言葉は常に真正でなければならない。読者が本を読み返したときに、真相はつねにそこにあり、充分な鋭敏さを備えていたら、それを把握できたことを見いだすだろう。あらゆる種類のトリック、欺瞞、無理矢理なこじつけが、読者を混迷させるために総動員された時代があった。しかし、探偵小説が発展し、まっとうな謎解き物語への要求が増えるにつれて、そういった方法はすべて廃棄された。今日、そういった方法は、この型の小説でももっとも安っぽい、取るに足らない作例の中で見つかるだけである。

　探偵小説の中心人物である探偵自身において、おそらく、この犯罪謎解きものの最も重要で特有な要素が見いだされる。探偵を文学的に正確に位置づけることは難しい。というのも、他の小説ジャンルにおいては、探偵に対応するものが見つからないからだ。探偵は、物語のもっとも重要な人物であり（単に一面的な資格で関与するにすぎないが）、作者の投影であり、読者の視線を担うものであり、プロットのデウス・エクス・マキーナ（機械仕掛けの神、物語を司る超越的役割を担う）であり、謎を掘り下げる人物であり、手掛かりの提供者であり、最終的な謎の解明者であるという役割を同時に一身に兼ね備えている。その作品の生命は、探偵のうちに存し、物語の生命は、探偵の外に存在する。程度は落ちるものの、探偵は、ギリシャ演劇のコーラスである。すべての秀でた探偵小説は、その主役として、高度に魅惑的な才能をもち、人をひきつける吸引力をもった人物をもっている。

その主人公の探偵は、人間的であり、非凡で、色彩豊かで、天分に恵まれている。道化師、不器用者、堅ぶつ、自動人形――そういったキャラクターを探偵に起用することはことごとく失敗している。他の面では間違いなく有能なのに、探偵を独創的なキャラクターにしようとする探偵作家が、この心理学的状況を正しくよみとれず、盲目の探偵とか、婦人捜査官を登場させて、後になって、なぜあの新機軸が失敗したのだろうと訝っていることが時々ある。より成功した探偵小説はきまって――ほんのわずかな、すぐに思い出せる名前だけあげるが――、C・オーギュスト・デュパン、ムッシュ・ルコック、シャーロック・ホームズ、ソーンダイク博士、ルールタビーユ、ベンティロン博士、フュルノー、ブラウン神父、アブナー伯父、リチャード・ハネー、アルセーヌ・ルパン、プリーストリー博士、ジェファーソン・ヘイスティングスといった人物を主役にもっている。これらの人物が登場する小説がすべて、無条件に真正の探偵小説の部類に属するとは限らない。しかしどの物語も、広い意味で探偵小説に分類されるとしてよい充分な要素がある。さらに、これらのオイディプス（主役の意）たちが、あらゆる場合に、本物の探偵というわけではない。あるものは医学博士であり、あるものは天文学の教授であり、あるものは軍人であり、あるものは改心した悪漢である。しかし彼らの職業は問題ではない。この型の小説では、《探偵》という呼称は、役割上の総称として用いられる。

さて探偵小説のおそらくはもっとも際立った特徴が指摘される段階にいたった。それはムードの統一性である。確かにムードが一貫していることは、あらゆる小説にとって望ましいことではある。しかし、探偵小説以外のふつうの大衆小説――恋愛小説、ロマンスもの、冒険小説、驚異と神秘のミステリー小説――では、いろいろなムードが密接に絡み合い、互いに混じり合い、また入れ替わっても、興味の糸を断ち切らずにすむ。一方、探偵小説では、興味の主眼は、知的な分析と難題の克服にあるので、純粋に情感的なムードが介入すると、場違いの感じを与える。むろん、それらのムードが、方程式の整数であり、中心的テーマに付随したものであれば話は別である。たとえば、すぐれた探偵小説のどれをとっても、恋愛の興味は見つからないだろう。シャーロック・ホームズが、甘ったるいムードで、婦人の手を取り、陳腐な口説き文句をささやく場面は想像不可能だろう。探偵が肉体的危険を伴う、長期にわたる冒険にかり出されると、読者はいらだち、主人公が再び手掛かりを分析し、動機を探索するべく安楽椅子に戻ってくるまでやきもきしている。

このことに関係して、映画界が探偵小説を映像化してこなかったことは意義深い。探偵小説は実際、ただひとつの、映像化できないタイプの小説である。大衆小説の映像化の試み――すなわち、視覚的映像として物語を提示すること、あるいは、言葉によって描かれた絵を視覚化することと言ってもよいが――は、探偵小説に適用されると木っ端みじんになってしまう。探偵物語を撮影するにあたって映画監督が直面する困難さは、クロスワード・パズルを映画化するときに直面する困難さとほとんど同じである。探偵物語をスクリーンに移植しようとする唯一の真摯な試みは、『シャーロック・ホームズ』の場合だけであった。その努力は、探偵がおこなう推理の要素を極限まで切り詰め、探偵物語には場違いな劇的な冒険的ファクターをあらゆる手段によって強調することによって初めて可能となった。すぐれた探偵小説には、伝統的な意味でのドラマも冒険もロマンスも含まれていないからである。

アメリカがこの種の探偵小説を発明したにもかかわらず、その主要な発展はフランスでなされた。フランス人の気質は、探偵小説の微妙さと精密さに特別にうまく適応したと見える。しかし興味深いことに、後年、イギリスが、探偵小説の進化において重要な国となる。いまやアメリカも、その前線に追いつこうとしている。しかしながら他のヨーロッパの国々は、この種の娯楽小説の生産に関しては、英仏両国よりはるかに後れている。ヨーロッパ大陸では、探偵小説が幅広く読まれているにもかかわらず、探偵小説におけるドイツの努力は実を結ばず、重苦しい。ロシアはあまりにゾラ的な自然主義にそまりすぎて、探偵小説のような純粋な人工的文学に興味を示さない。イタリアの創造的精神は、探偵小説の独自のムードを保てるほどには充分に成熟した精神になりきれていない。しかし北欧諸国には、じきに英仏両国の有力な競争国になることを示す有力な徴候がいくらかある。フランク・ヘラーの筆名をもつスウェーデンの作家は、《コリン氏》――大陸のラッフルズとでも言うべき――の業績を物語るいくつかの小説を刊行し、そのうちの何作かは英訳されている。しかしながらこれらは真正の探偵小説ではなく、その萌芽が見受けられるというだけである。しかしこれらの作品は、疑いもなく、北欧の国々が、ポオ‐ガボリオ‐ドイル路線に向かう傾向を示している。

イギリスの探偵小説が、アメリカの探偵小説よりも決定的にすぐれている理由は、イギリスの小説家が、わが国の小説家よりも真剣にこの種の小説に取り組んでいることに由来する。イギリスの現代作家の一流の人たちが、ときおりこのジャンルに手をつけ、より真面目な小説と同等の誠実な努力をこれに注いでいる。アメリカの小説家が、この種の小説を書こうとするときは、軽く見て不用意にことにあたり、その主題に精通するだけの時間をかけることは滅多にない。探偵小説は安易で、その場限りの文学作品であるという見当違いのもとに仕事をし、その結果は惨憺たるものとなる。わが国では、以下のような、イギリスのすぐれた探偵小説に比肩できるものが見当たらない。A・A・ミルンの『赤い館の秘密』、A・E・W・メースンの『矢の家』、G・K・チェスタトンのブラウン神父の連作、ハリントン・ヘクストの『誰が駒鳥を殺したか?』と『テンプラー家の惨劇』、イーデン・フィルポッツの『赤毛のレドメイン家』(ところでハリントン・ヘクストとイーデン・フィルポッツは、同一著者とみなして正しいのだろうか?)、フリーマン・ウィルス・クロフツの『樽』、E・C・ベントリーの『トレント最後の事件』、フィリップ・マクドナルドの『鑢《やすり》』。ここでは、急速に増加しているイギリスの探偵小説の宝庫の中で、ごく最近のものをほんの数作あげただけである。

探偵小説を習慣的に読む読者は、この四半世紀の間に、その技法や手段について一家言のある批評家のようになった。映画マニアと同様に、探偵小説読者もまた、ある種の専門家のようなものとなり、お気に入りの探偵小説で用いられるさまざまな技法や方法に精通するようになった。読者は、その探偵小説が旧式かどうか、そのトリックが使い古されたものかどうか、その謎解きのアプローチに独創的な要素があるかどうかをただちに嗅ぎわける。つねに変化発展してやまぬ規則に照らして、それを判断する。読者側がそれだけ小うるさくなったために、作家の側は、より厳格な形式と、さらなる大きな独創性を課せられることになる。昨日の流行と発明は、無能で無知な作家以外にはもはや用いられない。

現代の最悪の探偵小説の一つであるウォルター・S・マスターマンによる『間違った手紙《ザ・ロング・レター》』に寄せた序文で、G・K・チェスタトンは、今では古びてしまった多くのトリックのリストを掲げてこう言っている。

「彼（マスターマン氏のこと）がしない事柄が、今日いたるところでなされて、真の探偵小説を破壊し、この厳正で楽しみに満ちた芸術形式を損なっている。彼は物語の中に、世界中のいたるところに支部をもち、命じられれば何でもする悪漢をかかえ、必要とあれば誰でも隠せる秘密の潜伏所をたくさん持っている目に見えない巨大な秘密組織を持ち込まない。彼は、古典的な殺人や窃盗の純粋な愛すべき輪郭を、国際的な謀略戦の汚い煤けたレッド・テープでぐるぐる巻きに飾りたて、傷つけることをしない。彼は、崇高な理念をもった犯罪を、外交上の鍔迫《つばぜ》り合いのレベルに引き下げたりしない。彼は、物語の終局で突然、容疑者と瓜二つの兄弟をニュージーランドから連れてくることをしない。犯罪を追求する物語の最後の一、二頁になって急に、微塵も犯人とは疑われないほど記憶にとどまらず背景に沈んでいる端役の人物を犯人に仕立てたりしない。彼は、善玉か悪玉か見分けるのが困難な人物の善悪を判別させるために、主人公の御者とか、悪漢の従僕をだしに使ったりしない。彼は、私的な犯罪の責任を負う人物として、職業的な犯罪者を持ち込んだりしない。そのようなことはフェアプレーを旨とするスポーツマン精神にまったく相反することであり、いかに職業主義がわれわれの国柄であるフェアプレー精神を損なっているかの証左の一つである。彼は、ひとりが短剣をもってき、もうひとりがその短剣を突きつけ、さらに別のひとりがそれを突き刺すといったやりかたで、たった一つの殺人を細かなパーツに分割して、それぞれを六人もの人間が連続して行なうといったことをしない。すべてが事故だった、間違いだったという仕方で、誰にも殺人の意志はなかったとして、きわめて人間的で人のよい読者を心底がっかりさせることをしない……」

だが奇妙なことに、この『間違った手紙』の著者は、チェスタトン氏が列挙したいかなる事柄よりもはるかに酷く、さらに許しがたいことをやっている。彼は犯罪を追求して、探偵自身を犯人に仕立てている。このようなトリックは、新しくもなく、正当でもない。読者は、自分より巧《こう》緻《ち》な頭脳の持ち主によってフェアプレーのもとでいっぱい食わされたと感じず、自分より知性の劣る書き手によって、故意に嘘をつかれたと感じる。

最後に、探偵小説の本来のテーマについて一言しておくべきだろう。そこに、探偵小説のもっとも重要な興味の要因があるからである。犯罪はつねに人類に深遠な魅力を与えてきた。犯罪が重大であればあるほど、その吸引力もまた大きい。したがって殺人はつねに、大衆が夢中になる話題だった。殺人に対するこの、不気味で強烈な好奇心に関する心理学的な根拠づけはここでは立ち入る必要はない。その心理的事実の存在自体が、探偵小説において、なぜ殺人の謎が、他のより軽微な犯罪よりも、はるかに魅力溢れる存在理由を提供するかを説明してくれる。この型の小説の最良で、もっとも人気がある作品はすべて、人間の生命にかかわる謎を扱っている。殺人が起こっていることは、謎を解決したい意欲にいっそう拍車をかけ、解決が得られたときの満足感をいっそう大きくしてくれるように思われる。読者は、疑いなく、その努力によって何か価値あるもの——すぐれた探偵小説が読者に強いる精神的エネルギーの消費に見合うなにものかに到達したと感じるのだ。

推理小説傑作選　序文

このアンソロジーで私は、現代探偵小説の進化のありよう、すなわち、探偵小説の起源とそのさまざまな変容と変化、文学芸術としての高度な特殊化へと発展したありさまについて示すことを最大の目的とした。このアンソロジーの編纂にあたって私が直面した難題の一つは、すぐれた探偵小説作家の多くがもっぱら長編小説にのみ精力を傾注していることだった。彼らは疑いもなく、短篇小説の制約のもとでは、自分たちの書きたいことが充分に表現しきれないと考えているのだろう。しかしながら私の目的にとっては幸運なことに、探偵小説の進化の各段階において、おそらくガボリオがはたした貢献については例外とすべきだろうが、短篇小説の形態で呈示できる必要充分な好サンプルとなる作品があることだ。したがって、探偵小説史において著名な何人かの著者がこのアンソロジーに収録されていないとはいえ、それらの著者による貢献要素もまた、本書に収録した他の作家の作品によって反映され代用することができたと信じる。ポオの時代から現代にいたる探偵小説という特殊な文学形式の進化・発展における重要な位相のほぼすべてを、ここに収録された作品によって一望できるようになっている。

作品の選定をするにあたって私は、記述法や技法の水準の高さを第一義的な基準とし、狭義の文学的な尺度よりも優先した。しかし、これらの小説作品が、文学的な風格をもって構想され、大なり小なり学識ある文体での表現が企図されている以上、文学的な審美眼による判定基準もまた、おのずとそこに持ち込まれていることになる。一流とされる多くの現代の探偵小説家――とくにアメリカの探偵小説家たちが、文学的判定規準では、貧弱で、しばしば劣悪とされる文体だとみなされているのは否定できない。しかし、このアンソロジーの目的のためには、そういった作品にたよる必要はない。プロットと構成が同じくらい良くても、その文学的なクオリティにおいて、アンソロジーへの採用が論外である作品は、他にたくさんあるからだ。

　作品を選ぶにあたって私は、単なる劇的な盛り上がり効果とか感情的な興趣《きょうしゅ》にはあまり重きを置かなかった。娯楽小説においては、そういった要素は望ましいものであり、必要不可欠でさえあることは重々承知していながらも私は、それよりむしろ、このおよそ七十五年の間に本物の探偵小説が進化してきた正道に則《のっと》った、主題、方法論、技法、形式といったものをごく厳格に特徴づける見本作品を呈示することを優先した。ここに収録された作品は、多かれ少なかれ、この特殊な文学形式の、ある発展段階における、顕著な特徴をおのずと語るものばかりである。大陸の作品（英米以外の作品）は最後に置かれてはいるものの、それ以外の作品は大体年代順に配列されていて、順を追って読んでいけば現代探偵小説の発展ぶりを実感できるだろう。収録作品は概して、必ずしも、その著者の最高作と読者からはみなされていないかもしれない。しかしどの作品も、歴史的・技法的観点からは、際立って意義深く、ぬきんでて代表的なものばかりであると私は信じる。ここに収録された作品はいずれも、探偵小説の進化の歴史において、決定的に重要な役割を担っている作家によって書かれたものばかりである。そして本書に収録した作品は、このジャンルの発展にその著者が貢献した（と私は見る）重要な要素を、際立った形で直截に具現化したものばかりである。

本書に作品収録を承諾してくれた以下の著者ならびに出版社に謝意を捧げたい。

アンナ・カサリン・グリーン「医師と妻とその時計」……チャールズ・ロルフズ夫人。

アーサー・モリスン「レントン館盗難事件」……ハーパー・ブラザーズ社。

オースチン・フリーマン「病理学者の救助」、G・K・チェスタトン「犬のお告げ」……ドッド、ミード商会。

M・D・ポースト「藁人形」……D・アプルトン商会。

J・S・フレッチャー「市長室の殺人」……ジョージ・H・ドーラン商会。

ベネット・カプルストーン「執事」、H・C・ベイリー「小さな家」……E・P・ダットン商会。

イーデン・フィルポンツ「三死人」、アントーン・チェーホフ「安全マッチ」……マクミラン社。

ディートリッヒ・テーデン「練り込まれた証言」……レビュー・オブ・レビューズ。

モーリス・ルブラン「雪の上の足跡」……マッコレー社。

また、本アンソロジーのために、貴重な助言をいただき、快く貴重な蔵書を借覧するのを許してくださり、ボールドウィン・グロルラーの短篇「奇妙な足跡」を翻訳して下さったN・L・レデラー氏に謝意を捧げる。

解説

小森健太朗（作家）

世界初の、ヴァン・ダインによる短編集をここにお届けできるのは、訳者の大きな慶びとするところである。世界初、というのは、ヴァン・ダインの短編集は、本国アメリカでも、単行本としてはまとめられていないからだ。世界各国語に翻訳されたヴァン・ダインの作品も、短編集という形で諸外国でまとめられた例はないはずで、この日本でヴァン・ダインの短編集が、没後半世紀以上を経て初めて刊行されるのも感慨深いものがある。

『ベンスン殺人事件』（一九二六年）で文壇に登場したヴァン・ダインは、一躍アメリカの人気作家にのしあがり、評価も名声も赫々《かくかく》たるものがあった。今年待望の邦訳書が刊行された『ミステリ・リーグ傑作選』に収録されている、読者の人気投票でも、数ある名作の中でヴァン・ダインの『グリーン家殺人事件』が、第一位に輝いていることからも、当時の評価の高さが窺える。アメリカのベストセラー小説が必ずしもよく売れるとは限らないイギリスでさえも、ヴァン・ダインの作品が当時のベストセラー上位に進出し、ポオ以来最高のアメリカ推理作家としてもてはやされた。だが、そのヴァン・ダインの人気は『グリーン家殺人事件』と『僧正殺人事件』の二大代表作を頂点として翳りがさし、一九三〇年代後半になると、次第に凋落《ちょうらく》の色を濃くしていた。

ラファリーによる評伝*ALIAS S. S. VAN DINE*によれば、クリスティやセイヤーズなどのイギリス探偵小説の売行きに比べてだいぶ水をあけられたヴァン・ダインに対して、スクリブナー社の編集者が何かと注文や文句をつけるようになっていた。そのためにヴァン・ダインも不本意ながら、『グレイシー・アレン殺人事件』や『ウインター殺人事件』といった、映画会社と提携した、人気女優とのタイアップ企画小説に手をそめるようになる。しかし、そういった作品をものしても、盛時《せいじ》の売行きや評価を復するにはいたらず、晩年のヴァン・ダインはアルコール依存症の気味があったといわれる。ヴァン・ダインが亡くなったときにその資産を調査してみると、借金を精算したら、きれいに財産はなくなり、ほぼプラスマイナスゼロの資産状況だったらしい。

日本では、戦前の「新青年」の時代に鳴り物入りでヴァン・ダインが翻訳紹介され、平林初之輔、浜尾四郎、小栗虫太郎、江戸川乱歩といった作家・評論家たちがヴァン・ダインに強い感銘や影響を受け、その影響を受けた作品をいくつもものしている。たとえば浜尾の『殺人鬼』や『鉄鎖殺人事件』、小栗の『黒死館殺人事件』などは、探偵キャラクターや人物配置が露骨にヴァン・ダイン作品を追従していることがみてとれるし、江戸川乱歩の『魔術師』といった作品にも、『グリーン家殺人事件』の濃い影響が窺える。高木彬光の『刺青殺人事件』で登場した神津恭介のキャラクター造形にも、ファイロ・ヴァンスの影響があるのは疑いがない。近年英訳がなされた*THE TATTOO MURDER CASE*（刺青殺人事件、一九九九年）の書評がニューヨーク・タイムズに載ったときに、探偵の神津が「ファイロ・ヴァンスの日本版」であると評されていたくらいである。

ファイロ・ヴァンス（ハーバート・モートン・ストウプス画）

そういった有名作家による評価や影響もあって、日本では永らくヴァン・ダインがアメリカの本格派を代表する作家として君臨し続けた。海外ミステリのベスト10を選んでみると、『グリーン家殺人事件』や『僧正殺人事件』は上位ランク入りを常としていた。長期的にみれば、本国アメリカよりも、日本で読みつがれた量の方がおそらく多いのではなかろうか。ラファリーの評伝によれば、ヴァン・ダインの小説は、一九五〇年代には、ほぼアメリカの新刊書店からは消えていたという。その後も何度かヴァン・ダイン作品が復刻された機会はあるが、主に高価なリプリントのハードカバー版によるもので、日本での文庫本に相当する、手軽なペーパーバックス形式で広く読み継がれていたわけではない。対照的に日本では、ヴァン・ダイン作品は創元推理文庫でロングセラーとなり、他社からも何種類もの翻訳が刊行され続けていた。

アメリカで、ヴァン・ダイン評価の転機となったのは、一九四四年「サンフランシスコ・クロニクル」誌に掲載された、ヴァン・ダイン作品を「裸の王様」と酷評したバウチャーによる論評(「ヴァン・ダインを評する」『名探偵の世紀』原書房)あたりかもしれない。そのバウチャー評においては、「ヴァン・ダインの作風の影響がはっきり現われていた唯一の重要な作家はエラリー・クイーンその人である」とされている。エラリー・クイーン自身、ヴァン・ダインから多大な影響を受けたことを認めているし、「あるドン・ファンの死」(『エラリー・クイーンの国際事件簿』)では、ヴァン・ダインの発想からクイーンが生まれたのだとまで書いている。だが、そのクイーンも、『日本傑作推理12選』(光文社、一九七七年)の序文では、次のように書いている。

ファイロ・ヴァンス（クラーク・アグニュー画）

（引用者註：日本で）最も人気の高い欧米の推理作家は、アガサ・クリスティー、エラリー・クイーン、続いてフリーマン・ウイルス・クロフツ（意外な好み）、ジョン・ディクスン・カー、G・K・チェスタトン、アール・スタンレイ・ガードナー、S・S・ヴァン・ダイン（これも意外）などだが、この他にも欧米の重要な作家の作品はほとんど全部翻訳され広く読まれている。

既に一九七〇年代には、クロフツとヴァン・ダインは欧米で読まれない作家と化していたのに、日本では依然として人気のある推理作家でい続けていることに対して、エラリー・クイーンは「意外である」と表明しているわけである。

創元推理文庫の古い目録では、英米探偵小説の黄金時代の五大家として、クリスティ、クロフツ、ヴァン・ダイン、エラリー・クイーン、ディクスン・カーの五人があげられている。この五作家がセレクトされるのは、創元推理文庫に収録された作品が多かったためであり、現在では、彼らに加えて、少なくともドロシイ・L・セイヤーズとアントニイ・バークリーの二人を加えなければならないだろう。また、英米における評価の現状としては、読まれる割合が少なくなっているクロフツとヴァン・ダインは、黄金時代の大家に加えられるか微妙なところである。

本国アメリカより永くヴァン・ダインが読み継がれてきた日本でも、評価において長期低落傾向にあったのは否めず、砂野恭平は連載エッセイ「名探偵推理法」の第十三回でファイロ・ヴァンスをとりあげ、次のように述べている。

ヴァン・ダイン（左）とウィリアム・パウエル（右）

去る者は日々に疎く、栄枯盛衰は世の習いとはいえ、かつて一世を風靡した名探偵たちの名が、ミステリ雑誌から消えてゆくのは淋しいかぎりである。

ファイロ・ヴァンスも、一九二〇〜三〇年代に人気を博し、探偵としては畑違いのマーロウなどからさえ真似をされるほどの存在であった。

しかし、今の高校生や大学生に彼の名前を訊ねたとしても「そういえば、どこかで聞いたような……フランスの香水？　いやスイスの時計だったかな？」と言われるくらいがオチであろう。（「ハヤカワ・ミステリマガジン」一九八二年四月号）

しかし、日本では一九九〇年代以降、勃興した本格ミステリ・ムーブメントに連動して、再びヴァン・ダインにも脚光と再評価が寄せられる動きが生じた。東京創元社から刊行されていた「創元推理21」では、ヴァン・ダイン特集が組まれたし（二〇〇一年冬号）、有栖川有栖による『有栖の乱読』のおすすめ本の一冊として『グリーン家殺人事件』がとりあげられたり、笠井潔による探偵小説論の中でもヴァン・ダインが重要性をもって扱われている。ミステリ専門誌「ジャーロ」十八号（二〇〇五年冬号）誌上での、「オールタイムベスト」投票では、『僧正殺人事件』が十二位に、『グリーン家殺人事件』が三十七位に入っている。「古色蒼然」とも評されることのあるヴァン・ダインのクラシックな作品にしては、よくこの順位にとどまっていると言える。

そういう評価の変遷を経たヴァン・ダインだが、その短編作品については、正体がよくわからず、ミステリファンにも長らく実態がよくわからない状態が続いた。本国アメリカでは短編集が刊行されていないし、日本への翻訳も、一、二の例外を除けば、戦前の「新青年」誌などで部分的に紹介されたにとどまる。

創元推理文庫でヴァン・ダイン名義の長編十二作を全て訳出した井上勇による『ウインター殺人事件』のあとがきでは、訳出刊行された十二作のうちに、「長編十二編のほか、本のかたちで公表されたヴァン・ダインの署名の自伝、論文のほとんど全部が収録されている」とある。つまり創元推理文庫から出ている十二作で、ヴァン・ダインの作品は全部であると言っていて、他に作品はなさそうな印象を与える。中島河太郎は、『グリーン家殺人事件』（創元推理文庫）の解説で、「その他に短編があるが採るに足らず」と軽く触れるだけで一蹴している。つまり、ヴァン・ダインには短編作品がないわけではないが、取り上げるに値しないつまらない作品であるかのような扱いを受けている。訳者は現物にあたったわけではないが、戦前の「新青年」誌では、ヴァン・ダインによる短篇が数回訳出されている。短篇があるのに、なぜ人気の高いヴァン・ダインの作品が訳出刊行されないのだろうか。長編のヴァン・ダイン作品は、日本ではあれだけ根強い人気を誇っているのに。

混乱に拍車をかけたのは、語学の練習テキストとして、ヴァン・ダインによる（とされる）『ミゼット・ガン殺人事件（The Midget Murder Case）』が刊行されたことだ（古宮照雄訳、語学春秋社、一九八五年）。これは、一九四五年から一九五〇年頃にかけてアメリカで放送された、ラジオドラマシリーズの一作で、名探偵ファイロ・ヴァンスの名前が使われているだけで、ヴァン・ダイン自身が書いたものではない。確認されているかぎりで、九十五作のファイロ・ヴァンス・シリーズがその時期にラジオ放送されているようであるが、その脚本を担当したのは数人のラジオ作家たちであって、どれもヴァン・ダインの筆によるものではない。

そういうヴェールに包まれていたヴァン・ダインの短編集の全貌が、本書の刊行によってようやく明らかとなる。

全体をお読みになればわかるとおり、基本的にこれらの作品は、犯罪実話ものであって、小説というよりは、ノンフィクションものに近い作品である。ファイロ・ヴァンスがその犯罪を語る形式をとっているので、その点においては、ヴァン・ダインによる脚色が施されていると言える。

ヴァン・ダインは作家としてそもそもの初めから、犯罪実話から出発したと言える面がある。

デビュー作の『ベンスン殺人事件』は、一九二〇年六月にニューヨークで、実業家ジョゼフ・エルウェルが射殺された事件をベースにしている。この事件はアメリカ中の注目を集めたが、犯人はつかまらず、迷宮入りとなっている。犯罪史上有名な事件の一つで、この事件をめぐっていくつかの研究書も著されている。コリン・ウィルソンの犯罪研究書『殺人の迷宮』（青弓社）では、このエルウェル事件に一章を割いている。またエラリー・クイーンも、このエルウェル事件を「私の好きな犯罪実話」の「あるドン・ファンの死」（『エラリー・クイーンの犯罪事件簿』）で取り上げている。『ベンスン殺人事件』は、小説として脚色と変形はされているものの、事件そのものはほぼこの実際の事件をベースにしたものだ。ただし、容疑者の中から犯人を特定するにいたる設定は、小説オリジナルの要素が導入されていて、現実には迷宮入りした事件を作中探偵が解きあかそうとしたポオの「マリー・ロジェの秘密」のむこうを張るような趣向の作品ではない。

第二作の『カナリヤ殺人事件』、第三作の『グリーン家殺人事件』に関しても、ヴァン・ダインがモデルにした、実際の犯罪事件があることが知られている。しかし、それらの事件は、ヴァン・ダインの小説中とはそっくりそのまま同じではなく、部分的に発想のモデルとして実際の事件が取り入れられているにすぎない。『カナリヤ』と『グリーン家』にあっては、『ベンスン』のような現実の事件への密着ぶりは、もはやみられなくなる。次の第四作『僧正殺人事件』は、モデルに相当する殺人事件は存在しない。要するに、ヴァン・ダインの初期四作の歩みは、現実の事件に密着したところから出発して、徐々に現実の事件から離れて、独自の創作世界へと離陸していく過程であるとみることができる。

したがって、現実の犯罪事件から出発して、それを探偵小説として再構築することが、ヴァン・ダインの創作法の根幹にあったことは疑いがない。本書に収録された短編は、その根幹の部分——犯罪実話の語りによってドラマ化することがストレートに、生の形で表されたものと言ってよいだろう。そして、犯罪の関係者に対するヴァンスのコメントには鋭い観察や批評眼が発揮され、ヴァン・ダインの長編作品を読み解く上でも恰好の手引きとなることもまた疑いがない。

以下、各作品に関して、簡単な解題を付す。

「緋色のネメシス——ジェルメーヌ・ベルトン事件」

ジェルメーヌ・ベルトン（一九〇二〜一九二四）は若くして無政府主義運動に身を投じ、暗殺者として、フランス革命の指導者の一人マラーを暗殺した女性シャルロット・コルデーの再来呼ばわりされた。アンドレ・ブルトンの『ナジャ』は、部分的にこのベルトンをモデルにしているとされている。左翼過激派の若い女性として有名になったベルトンは、シュールレアリストの芸術運動において、「暗殺の天使」などとしてよくモデルとされた。

第一次世界大戦の直前、社会主義者で反戦活動家のジャン・ジョレスが暗殺された事件は、この作中でも取り上げられている。ジョレスの死の後、フランスの世論は一気に開戦へと傾いたとされるが、長引く戦争とともに国民の間にも厭戦気分が強まっていった。そのために、死んだジヨレスや、ジョレスに思想的に共鳴していた殺人犯であるベルトンらを偶像視する風潮が、第一次大戦後のフランスで生じていた。明確な殺人犯であるにもかかわらず、ベルトンが陪審評決によって無罪となったのには、そういう時代背景もあった。

ヴァン・ダインによる犯罪実話シリーズの第一作。ヴァン・ダインがとりあげた事件録の中でも、著名な事件であり、当時の読者には広く知られた題材であったようだ。まず有名な事件で読者の興味関心をひきつけようとしていたのだろう。

「魔女の大鍋の殺人――フランツィスカ・プルシャ事件」

一九二四年から一九二五年にかけてオーストリア・ウィーンを騒がせたとされる事件。本書に収録された九短編で扱われた事件のうち、唯一真犯人が確定的でない事件でもある。他の事件に登場する殺人者は、いずれも殺人を犯したことははっきりしていて、その犯行にいたる経緯や動機が興味の焦点となるが、この事件に関しては、エベール殺害の容疑者とされるプルシャが真犯人であったかどうかははっきりしない面がある。

「青いオーバーコートの男――ヤロスジンスキー事件」

一八二七年二月、オーストリアで生じた教授にして神父である名士の殺害事件。この事件を契機として、警察制度が刷新されるほど影響力が大きかった事件らしい。「ポイズン」や「魔女の大鍋の殺人」やこの事件など、ヴァン・ダインは、当時刊行されていたオーストリア犯罪記録集をタネ本に使っているようだ。

「新青年」一九二九年十二月号に「青い外套の男」として訳出掲載された。

「ポイズン――グスタフ・コリンスキー事件」

一八六七年の十一月に殺害されたコリンスキー夫人の事件が主題である。オーストリアの名門貴族による残酷な犯行として耳目を集めた事件である。

アントニイ・バークリーが『毒入りチョコレート事件』でモデルにした、毒入りのチョコレートを贈り物として送りつけて殺害する事件は、実際にイギリスで生じている。その事件の先駆けともいうべき、未遂に終わったが、毒入りのお菓子を送付する手口がこの事件で既に用いられていることが注目に値する。

右と同じ「新青年」一九二九年十二月号に「毒」として訳出掲載されている。

「ほとんど完全犯罪――ヴィルヘルム・ベッケルト事件」

一九〇九年にチリのドイツ公使館を舞台に生じた犯罪事件。ヴァンスが語るように、いま一歩で完全犯罪として成功をおさめる寸前だった犯罪計画である。犯罪記録を扱った書籍をいくつかあたったが、この事件について立ち入った記述のあるものが見つからなかった。したがって、この事件についてヴァン・ダインがどの程度脚色を施しているかは訳者は判断できない。

チリでドイツ人が起こした犯罪なので、チリ国内の犯罪記録としても、ドイツの犯罪記録としても、エアポケットに落ちてしまう面があり、国をまたがるこういう犯罪は詳細な記録が残りづらいものかもしれない。しかし、ヴァン・ダインが記録したこの事件は充分にドラマチックである。

同じく「新青年」一九二九年十二月号に「ベッケルト事件」として訳載された。

「役立たずの良人――カール・ハニカ事件」

一九二三年に発生した、軍人のカール・ハニカ殺人事件。その妻と母親の周到な計画が背後にあったとされる事件。第一次世界大戦後の世相を反映した犯罪事件の一つと言えるが、ドイツ・オーストリアの犯罪史では特筆されるほど大きな扱いは受けていない事件のようである。

「クライド殺害事件」として「新青年」一九三二年十二月号に訳出され、後に「クライド家殺人事件」と改題・戯曲化され、「新青年」一九三九年六月号に掲載された。

「嘆かわしい法の誤用――ボンマルティーニ事件」

一九〇二年九月に生じて、全ヨーロッパにスキャンダラスなセンセーションを巻き起こしたボンマルティーニ殺害事件。罪に問われたボンマルティーニ夫人のリンダが美しい女性だったことも、マスコミの関心をかきたてた要因となった。この作品ではむしろ、法を楯にして自らの信念に合致する有罪判決を下そうとゴリ押ししたスタンザーニ裁判官を弾劾する方が主題となっている。

「文学界」一九三二年七月号に「ボンマルチニ殺人事件」、「新青年」一九三四年十一月号に「伯爵殺人事件」として訳出掲載された。

「能なし――オットー・アイスラー事件」

本作で扱われている人物は、チェコスロバキアの著名な建築家オットー・アイスラー（一八九三〜一九六三）と同じ名前だが、それとは別人である。オーストリア帝国のもとで急成長した大企業アイスラー一族の相剋と対立に巻き込まれた小心な人物の悲劇と犯罪が物語られている。ウィーンの劇作家フランツ・テオドール・チョコル（一八八五〜一九六九）が、このオットー・アイスラーを主役にしたSchuss ins Geschaeft（一九二五）という作品を著している。

「ドイツの犯罪の女王――グレーテ・バイヤー事件」

「ハヤカワ・ミステリマガジン」一九九四年四月号に菊地よしみ氏による訳出があり、参考にさせていただいた。

ファイロ・ヴァンスの犯罪実話シリーズものでは九編めとなり、前作の「オットー・アイスラー事件」の末尾で、「次はグレーテ・バイヤー事件を語る」と予告されていることからも、それに続く作品であったことがわかる。にもかかわらず、前八作が掲載された「コスモポリタン」誌では、この九編めの掲載が確認できない。底本としたのは、一九九二年に刊行された*MURDER PLUS*というアンソロジーからのもので、そこの書誌データには、ヴァン・ダイン没後の一九四三年に「トゥルー・マガジン」True Magazine誌に掲載されたとある。この掲載が初出か再掲なのかはっきりしないが、ともかく、一連の犯罪実話ものの締めを飾る作品としてヴァン・ダインが一九三〇年前半に書いたものと推定される。

グレーテ・バイヤー（一八八五〜一九〇八）は、ドイツ犯罪史上、虚言の女王と目された著名な女性犯罪者。犯罪心理学の類型としてもしばしば参照されることのある歴史上の人物で、本文中で語られているとおり、最後は罪を認めて処刑された。

「探偵小説論」

「スクリブナー」Scribner誌一九二六年十一月号初出。邦訳されているアンソロジー『推理小説傑作選』*THE GREAT DETECTIVE STORIES*（一九二七）の序論（「推理小説論」井上勇訳『ウインター殺人事件』所収、「傑作探偵小説」田中純蔵訳『推理小説の詩学』所収）の原型となる文章である。両者の文章を比較してみると、「序論」の枚数は倍以上に膨れ上がっているが、この「探偵小説論」の文章はほぼそのまま全文が「序論」に収容されていて、ヴァン・ダインことライトはこの原型の評論をもとに、あの長文の序論を書き下ろしたことがわかる。ただし、フィルポッツの代表作として選ばれた『テンプラー家の惨劇』が、序論ではカットされるなど、細かな変更点はいくつか見受けられる。この訳では、井上・田中両氏の訳文を参照したが、全面的に新たに訳し直したものである。

「推理小説傑作選　序文」

前出の「序論」は、しばしば「序文」として紹介される長文評論であるが、原典のアンソロジーをあたってみると、その長文のINTRODUCTION以外に、ここに訳出したPREFACEが別に付されている。正しく「序文」と呼ばれるべきは、こちらの文章だろう。ちなみに、ここに訳出しただけでは、どんな作品が収録されているか気になる向きもあるだろうから、そのアンソロジーに収録された作品リストを以下に掲げておく。

【英米作家】

エドガー・アラン・ポオ「モルグ街の殺人」
ウィルキー・コリンズ「探偵志願」（別題「人を呪わば」）
アンナ・カサリン・グリーン「医師とその妻と時計」
コナン・ドイル「ボスコム渓谷の惨劇」
アーサー・モリスン「レントン館盗難事件」
オースチン・フリーマン The Pathologist to the Rescue（病理学者の救助）
M・D・ポースト「藁人形」
アーネスト・ブラマ「ナイツ・クロス信号事件」
G・K・チェスタトン「犬のお告げ」
J・S・フレッチャー「市長室の殺人」

ベネット・カプルストーン The Butler（執事）
イーデン・フィルポッツ「三死人」
H・C・ベイリー「小さな家」
【大陸作家】
モーリス・ルブラン「雪の上の足跡」
アントン・チェーホフ「安全マッチ」
ディートリッヒ・テーデン Well-Woven Evidence（練り込まれた証言）
バルドゥイン・グロルラー「奇妙な跡」

収録短篇初出一覧

「緋色のネメシス」The Scarlet Nemesis (Hearst's International combined with Cosmopolitan, 1929-1)

「魔女の大鍋の殺人」A Murder in a Witches' Cauldron (Hearst's International combined with Cosmopolitan, 1929-2)

「青いオーバーコートの男」The Man in the Blue Overcoat (Hearst's International combined with Cosmopolitan, 1929-5)

「ポイズン」Poison (Hearst's International combined with Cosmopolitan, 1929-6)

「ほとんど完全犯罪」The Almost Perfect Crime (Hearst's International combined with Cosmopolitan, 1929-7)

「役立たずの良人」The Inconvenient Husband (Hearst's International combined with Cosmopolitan, 1929-8)

「嘆かわしい法の誤用」The Bonmartini Murder Case (Hearst's International combined with Cosmopolitan, 1929-10)

「能なし」Fool! (Hearst's International combined with Cosmopolitan, 1930-1)

「ドイツの犯罪の女王」Germany's Mistress of Crime (True Magazine, 1943)

ウィラード・ハンティントン・ライトの著作概観と「ニーチェの教え」

ヴァン・ダインの本名であるウィラード・ハンティントン・ライトが、本名で公刊した著作の追跡調査には、かなり厄介な問題がついてまわる。ライト本人が自己申告した、ライト名義の著作には、存在しない書物がいくつか含まれているからだ。この点について、『娯楽としての殺人』中でハワード・ヘイクラフトは、以下のように述べている。「故ウィラード・ハンティントン・ライトなどはもっとも悪質なもののひとりである。彼は『人名録』にありもしない本の題名(「仕事中の作品」だけではなく、ぜんぜん出版もされなかった初期の原稿まで)を、自分の本名とS・S・ヴァン・ダインの筆名の両方でのせている」(林峻一郎訳、三七五頁)。実際、一九三三年に刊行された、Stanley J. Kunitz編の*Authors Today and Yesterday, A Companion Volume to Living Authors*でのライト=ヴァン・ダインの著作リストでは、*Songs of Youth*(一九一三)といった、刊行されていないと目される著書がいくつか含まれている。また、この書物が刊行された時点でのヴァン・ダイン名義の最新作は『カブト虫殺人事件』だったが、第六作めとしては、*The Autumn Murder Case*が予告され、*Philology and the Wrighter*と*Modern Music*という二つの評論書が、現在著者が取り組んでいる近刊として紹介されているが、いずれも出版は実現していないようだ。

ライトが、初めてSmart Set誌に、批評家としてデビューしたとき（一九一三年二月）に掲載された著者の経歴は、実はかなり欺瞞的であったことが、ジョン・ラファリー（John Loughery）の*Alias S. S. Van Dine*（別名ヴァン・ダイン）で暴露された。同誌で紹介された内容と、括弧内の実情を比べてみよう。

・ライトは新進気鋭の三十歳代の評論家（実際はそのとき二十五歳）
・ハーバード大学卒（実際は、ハーバード大学では二科目を聴講したのみ）
・アメリカ文学に関する著書と、ニーチェ研究の著書あり（この時点ではまだ著書を刊行したことはなく、二年後の一九一五年にニーチェの研究書*What Nietzsche Taught*は刊行されるが、アメリカ文学の研究書はなし）

このように、著作家としてのライトの経歴には、そもそもの初めから、詐称と欺瞞が混じり込んでいた。そのために、著作家事典に載っているライト名義の著作リストも、存在しない本が紛れ込んでいることがままあり、実態を見極めることは結構困難である。

一応、ラファリーの作成した著作リストは、信用できるライトの著作リストとみなしてよいだろう。それによると、ヴァン・ダイン名義の推理小説を除いた、ライトの著作は、以下のようになる。

Europe After 8:15 (with H. L. Mencken and George Jean Nathan). New York:John Lane, 1914

What Nietzsche Taught. New York: Huebsch, 1915

Modern Painting: Its Tendency and Meaning. New York: John Lane,1915

The Creative Will: Studies in the Philosophy and the Syntax of Aesthetics. New York: John Lane, 1916

The Man of Promise. New York: John Lane, 1916

The Forum Exhibition of Modern American Painters. Exhibition catalogue, Anderson Galleries, New York, March 1916

The Great Modern French Stories: A Chronological Anthology. New York: Boni & Liveright, 1917

Misinforming a Nation. New York: Huebsch, 1917

Informing a Nation. New York: Dodd, Mead, 1917

The Future of Painting. New York: Huebsch, 1923

The Great Detective Stories: A Chronological Anthology. New York: Scribners, 1 927

というように十一冊のライト名義の著作が数えられるが、そのうち、*The Great Detective Stories* と *The Great Modern French Stories* は、それぞれ探偵小説の短編と、フランス現代小説のアンソロジーであり、ライト自身の序文がついてはいるものの、ライトの単独著作とはみなしえない。*Europe After 8:15* は、小冊子に共著者の一人として名前を連ねているにすぎず、ライト自身の著述の量はごく少ない。*The Forum Exhibition of Modern American Painters* は、豪華本のカラー画集であるが、ライト自身が画家や絵の解説を付しているものの、これも単独著書というほどのものではない。*What Nietzsche Taught* もまた、著書の過半が、ニーチェ自身の言葉から成る、ニーチェのアンソロジーともいうべき体裁の本であるため、これもどちらかというと、単独著書というよりアンソロジーに近い性質の著書である。*Misinforming a Nation* と *Informing a Nation* は、ライトがReedy's Mirror誌等に掲載した小エッセーを集めた薄い書物である。

　そういった、重みのある単独著作とはみなしがたい著作を除外していくと、結局のところ、ライトの著作家としての業績は、一冊の自伝風小説（*The Man of Promise*）と、三冊の美術・美学関係書（*Modern Painting, The Creative Will, The Future of Painting*）に集約される事になる。著作としての質はともかく、著作家としての作品量は、あまり多くない方であると言わざるをえない。

　これらのライト名義の書物が、どれほどの歴史的価値をもつかは、即断できるものではないが、筆者の調べたかぎりでは、二十世紀の後半にこれらのライトの著作が再刊されてはいないようだ。*The Man of Promise* と *Modern Painting* は、ライトの筆名がヴァン・ダインであることが明らかになった後の一九三〇年代に一度だけ再刊されているが、そのときの売れ行きもあまりかんばしくなかったらしい。ヴァン・ダイン名義の著書は、ラファリーのライト伝によれば、一九四〇年代はある程度は売れて読まれていたようだが、一九五〇年代には売れ行きがすっかり落ち、一九六〇年代には新刊書としては消え去ったという。二〇〇一年現在のアメリカの出版目録を調べてみると、ヴァン・ダインの初期の四、五作が一応購入可能書としてリストには見られるが、往時のスクリブナー社版の復刻版《リプリント》の比較的高価な書物で、廉価版の新刊はないようである。いずれにしても、ヴァン・ダインの推理小説は、本国アメリカでは、日本ほどに永続的な読者を得なかったとは言えるが、それでも、本名のライト名義の著書よりは、ずっと読み継がれていると言える。

『ニーチェの教え』について

著作を通したライトのニーチェとの関わりは、長く深く、彼の人生の中での重要ないくつかの出会いもまた、ニーチェを通してもたらされている。

彼が批評家としてデビューする契機をつくったメンケンとの親交も、ニーチェを通じた共感と意気投合によるところが大きいらしい。メンケンは既に、ニーチェ思想の研究書を刊行していて、ライトは、その著書を誌上で絶賛している。また、ライトがイギリスに渡ったときに親交を結ぶR・A・オレージも、元々は熱心なニーチェ崇拝者であり、ニーチェを経由してつながりを持ったらしい。オレージもまた、メンケンやライト自身に似て、初の刊行書が、ニーチェの研究書であった（一九〇六年）。ラファティによるライト伝でも、このオレージとの交遊への言及がなされている。オレージは、後にロシア出身の神秘家グルジェフの弟子となり、ミステリ作家でもあったC・D・キングの師となるのであるが、第一次世界大戦の前は、雑誌New Ageの編集者として、チェスタトン、バーナード・ショー、ウェルズ、キャサリン・マンスフィールドといった、当時のイギリスの先進的著作家や小説家を担当し、交際していた、一線に立つ編集者だった。当時オレージは、社会主義を標榜するフェビアン協会と、ブラバツキー夫人の創設した神智学協会の会員であった。このオレージとの交際によって、ライトは、イギリスのNew Age誌上でも、いくつかのコラムや美術批評を寄稿するようになる。ライトは、Modern Paintingの結論部で、新しい時代の美術論として、このオレージの論を特に取り上げて賞賛している。
ライト自身の、ほぼ実質的な処女作と言うべき『ニーチェの教え』は、当時としては目新しかったニーチェ思想の紹介を眼目とした研究書である。目次は以下のようになっている。

序文
1 ニーチェの生涯の概要
2 『人間的な、あまりに人間的な』
3 『曙光』
4 『華やかな智恵』
5 『ツァラトゥストラかく語りき』
6 「永劫回帰」
7 『善悪の彼岸』
8 『道徳の系譜』
9 『偶像の黄昏』

10 『アンチキリスト』
11 『力への意志』一
12 『力への意志』二

一章は、簡単なニーチェの伝記の記述であり、二章から十二章までは、ニーチェの主要著作の、ライトによる概説紹介と、ニーチェの著書からの抜粋引用から成る。この本は全体の比率の過半が、ライト自身の文章ではなく、ニーチェの言葉の引用から成っていて、ライトの著書というよりは、ニーチェの教説のアンソロジーといった趣きである。ニーチェ思想の解釈としては、特に斬新さはなく、ごく常識的な理解の範囲内で書かれているという印象である。

以下、その本の序文を全文翻訳した。この著作におけるライト自身の文章はこれとニーチェ略伝だけである。

『ニーチェの教え』序文

今日、フリードリッヒ・ニーチェの教説を無視することはもはやできない。今日の思潮《しちょう》に重要な貢献をなしている、超人を説いたこの哲学者に、ふさわしいだけの特権的な地位を与えなければ、現代の思想の潮流を考察することさえ不可能である。力強く容赦のないニーチェの精神は、今日でも最先端の思想に影響を与え続けている。学界ではニーチェを評価する書物はたくさん出ているが、それでもまだニーチェは過少にしか評価されていない。カント以降、ニーチェほど現代思想に否定できない刻印を与えた思想家はいない。ヨーロッパに広範な影響をおよぼしたショーペンハウアーでさえ、ニーチェのもたらした影響には遠く及ばない。ニーチェは特にイギリスとアメリカで喝采を受けつつある。この二国は、これまで奇妙にも厳密な哲学的な観念が浸透しなかったのだが。ニーチェの著作の薫陶《くんとう》によって活性化され強化されているのは、倫理学や文学の分野のみではない。教育学、美術、政治思想、そして宗教の分野で、ニーチェの教説の影響は受け容れられなければならない。ドイツでは、ニーチェの著作を読解し解読した著書や論文だけで、小さな図書館が形成されるほどだ。フランスでもそれと同じくらいのニーチェに関する本や小論が現れ、その著者名を列挙すれば、フランスの著名な知識人がかなりカバーされるほどである。スペインとイタリアでも同様に、ニーチェの教えを研究するさまざまな仕事がなされている。イギリスとアメリカでも最近、超人哲学を扱った本が大量に刊行されている。M・A・ミュッゲの『フリードリッヒ・ニーチェ――その生涯と著作』という素晴らしい伝記の巻末には、参考文献として八五〇冊もの関連書があげられている。もちろんそのリストさえも、ニーチェの哲学を扱った書物と記事のすべてを尽くすものではないことは言うまでもない。

　この点に関して、ニーチェ思想が一時的な人気を獲得しただけの、単なる流行思想の一種だとみなしてはならない。アンリ・ベルグソンの思想に関しては、それがあてはまるのだが。ベルグソンとは違って、ニーチェの名声は、高い知性をもつ学者や知識人の間で獲得されつつあり、ニーチェを賛嘆する者だけで小隊をつくれるほどになっている。しかし、これほど名声を得つつあるのに、ニーチェの教えに関しては、いまだに多くの誤解がまとわりついている。ニーチェの書くスタイル自体が、その誤解をもたらした。漫然と拾い読みしたり、流し読みするだけでは、ニーチェの書物は多くの矛盾をはらんでいるように見える。凝縮されたニーチェの箴言《しんげん》は、たやすく引用される。驚くべき革命的な言明があることにより、ニーチェの初期著作からの抜き出しは、多くの雑誌や新聞で広汎《こうはん》に流通するようになっている。元の本から切り離された、これらの引用は、しばしば未熟で誤った判断をもたらす。その結果、ニーチェ哲学の真意が歪められて誤解されてしまう。もっともよく知られたニーチェの箴言は、しばしば奇妙な、常識外れの意味を帯びさせられる。ニーチェの言いたいことと正反対の内容が、彼の教えとして流通し、まかり通っている。

ある程度までこの誤解は避けようがない。哲学体系を都合よく利用したがっている者たちは、ニーチェの著作に、自分たちの要求に合う多くの材料を見いだす。それらを著作から取り出せば、都合よく自分たちの思想にはめこむことができる。その一方、キリスト教のモラリストたちは、ニーチェが強く影響力のある敵対者であると感じ、ニーチェがキリスト教を攻撃している箇所だけを、価値と示唆に富んだ背景から切り離してつかみ出し、ニーチェの倫理思想をおとしめようとする。しかしながら、ニーチェの教説のどれ一つとして、全体の教えから切り離しては、全く理解できないのだ。

一般的な信念とは違って、ニーチェは破壊的な批判家ではないし、不可能でロマンチックな夢想の構築家でもない。ニーチェの超人の教説は、一見彼の哲学を合理的に解釈するための大きな躓《つまず》きの石となるように見えるが、決してそれは、現在の人類と無関係な漠たる夢などというものではない。ニーチェが心を砕いていたのが未来の人類だけというわけでは決してない。重要なのは、その教えによってニーチェが、非常に建設的で一貫した倫理体系を残したということだ。今日の必要に応じた、完全に包括的な、実行可能な体系だ。この体系は疑いなく、ニーチェが輪郭を描いただけの計画が完成していたら賦与されたはずの、精密な完成形態は持っていない。しかし、ニーチェの倫理コードの中には、その主著の中で、明確に思索され明瞭に表現されなかった諸点はごく少ない——それらは重要度は低いのだが——。ニーチェの倫理コードは、社会のあらゆる諸状態を包含する。今日の支配階級——ニーチェは彼らに直接語りかけているのだが——の外面的な行動の方法を示し、現代の状況に適合する一連の理想（観念）を提示する。ニーチェが提示した倫理の枠組は、抽象的な理論や思弁的な結論に基づくものではない。それは、有機的・非有機的な世界を支配しようとする衝動にその基盤をもつ、実践的で実際的な体系である。ニーチェの倫理コードは、現在支配的な倫理コードとは対立する。その理想は、充溢した生そのものだ。最高度にまで強烈に拡張された生。美、力、熱狂、高揚、富裕、陶酔によって最大限豊かにされた生。それは勇気と力のコードである。力、確信、充溢、肯定の徳を有する種族が、その目標となる。

この理想が、多くの誤解の温床となった。この著作で私が意図したのは、有害でばかげたニーチェ思想の誤解の流布を正すことである。ニーチェ哲学の全体像を可能なかぎり、彼の原意に則して伝えることを私は目指した。これはさほど難しくない。ニーチェの著作は、他の近代哲学者の誰よりもたくさん訳され刊行されて、読者に読む機会が提供されているからである。ニーチェの思想の全貌を短く要約したり、簡単な引用で代用することはばかげている。その上、ニーチェの思想は一貫してまっすぐ論理的に発展しているから、その著作を年代順にたどることで、彼の思想の道筋をたどることができるのである。『人間的な、あまりに人間的な』から始まり、ニーチェの教説は、だんだんとピラミッドの石を積み上げるように発展していく。彼の思想の頂点は、最後の『力への意志』の後半の二部である。その間に位置する本はどれも、なんらかの新しい思想をもたらして発展に寄与している。彼の生涯にわたる著作は、一つの偉大な建築として互いに協和してそびえ立っている。ニーチェの諸著作は互いに重なり合い、以前の本で扱った論点を再び取り上げて発展させ、有機的に全体を形成している。ときには循環しつつ、壮麗な思想の殿堂をうちたてている。

多くのニーチェの批評家は、ニーチェの教説を体系化するにあたって、諸作から共通する概念(たとえば「宗教」「国家」「教育」といった概念)を取り出し、それらを結びつけて個別に論じようとする。異なる論述にまきちらされた諸点を抽出してまとめあげようとする。しかしニーチェの教説は、そのような人工的な抽出と再構成には本質的にそぐわない。なぜなら、彼の考察対象となった諸々の社会的な論点の背後には、彼の思想を束ねる、二、三の重要な主導的モチーフがあるからだ。ニーチェは、近代的な意味での直観によって思索しなかった。しかしそういった直観が育った条件を分析して、後に一つの新しい思索の方法を確立することになる方法論を獲得するにいたった。古代と現代では、条件と必要が変化したように、直観もまた古代と現代で大きく変化した。言い換えれば、現代の事象に取り組むニーチェの方法論は、流行している方法論の起源と歴史を探索することから導かれ、発展した。たとえば、宗教、社会、国家、個人等へのニーチェの考察は、人間の本能（衝動）の観点から記述され解明される、根本的な前提から生じた結果（生産物）なのである。それゆえ、彼が適用した方法からくる彼の哲学の根本教義を解明しようとする試みは、無意識に過ちをもたらす。真剣な批評家は、その過ちを克服しようと努力してきた。この方法論は、教義そのものよりはむしろ、教義がどう適用されるかに焦点を合わせるのである。

したがって私は、ニーチェの著作を年代順に配置した。彼の最初の哲学的著作『人間的な、あまりに人間的な』から始まる諸作のもっとも重要な結論を述べている箇所を、各章の後半に配置した。このようにして、読者はニーチェの思想の発展を順を追ってたどることができる。抽象的な理論だけでなく、その実践的な適用をも含めて。もちろんその結論にいたらせた議論を私が提示することはできない。引用したのは、結論が明確に述べられている範囲の限定的なものにとどまるからだ。その結論にいたる思索の過程を知るためには、その引用の出典となるニーチェの元の著作を繙《ひもと》かなければならない。私はまた、ニーチェの卓抜な比喩も省いた。それらは、ニーチェ哲学の主幹でなく、批評家、文学者、芸術家たちにしばしば誤導的に用いられている。この本では、彼の思想の主幹をなす建設的な箇所を、むきだしの、論の過程を省いた形で抽出した。このようにしてニーチェ自身の言葉で語らせることによって、この書物を注意深く読んでさえもらえれば、現在誤解の雲に覆われているニーチェの思想は、正しい理解へと導かれるだろう。

さらにニーチェ理解を深めたい読者のために、私は各章の初めにニーチェ著作の簡単な紹介と解説を付した。その小論で私は、各作品に関して、それが書かれたときの状況を説明し、他の著作との関連性を指摘し、その個別の重要性を論じた。一部の教説については、引用箇所だけでは説明が不十分なので、簡単な説明を付した。ニーチェが詳細に論じているところ、たとえば、ある動機（欲求）の起源を追求しているところや、ある教義を確立するまでの議論の過程に関しては、略式とは言え、かなりの長文の引用を盛り込んだ。要するに、各章で、ニーチェの各作品の内容の概観と、位置づけと意義（重要性）を、読者が明確に把握できるだけのものが得られるように心がけた。

この書物は率直に言って初学者向けである。まだニーチェの著作になじんでいない読者が、彼の著作にわけいって綿密な精読を行なうように促すための準備的著作である。この観点では、この書物は手引き書である。すべての引用に関して、明確に出典を併記したので、読者はじかにニーチェの著作を繙いて、ここで引用された結論にいたる論の過程や前提を実際に確かめてみられるとよい。

第一章の、ニーチェの伝記に関しては、私はニーチェ個人の人格や性格に立ち入ることは控えた。純粋に彼の人生の外面的な出来事の記述にとどめた。ニーチェの人格は、私がこの本で引用した、彼自身のきびきびした、的確で刺激的な言葉から窺い知ることができる。私が何をコメントしたところで、その言葉から受ける印象に付け加えられるものなどないだろう。ニーチェをその著作から切り離して論じることは難しい。ニーチェと彼の教えは不可分である。ニーチェの哲学と同様、その文体もまた、彼の人格からじかに生育したものである。だからこそ、ニーチェの福音は、個的で親しみがもてるものであり、人類全体の本能（衝動）と密接に結びついているのだ。ニーチェの伝記は、英語でもいくつか素晴らしいものが書かれており、その中でも最良と思われるものは、巻末にあげた参考文献リストで参照できる。

言うまでもないが、この書物は決して、ニーチェの教説を完全に解読した決定版を意図したものではない。ニーチェ研究の入口を用意することを目的としたものである。したがってその観点から、私は本書で、純粋な哲学用語、専門用語の使用を控えた。この本の目的は、読者にさらなるニーチェ研究をうながすことにある。もしこの本を読んだ方が、ニーチェ自身の著作に取り組もうという気に全然ならなかったとしたら、この著作を書いた私の意図はまったく果たされなかったことになる。

この書物で引用されたニーチェの文章は、英語で初めて刊行された、綿密な校訂を経た、完全版ニーチェ全集によるものである。オスカー・レヴィ博士の精力的な訳業によって、われわれはニーチェ著作の全体を英語で読むことができるようになった。その全集の翻訳は、いずれも有能な研究者によってなされ、各巻に啓発的な序文がついている。今やこの全集は、英語圏で刊行された、外国の哲学者の著作集の中では、最も完全な、最も巻数の多いものになっている。この全集は、全十八巻で、イギリスではファウリス社、アメリカではマクミラン商会より刊行されている。その各巻の目次構成は以下のとおりである。

（中略。以下、各巻の目次が紹介される）

この書物では、『この人を見よ』と、ワーグナーを扱った短い書物からの引用はない。前者はニーチェの自伝で、ニーチェの人格と著作に光をあてるものではあるが、純粋な哲学著作とはいえないものである。ワーグナーに関する本は、もちろん興味深いが、一部を除いて、ニーチェ哲学の教説とはほとんど無関係である。したがって、本書の入門的役割を鑑みて、それらの著作への言及は割愛した。

（初出「創元推理21」二〇〇一年冬号、東京創元社）

〔訳者〕

小森健太朗（こもり・けんたろう）

1965年大阪生まれ。東京大学文学部卒、東京大学院教育学部博士課程修了。小説家、翻訳家。主な作品に『ローウェル城の密室』(江戸川乱歩賞候補)『コミケ殺人事件』(出版芸術社)、『ネヌウェンラーの密室』『神の子の密室』(講談社)、『大相撲殺人事件』(角川春樹事務所)、『グルジェフの残影』(文藝春秋)、『ムガール宮の密室』『魔夢十夜』(原書房) がある。翻訳書にミハイル・ナイーミ『ミルダッドの書』(壮神社)、カリール・ジブラン『漂泊者』(壮神社)、コリン・ウィルソン『スパイダー・ワールド』(一巻・二巻、講談社) がある。

ファイロ・ヴァンスの犯罪《はんざい》事件簿《じけんぼ》

——論創海外ミステリ　67

2007年8月20日　初版第1刷印刷
2007年8月30日　初版第1刷発行

著　者　S・S・ヴァン・ダイン

訳　者　小森健太朗

装　丁　栗原裕孝

発行人　森下紀夫

発行所　論 創 社

〒101-0051 東京都千代田区神田神保町2-23 北井ビル
電話 03-3264-5254　振替口座 00160-1-155266

印刷・製本　中央精版印刷

ISBN978-4-8460-0750-8

落丁・乱丁本はお取り替えいたします

論創海外ミステリ

順次刊行予定（★は既刊）

★55 絞首人の一ダース
デイヴィッド・アリグザンダー
★56 闇に葬れ
ジョン・ブラックバーン
★57 六つの奇妙なもの
クリストファー・セント・ジョン・スプリッグ
★58 戯曲アルセーヌ・ルパン
モーリス・ルブラン
★59 失われた時間
クリストファー・ブッシュ
★60 幻を追う男
ジョン・ディクスン・カー
★61 シャーロック・ホームズの栄冠
北原尚彦編訳
★62 少年探偵ロビンの冒険
F・W・クロフツ
★63 ハーレー街の死
ジョン・ロード
★64 ミステリ・リーグ傑作選 上
エラリー・クイーン 他
★65 ミステリ・リーグ傑作選 下
エラリー・クイーン 他
★66 この男危険につき
ピーター・チェイニー